W0270874

LA JEUNE FILLE
AU CHEVREAU

DU MÊME AUTEUR

Au plus fort de la bataille, roman, Pierre-Guillaume de Roux, 2014.

La Chute d'Icare, roman, Éditions de Fallois, 2016, Prix François Mauriac de l'Académie française 2017 (« Folio » n° 6506).

Une comédie à la française, roman, Éditions de Fallois, 2018.

À la mémoire de Joséphine Roseau,
À la mémoire de Marguerite Vincenti,
À tous ceux qui ont vu,
À ceux qui pourraient voir.

Un bras me fut retiré puis l'autre, une jambe puis l'autre. Ce cœur qui ne bat que pour moi, disparu. Il ne restait rien et j'étais toujours là.

JACQUES RIGAUT,
Écrits

Elle ne se débattait pas, ne criait même pas, ses yeux maintenant grand ouverts, offerts au ciel d'été.

JEAN-RENÉ HUGUENIN,
Prochain roman

PROLOGUE

San Simeon, États-Unis.

Les contes de fées ne nous dévoilent du monde que des reflets choisis.

Les ombres y sont cachées par cet art délicat qui allie l'astuce du grimage aux ressorts de la mise en scène. Toute tache en est bannie comme d'un corps poudré avec soin où rien ne transparaît, ni du creusement des cernes, ni du tracé des rides. Rien de plus naturel, alors, que de s'y laisser prendre. Ni rien de plus charmant que cet abandon enfantin auquel nous nous livrons. C'est la magie du conte que de nous éblouir, d'exploiter nos candeurs quand nous l'y invitons. Nulle noirceur n'y paraît qui ne soit finalement condamnée à l'issue d'un combat où l'innocent triomphe. L'illusion règne en chaque recoin. Les belles y dissimulent leur goût secret de la trahison. Les génies vous y tendent une main complice et familière. Les princes ont moins de courage que de charme, mais plus de courage que le plus brave des soldats du royaume. Les contes commencent ainsi, sur ces mots ressassés qui eux-mêmes sont un leurre. Car il n'est pas une fois, mais cent, mille, plus encore, ce monde imaginaire qui emprunte à la vie et l'altère à outrance, la maquille, la parfume et l'habille pour le bal. Ainsi finissent les contes qui ressemblent à ce palais bâti, sous un soleil de carte postale, entre Los Angeles et San Francisco. On peut le visiter, au bout de la Hearst Castle Road qui l'annonce sur plusieurs kilomètres jusqu'aux deux tours baroques, à l'entrée du domaine. C'est un château récent, planté ici comme par erreur et qui, de sa hauteur perdue, domine des paysages où couve la rumeur d'un mystère.

Érigé à San Simeon près d'une plage de Californie jonchée d'otaries paresseuses, au bord de l'océan, le Hearst Castle fut l'ultime fantaisie de ce célèbre Américain, William Randoph Hearst, soumis aux pulsions de l'orgueil qui parcourent quelquefois la vie lasse des puissants. Sa fortune colossale, Hearst la devait à des journaux qui, en sa possession, valaient bien davantage qu'un tas d'or assoupi. Par eux, il tenait la rumeur, par quoi l'on tient la gloire, la terreur et la chute. Dans son *Citizen Kane*, Orson Welles donne de lui le portrait fantasmé d'un magnat esseulé, vieillard reclus dans son vaste manoir de Floride. On a longtemps glosé sur l'identité probable de ces deux figures, William Hearst et Charlie Kane, frères d'ambition inassouvie et de vanité folle. Et si « Rosebud », ce dernier mot du personnage de Welles, mêlant mensonge et vérité, avait fait référence à ce buisson de roses – blanches, carmin, rouge pâle – où se blottit l'une des plus belles statues qui ornent les jardins du Hearst Castle ? Si la fiction, comme elle seule sait le faire, avait mieux saisi que l'histoire le secret oublié d'un fou cloîtré en son palais ?

Accordons-nous le répit d'une flânerie dans ce jardin immense. Accommodons la saison à nos goûts. Chassons les nuages de l'automne, les grisailles de l'hiver, les chaleurs de l'été ; les matins de printemps sont propices aux promenades dans les allées qui courent en contrebas de la grille. Les jardins du Hearst Castle, brodés de roseraies éclatantes, de buis millimétrés et de palmiers dont le tronc tutoie les nuages, offrent un condensé d'exotisme dans l'enceinte isolée d'une Arcadie californienne. D'innombrables statues y côtoient des portiques et des vases ouvragés, disposés comme au sein d'un musée de plein air.

Les contes de fées ont leurs coulisses. Comme ces statues dont la plupart ne sont que des répliques venues d'outre-Atlantique. Celle-là, au milieu du jardin, que le printemps couvre de fleurs, que les roses emprisonnent, écloses ou bourgeonnantes, regardons-la un peu ; c'est la statue d'une nymphe agenouillée, regard badin, nourrissant un chevreau d'un épi de maïs. Sculptée en marbre blanc, elle en a la pureté qui d'abord intimide. Son sourire nous défie. Sa posture nous aguiche. On imagine assez le gratin d'Hollywood s'ébrouer autour d'elle : Charlie Chaplin, Clark Gable ou Cary Grant prenant part à ces fêtes que Hearst organisait pour voir papillonner les cils de sa maîtresse. Autour de la nymphe dénudée ont dû se dérouler des flirts costumés, des séductions nocturnes et des étreintes furtives. Qui sait pourtant ? Qui sait que cette *Girl feeding a goat*, cette sculpture admirée chaque année par des centaines de milliers de touristes, est l'œuvre d'un sculpteur français, inspiré par le corps d'une Nîmoise aujourd'hui disparue ? La statue nous envoûte ; c'est son sourire et ses deux petits seins qui désormais ne nous laisseront aucun repos. Et chacun s'en ira, figeant dans son esprit quelque « Rosebud » impérissable ; le souvenir d'une image obsédante et intime. Car de marbre ou de bronze ou de pierre, aucune œuvre ne meurt qui ne se soit gravée dans la mémoire d'un homme.

Anvers, Belgique.

Dans un désordre d'herbes folles, au bout d'un square du quartier juif de Rubenslei, au centre de la ville, la même statue se contorsionne sur son socle de bronze vert-de-gris. Le corps est gangrené par les mouchetures de la patine. Le visage surtout, noirci d'un masque charbonneux. Le cou aussi, ceint d'un collier cendré dont les teintes d'émeraude s'assombrissent. On prétend que la sculpture fut installée ici au lendemain de l'Exposition internationale de 1930, consacrée aux colonies, à l'industrie maritime et aux arts flamands. La France l'aurait offerte à la Belgique, vieille alliée encore jeune car elle fêtait alors, dans d'imposants palais célébrant la technique, le centenaire de son indépendance. Lorsque l'exposition cessa, la nymphe et son chevreau quittèrent le pavillon français pour les rues grises d'Anvers. Elle s'y ennuie encore, cernée d'immeubles et de voitures garées le long de la rue Luiza Maria, entre une statue du baron Leys et une colonne surmontée d'un Hermès. Là-bas, elle se nomme *Meisje met Geitje*. Elle est bien seule à l'entrée du Stadspark, vaste jardin public où, chaque matin, cent battements d'ailes éparpillés, depuis les rives du lac, claironnent l'éveil de la cité. Lorsque la pluie ruisselle sur son visage, on croirait voir des larmes faire briller son regard et humecter ses lèvres. Des gouttes s'écoulent sur la courbe du nez, s'y suspendent un instant, hésitantes, puis glissent entre ses seins, jusqu'au nombril, où, déjà sèches, elles s'évanouissent dans les sillons du bronze. Des passants la contemplent, intrigués, tournent autour d'elle, déchiffrent au bas du socle le nom du sculpteur :

M. Courbier

Parfois, lorsque le givre a recouvert ses cuisses frêles et son ventre, un enfant y trace des initiales, un cœur ou quelque mot flamand que la bruine effacera aussitôt. Déjà, le corps de la statue s'oublie dans le brouillard. Peu importe son nom. Peu importe sa vie. Les lettres ont disparu. Elles reviendront un jour. Nul autre hommage ne lui sera rendu dans cette ville mystérieuse de marins en permission et de diamantaires exilés.

Nîmes, France.

L'été, à Nîmes, les rayons du soleil vacillent comme des langues de lumière léchant les allées pâles des Jardins de la Fontaine. Une fois le seuil franchi, là d'où miroitent les pointes dorées qui surplombent la grille noire, le promeneur insoucieux ne rêve déjà qu'à cette fraîcheur perdue que lui inspire, à quelques mètres, le jet translucide des fontaines. À gauche, souvenir d'Antiquité, un temple associé au culte de Diane accueille entre ses murs à demi écroulés une ronde d'enfants rieurs. Ils tournent en farandoles, piaillent, trébuchent, s'esclaffent et se poursuivent autour des ruines. À droite, sous les statues, des bancs de pierres se suivent, aux pieds perforés d'alvéoles envahies par la mousse.

Un vieillard déambule dans les allées du parc.

Il rôde entre les nymphes, toise les satyres, côtoie les dieux, indifférent au défilé de ces statues crayeuses dont l'œil semble suivre ses pas. Chaque recoin du décor lui paraît familier. Il marche droit, le sable mince crissant sous sa semelle. Il marche droit avec cet air captif que donnent les idées nettes. Soudain il se fige, la main posée sur l'une des balustrades qui entourent les fontaines. De bas en haut, mesurant l'étendue des jardins, il ne prête aucune attention aux formes allongées sur l'herbe. Il regarde plus loin. Derrière les marronniers et le tronc élancé des pins, en haut, plus haut encore que le sommet du premier escalier, plus haut que les feuillages d'où s'échappe vers le ciel la ligne irrégulière de la Tour Magne. Une idée le traverse. Il doit se dire alors que la hauteur, comme la gloire, n'est rien qu'une invention des hommes qui se laisse éroder par le passage du temps. Il pense à la médaille qu'on lui a fait porter au sortir de la guerre, lors d'une cérémonie pleine d'éloquence, de dignité et de drapeaux hissés pour marquer la victoire. Une belle médaille de bronze, au ruban rouge et noir, gravée d'une sentence équivoque : *Patria non immemor*. Toujours reconnaissante, la patrie n'oublie rien du don de ses fidèles. Chaque temps veut ses héros. Chaque régime ses sauveurs. On les taille sur mesure dans des tissus en vogue. Fi des malentendus ! À cette époque, on manquait de tissu. On manquait à peu près de tout sauf de morts et de veuves pour rappeler à chacun les misères de la veille. Cet homme débordait de sève. Il était jeune, robuste, vaillant, l'œil fier et la mèche héroïque.

Surtout il était disponible.

Nîmes, le 5 septembre 1944

Monsieur le Juge d'instruction,

Nous habitons, ma femme et moi, au premier étage d'une maison de la rue Grétry. Installés au numéro 10 de cette rue depuis près de vingt ans, nous sommes un couple de retraités paisibles. Ancien gendarme, croix de guerre, et fidèle relais des communiqués anglais autour de moi, je n'ai jamais rien caché de mes idées dans des déclarations qui ont souvent fait craindre à ma femme pour ma vie. Aussi ai-je pensé, apprenant qu'une enquête avait lieu sur l'une de nos voisines, que ce bref témoignage pourrait vous être utile.

Reclus chez moi par hostilité à l'égard des Allemands, j'ai passé la plupart de mon temps à lire, à écouter la radio (anglaise, bien sûr, ma femme vous l'attestera) et à rêvasser au bord de ma fenêtre. De là, j'ai souvent aperçu la dame Polge se pavaner dans un équipage dont ses moyens d'existence d'avant-guerre, à ce qu'on m'en a dit, ne justifiaient aucunement le luxe outrancier. De plus, j'ai entendu maintes fois notre logeuse, Madame Réals, dont la probité ne souffre aucun doute, évoquer ses fréquentations peu recommandables. Tous ceux qui à Nîmes l'ont connue dans sa tendre jeunesse savent que « la Battue », comme on la surnomme, fut d'une beauté incomparable que les années n'ont pas effacée.

Une statue des Jardins de la Fontaine, s'il en était besoin, vous le confirmera pour le cours de l'enquête.

Comme je ne veux pas abuser de votre temps, j'ajouterai seulement une chose qui dépasse les « on-dit »: cette femme a joué de ses attraits pour échapper au destin de misère auquel nous avons tous été réduits. Cela, je puis vous l'assurer pour l'avoir vue à deux reprises en compagnie allemande. Une première fois, avec un officier qui, semblait-il, lui parlait en français. Une seconde fois, sur le seuil d'une boutique, d'où je l'ai entendue converser avec deux femmes dont l'une, après le départ de Madame Polge, s'est entretenue avec sa compagne en allemand. D'autres personnes pourront vous confirmer ces dires que je vous certifie être dictés par la seule vérité, tout en restant, Monsieur le Juge, à votre entière disposition.

Avec tout mon respect,

A. C.

PREMIÈRE PARTIE

Le Petit Pygmalion

I

LA STATUE

Le vaste parc se pâme sous l'œil brûlant du soleil.

CHARLES BAUDELAIRE,
Le Fou et la Vénus

Palmiers, chênes verts, pins et statues cohabitent en toute harmonie dans cet écrin de nature ordonnée. Les Jardins de la Fontaine, l'un des plus beaux parcs de France, quoique de taille modeste, offrent aux Nîmois un refuge bienfaisant et tranquille. Depuis près de trois siècles, on s'y fatigue à défaut de s'y perdre. On s'y détend. On s'y endort entre deux tilleuls, sous le chant des grillons et le murmure de l'eau. Loin des râles de la ville, on y fuit les tourments et la suffocation. En cette saison, l'été, les immenses vases, près des canaux, soutenus par des angelots, ne recueillent pas de pluie, mais des gerbes de rayons qui viennent polir la pierre. Tout n'est que flamboiement. Flamboiement et fraîcheur sous la frondaison dense des arbres étagés sur le flanc de la colline. Des grappes d'adolescents, savourant l'oisiveté d'un âge où tout n'est que promesse, s'amassent autour de l'eau que remue quelquefois le coup d'aile d'un canard éclaboussant les rebords du bassin. Mille vies se sont vécues dans les allées du parc, sur son sol sablonneux, ses pelouses grasses, entre ses arbres, au bord de l'eau. Nombreux sont les Nîmois à y avoir usé le caoutchouc de leurs premiers souliers.

Pourtant – lui qui, peut-être, y avait fait ses premiers pas – le vieux promeneur n'avait plus passé le seuil du parc depuis près de quatre-vingts ans, près d'un siècle perdu loin de ce lieu d'enfance, devenu le sanctuaire d'une histoire douloureuse. Le temps n'efface que ce que nous voulons bien lui jeter en pâture. Il sait attendre. Ne se repaît que de ce qu'on lui cède. Il ne se presse jamais, le temps, d'ôter aux hommes leurs souvenirs encombrants. Ceux que l'on garde malgré soi, vils ou inavouables, les plus tenaces. Le remords est habile à hanter nos consciences, s'agrippant à l'esprit comme une tumeur morale. Chacun sait cela et balade ses misères en invoquant l'oubli. Ce vieillard le savait mieux encore, lui qui, chaque jour, ressassait ses remords de jeune homme. Et c'était ce jeune homme, bien des années plus tôt, qui s'était engouffré dans les ombres du parc que projetait la lune, la lune immense, grosse de cette lueur argentée des soirs de plénitude.

C'était à la fin de l'hiver ou au début de l'automne.

Tout avait commencé par l'amour d'une statue.

Cela faisait plusieurs années qu'il venait rôder là, pèlerin discret observant en silence une silhouette de pierre blanche, merveille de sensualité à laquelle l'artiste avait sacrifié toute pudeur. Il y venait souvent, avant-guerre, avec un carnet de croquis qui servait de prétexte à ses contemplations. À ce souvenir, il fit un geste vague, comme un coup de crayon dans l'air. Son pas se fit plus sûr. Il avança sur l'herbe et s'arrêta pieusement sur un seuil invisible comme le font les croyants sur les dalles d'une nef jonchée d'inscriptions à demi effacées. Son silence eut l'ampleur d'un recueillement.

Elle était là.

Le buste incliné vers l'arrière, bombé de seins légers, offerts, appelant des baisers. Le sexe lisse comme un marbre lustré. Elle, l'adorable. Les fesses galbées, creusées par les talons, au bout des pieds menus. Un sourire provocant, plein de tentations refrénées, de badinages et de serments frivoles. Un visage de poupée. Des yeux narquois, le nez mignon, quoiqu'un peu long, vu de profil. La bouche canaille sous des pommettes rieuses. Le front altier, scindé d'un rideau de cheveux ramassés, de part et d'autre, par deux nattes enroulées de première communiante.

Elle était là.

Le dos à peine cambré, tracé d'un sillon épuré d'où s'éployaient, comme des ailes amputées, deux omoplates aux pointes émoussées par le temps. En son sommet s'étirait un long cou, débarrassé de mèches. Une figure enfantine, un corps tenant du cygne autant que de la femme.

Elle était là.

Le bras droit replié, coude au corps, l'avant tendu vers un chevreau dont le museau se hissait tendrement vers la main déployée où reposait, au centre, un épi de maïs. La bête tenait fragilement sur ses pattes, fines allumettes sous un corps émacié que seule portait la faim. De sa main droite, la jeune fille lui offrait le salut. Elle, émaciée, aussi, comme un reflet humain, comme une *métamorphose* de l'agneau affamé. Le bras gauche dessinant un vague arc de chair. Les doigts ouverts, en éventail, comme une palme légère. Rien mieux que ces deux faibles formes n'aurait pu signifier l'union de la grâce et de la fragilité.

À quatorze ans, déjà, s'assurant qu'aucun regard ne se tournait vers lui, il avait poli cent fois de ses mains le sein pâle et la cuisse charmante. Certains matins d'été, très tôt, quand le jardin était encore embué de rosée, on pouvait voir un dessin sur le socle, déposé en hommage contre les genoux arrondis. L'œuvre d'un fou, sans doute, adulateur antique égaré dans un siècle chagrin, ayant troqué l'espoir de la chair inconnue pour le silence lourd de la pierre. C'était son œuvre à lui, au petit Pygmalion. La nuit venue, un gardien se pressait de balayer le socle comme on chasse d'une tombe les pétales fanés d'un bouquet de Toussaint.

Souvent, il veillait la statue. Feignant d'exercer son coup de crayon, il demeurait longtemps, en tailleur ou debout, devant ce corps muet au regard immobile. Au crépuscule, à contrecœur, il retournait chez lui, serrant contre son flanc un carton abritant, comme une châsse dérisoire, dix dessins évoquant la sculpture. À quinze ans, moins niais, mais plus épris, il employait son imagination au secours de ses appétits, et déplorait que la magie de Vénus ne puisse, d'une seule parole, donner vie à ce corps pétrifié, prêt à bondir hors de son socle, baigné de feuilles de lierre, arabesques mêlées, en chahut comme une chevelure.

En ce temps-là, il se rêvait peintre à Paris, faussaire ou portraitiste dans les rues de Montmartre. Les imaginations naïves empruntent des chemins rebattus. Dessiner, peindre, figer la grâce. Se mesurer à Dieu. Son crayon lui soufflait d'étonnantes ambitions. Depuis l'âge de dix ans, le petit Pygmalion avait le goût des courbes et des lignes discrètes qui forment chaque objet, de ces contours infimes, droits ou tortueux, craquelant l'espace pour faire jaillir la mosaïque du monde. Mais ce qu'on eût pris pour un simple passe-temps chez n'importe quel enfant de son âge, la langue pendante, baladant son pinceau d'un verre d'eau à sa boîte d'aquarelle, devint chez lui un geste coutumier. Le doigt mobile, au milieu d'un repas, il traçait des silhouettes sur l'angle d'une serviette ou le coin d'une nappe. Plus tard, en classe, des camarades saluèrent son talent. Il s'illustra par des caricatures dans des revues potaches ou par de plus sérieuses compositions. Aux uns, il tendait leurs portraits, tracés lors d'une leçon de mathématiques. Aux autres, il donnait des dessins de femmes nues, que chacun employait à sa guise et dont l'inspiration venait tantôt des tableaux du Musée des Beaux-Arts, dont les formes étaient amples et rebondies, tantôt des statues des Jardins de la Fontaine, plus graciles et moins prudes.

Au Musée de Nîmes, il avait emprunté plusieurs modèles de femmes dont les corps hérissaient le désir d'une ribambelle d'adolescents, émus et fascinés par l'énigme des femmes. Parmi ses tableaux favoris figurait une toile de Jean-François de Troy, *La Moissonneuse endormie*, empreinte de cet érotisme léger dont le XVIIIe siècle a le secret.

On y voyait une forte paysanne, assoupie dans un bois, le bras gauche replié sous sa chevelure brune, le bras droit étendu, mollement, hors d'une mousseline rabattue sur le ventre afin de libérer sa gorge. La blancheur de ses seins et d'une cuisse apparente, sous une tunique de bure, ressortait plus intense sous la roseur des joues. Un œil expert aurait pu deviner qu'elle feignait le sommeil, par honte ou par plaisir, pour mieux prolonger une jouissance jalousement arrachée, loin des hommes et des bêtes, à l'ennui du labeur des champs. Mais eux, les collégiens, loin d'avoir à l'esprit qu'un corps pouvait ruser, s'imaginaient voler à cette femme endormie un peu de son intimité. Combien de reproductions de la *Moissonneuse* le petit Pygmalion n'avait-il pas offertes à ses camarades pour mieux les tenir éloignés de la *Jeune fille au chevreau* ! C'était tant mieux pour lui qu'ils préfèrent les poitrines généreuses. L'émoi est égoïste. Qu'elle reste en son jardin et demeure à lui seul !

*

À présent, le vieil homme se tenait devant un espace vide ; un espace habité, gouverné par le vide. Face à lui, il n'y avait ni jeune fille, ni socle, ni chevreau ; seul un carré de pelouse bien taillée, où s'élevaient trois palmiers comme de graves sentinelles protégeant du pillage un tombeau invisible.

C'était au début de l'automne ou à la fin de l'hiver qu'il avait mutilé la sculpture. Il n'était pas le seul. D'autres, avant lui, l'avaient vandalisée. Mais aucun d'eux n'y avait mis autant de rage. Il avait martelé sans répit, comme saisi de démence. D'abord fendu une main, puis un bras, le pied ensuite, sans toucher au visage, avant de briser un morceau de l'agneau vers lequel la statue étendait l'unique bras épargné. Puis il avait couru, les joues brûlantes et la poitrine en feu, sur les chemins du parc où seul bruissait le craquement des ramures chamaillées par le vent. Avec acharnement, il avait profané la *Jeune fille au chevreau*, érigée là, vingt ans plus tôt, par un sculpteur du cru dont la rumeur locale exagérait peut-être la notoriété. Certains prétendaient même que le sculpteur était connu jusqu'en Californie où un milliardaire fou, épris lui aussi du modèle, s'était procuré une copie pour les jardins de son château. Il s'agissait d'une réplique en marbre, arrivée à New York vers 1929, avant d'être exposée dans un vaste domaine des bords du Pacifique. Mais lui, le petit Pygmalion, n'avait ni château ni milliards. Son jardin même était public. Et sa fortune inexistante. Il n'avait que sa peine et l'amertume des espérances déçues. Alors il avait brisé la statue. Il l'avait frappée comme un possédé après plusieurs années de cette idolâtrie qui lui avait valu, de la part d'amis moqueurs, le sobriquet de petit Pygmalion.

Le petit Pygmalion : nous l'appellerons ainsi.

Ce surnom affectueux, donné à l'artiste en puissance, allait lui rester attaché durant toute sa jeunesse. On l'avait baptisé ainsi parce qu'il avait un jour pris à partie une bande d'enfants qui, en montant sur le chevreau, risquaient d'endommager le groupe. On s'était aussitôt passé le mot de sa passion pour une sculpture, passion folle et frustrante, comme celle de Pygmalion, dont Ovide nous raconte l'amour contre-nature pour une statue d'ivoire. Mais lui avait fait pire que les enfants, bien pire qu'endommager l'agneau. Il avait battu la *Jeune fille*, la battant comme on bat à mort des bêtes ou des humains. Aux miroitements de l'art, trompé par lui et par de fausses promesses, le petit Pygmalion avait préféré le néant. De ce groupe de calcaire rien ne fut retrouvé, sculpture redevenue poussière après lapidation. Personne ne sut ce qu'il advint de la *Jeune fille au chevreau* au lendemain de la guerre. Escamotée, volée, fracassée même, par des coups de massue ou de poing qui auront dispersé les reliques éclatées. On ne le sut jamais. C'était fin 1944, après la retraite des Allemands, dans l'euphorie vengeresse de la Libération. Ou bien plus tard, de quelques mois ou de quelques années. Quelle importance ?

Il avait dix-sept ans, l'âge du modèle au moment de la pose.

II

L'APPARITION DU *SAINT-CASTOR*

Comme toutes les villes du Sud, Nîmes conserva jusqu'en 1942 l'illusion d'être libre en pays asservi. Le mot d'occupation brûlait dans d'autres bouches, d'autres colères, d'autres rancœurs que dans celles de cette cité fière, riche d'une histoire antique qu'elle arborait comme gage d'immunité. Ne cultivait-on pas, depuis Rome et Berlin, l'admiration des vertus militaires et de la force conquérante? Ville de soldats romains, revenus glorieux des vallées lumineuses d'Égypte, Nîmes tentait de vivre comme avant, comme avant la défaite, comme s'il n'y avait eu ni guerre, ni armistice; comme si, à quelques centaines de kilomètres au nord, il n'y avait pas d'armée, pas de troupes étrangères occupant les maisons et remaniant les lois. Cela, c'était l'affaire d'une France vaincue dont on suivait de loin les résignations successives. Car les faits étaient clairs: la zone libre échappait au sort avilissant d'au-delà de cette ligne tracée entre Français. L'illusion contentait les vainqueurs, consolait les sophistes et contredisait les Cassandres qui, redoutant toujours les ambitions du Reich, déploraient la défaite et annonçaient le pire. On fit d'abord courir le bruit d'une liberté bien tempérée sous la gouverne du maréchal Pétain. On trouva aisément d'honnêtes gens pour y croire et acclamer leur chef lorsqu'il fit aux Nîmois l'honneur d'une étape en leur ville, une nuit de février 1941, avant de rencontrer Franco, à Montpellier, où les deux officiers saluèrent le bon peuple depuis le balcon pavoisé de la préfecture. À Nîmes, l'accueil fut bref et bon enfant : des collégiennes en habit du dimanche chantèrent la gloire du sauveur de Verdun. Les mères apprécièrent sa bonne mine. Les pères louèrent son génie militaire. Rendez-vous compte, plus de quatre-vingts ans !... Vraiment, n'était-on pas entre d'excellentes mains avec ce bonhomme-là ?

Puis les pratiques du Nord s'étendirent vers le Sud.

Dès 1942, on vint toquer aux portes avec d'odieuses manières.

Rafle et lettre anonyme. Danse macabre, marché d'esclaves et trahison de voisinage, entre soi et sans bruit. Cent francs la vie d'un tel, cinq cents pour celui-là, de quoi s'acheter des bas, du beurre et de solides chaussures... L'air de la ville tourna, se fit plus rance, l'humeur devint craintive. On se méfia de tout et surtout de tout le monde.

Mais ce n'était là qu'un commencement.

La ville fut dépitée d'apprendre, au début de novembre, les conséquences, pour elle fâcheuses, du débarquement allié en Afrique du Nord. Plus de zone libre ! Les Allemands arrivaient... On n'y comprenait rien. N'étaient-ce pas des troupes françaises, à Oran comme à Alger, qui avaient sans succès tenté de contenir les avancées anglo-américaines ? Étaient-ils moins français, d'ailleurs, ceux de Londres qui célébraient le ralliement de l'Empire aux dépens de Vichy ? Les choses étaient si troubles. C'est faux: on comprenait trop bien. On comprit même si bien, sans vouloir se l'avouer, les préludes de la guerre civile, qu'il fallut vite être d'un camp. Évidemment, il y avait déjà eu quelques éclats d'humeur contre l'état des choses depuis la débandade. De timides mouvements de rue s'étaient manifestés quand le ravitaillement se faisait trop attendre. Le sentiment confus d'une autonomie provisoire avait même insufflé à certains l'audace de faire savoir au Maréchal ce qu'on pensait de sa méthode. Lyriques ou réalistes, les mécontents s'accordaient d'une seule voix: ce n'était ni de son âge ni de celui de la France. D'autres y trouvaient leur compte, ou attendaient leur tour. Les couteaux s'affûtaient. On tournerait casaque au moment opportun.

Lorsqu'on fut bien certain que Vichy se plierait sans façon aux ordres de Berlin, de nouvelles vagues vinrent gonfler vers le Sud des bataillons de réfugiés désemparés. L'exode avait brassé des milliers d'hommes sur des centaines de routes. Après les républicains du *frente popular* et les sujets de Sa Majesté Léopold, après les fuyards de Paris et du Nord occupé, Nîmes vit venir à elle les parias du moment. Croyaient-ils sincèrement y trouver un asile sans se douter qu'on les aurait à l'œil? Dès 1940, Vichy avait confié le Gard à un préfet qui avait excellé dans la gestion des camps d'internement. Angelo Chiappe, le petit Chiappe, cadet de famille, suppôt de la lutte éternelle contre les décadences, avec ses verres en cul de bouteille, son képi trop large et son costume de fonctionnaire, aussi grave qu'une oraison funèbre, portant épaulettes et boutons dorés. Un vrai serviteur de la France, la France Nouvelle des lendemains de défaite. De quoi imposer l'ordre, museler les indociles, traquer les ronéos et les *indésirables* dans leurs abris précaires, sous les planchers de bois, la moisissure des caves et la paille des greniers. Ainsi parlait la loi. Aveugle, elle frappait furieusement dans la noirceur d'un temps qui se moquait des âmes.

Chacun sentit alors que le danger guettait la ville et qu'on s'était bercé d'une illusion naïve. L'atroce comédie se jouerait à Nîmes comme ailleurs, avec ses claques dans le dos, ses lâchetés maquillées et ses assassinats… Dans cette comédie-là, le débarquement du 11 novembre survenait comme un coup de théâtre. Les nouveaux personnages avaient de drôles de casques. Et la mine assurée. On entrait dans le Gard comme après un long siège, avec l'arrogance d'un messie se croyant attendu, arme à l'épaule et bras dressé. Mais c'est ainsi que les vainqueurs se leurrent. Par ce fumet de gloire qui leur monte aux narines et leur fait perdre la raison. Il n'y eut pas de rameaux sur le pavé, pas de chapeaux jetés en l'air, ni hourras, ni vivats, mais une franche inquiétude lorsqu'on entendit le claquement des talons devant les colonnes du théâtre. C'était un matin triste, gelé – le froid engourdissait les rues – quand les civils abasourdis virent entrer dans leur ville plus de deux mille soldats allemands. Ce fut une avalanche de roulements de tambour rythmant la marche des parades. Puis l'étendard flotta, singulier étendard, avec sa croix sinistre, hissé dans les hauteurs des Jardins de la Fontaine à présent labourés par le *eins-zwei* des bottes.

Pour bien des jeunes Nîmois, cet événement marqua la fin de l'enfance.

Mais pire que le couvre-feu, pire que l'humiliation,

avalée à grandes lampées par les notables pris de court, sommés de livrer leur maison devant l'œil rond de leurs enfants, pire que la Gestapo qui s'installerait bientôt dans un hôtel du boulevard Gambetta, c'était l'occupation des Jardins de la Fontaine qui avait bouleversé le petit Pygmalion : le pas sûr de l'ennemi sur les pelouses du parc, l'infamie de l'uniforme devant les statues nues, l'offense de sa voix rauque couvrant les ruissellements de l'eau. L'adolescent abandonna un temps ses promenades coutumières du quai de la Fontaine aux pins de la Tour Magne. Il rangea ses crayons. Oublia ses dessins. Puis étudia comme on l'y incitait, cravacha sans relâche en attendant que la guerre se termine.

*

Le jour décline déjà. Le promeneur n'a pas quitté l'endroit où il s'est arrêté quelques heures plus tôt. Il recompose le lieu à sa manière, emplit le vide, taille les haies, arrache des fleurs et plante du lierre autour d'un socle qui n'est plus. Il se jure à lui-même que c'est ce tableau-là, celui de sa mémoire, qui est le tableau vrai que le présent trahit. Soudain, le sanglot monte. Ce ne sont que des odeurs, les senteurs d'autrefois qui reviennent et l'étreignent et le prennent à la gorge. Des odeurs, ce n'est rien. Le vieil homme prend appui contre un banc. Ferme les yeux. Sent revenir à lui ces souvenirs qui pèsent et que l'on veut chasser comme des relents morbides. Il inspire une bouffée d'air chaud, rouvre les yeux, se racle bruyamment la gorge. Le voilà qui entame ce travail intérieur, en lui-même, intimement, recroquevillé sur une histoire ancienne qui n'appartient qu'à lui ; ce travail intérieur, c'est la quête d'un objet disparu, dont l'existence même est douteuse, qui l'obsède. Un visage, une voix. Ce travail, il s'y donne tout entier. Regarder loin, remonter pas à pas un passé déloyal qui s'évade à la moindre saisie, ce passé qui fait honte à ceux qui l'ont vécu comme un cauchemar ancien dont on se croit coupable. Chaque geste à reconstruire. Chaque année à descendre comme les marches fragiles, de plus en plus branlantes, d'un escalier mental qui vous conduit aux caves. On ne remonte pas le temps. On y descend plutôt avec la terreur millénaire d'un enfant dans le noir. Le vieillard tremble, les battements de son cœur s'accélèrent. Moins vite. Bats moins vite, mon cœur. Ou nous perdrons le fil. Cependant, il comprend qu'il lui faut continuer, imaginer encore, ranimer les fantômes qui peuplent cet enclos.

À présent, *elle est là*.

Des visions se chevauchent dans l'esprit du vieillard. Et les images jaillissent, fiévreuses, confuses images, mauvais génies sortis d'une lampe à la vue de ce coin de pelouse. Un grand torrent d'images, atroces ou magnifiques. La silhouette d'une jeune fille avait régné ici, sur cette herbe tranquille. Ici même, livide dans sa tenue de pierre.

Elle s'appelait M.

Un nom voué à l'opprobre et figé dans l'oubli.

Damnée d'entre tous les damnés comme ces hauts dignitaires de l'Empire romain, césars, tribuns ou généraux renvoyés au néant par la fureur des foules autrefois idolâtres. Suétone raconte qu'à Nîmes, les statues de Tibère, avant qu'il ne devienne empereur, avaient été brisées pour détruire sa mémoire en effaçant toute trace du tyran en puissance qui attendait son heure. Chaque siècle porte ainsi son lot de noms et d'images à proscrire. Et les tabous prospèrent sur les terres du silence.

Le vieil homme lève une main. Son geste se déploie comme une bénédiction. Puis ses pensées l'enlèvent, l'emmènent loin du présent et du corps fatigué qu'il traîne sous le soleil violent de l'été.

*

La première fois qu'il l'avait vue, c'était en sortant de la messe, un dimanche, vers midi. Ses parents lui imposaient rarement de s'y rendre avant-guerre, mais le désarroi était tel, au lendemain de la défaite, qu'on cherchait à tout prix une icône à prier, clandestinement ou au grand jour, avec l'ardeur des pharisiens. C'est qu'alors la piété, déboussolée par les va-et-vient de l'histoire, valsait dans tous les sens et changeait de prophète : Dieu, Hitler, Pétain, De Gaulle. Toute figure à prier en valait bien une autre, pourvu qu'elle consolât ou qu'elle nourrît d'espoir à défaut de bon pain, de viande ou de fromage dont l'alcôve des cuisines commençait à manquer. Ainsi dissipait-on sa faim dans l'encens des sermons ou l'odeur de la poudre.

Puis les premières arrestations vinrent attiser les haines. S'ouvrit le temps des déraillements de trains, des balles perdues et des fausses confidences. Le sifflement des calomnies se fondit dans l'écho criard des sirènes hurlant sous les bombardements. Des pantins défilèrent, légionnaires désœuvrés ou miliciens coquets, portant leur uniforme avec l'excitation d'un écolier dans sa pèlerine neuve : brodequins de cuir, vareuse martiale et béret noir, incliné sur la gauche. Les sentiments s'exacerbèrent dans le feu des tueries et le cri des sous-sols. La piété rassurait, le zèle donnait contenance. On s'oubliait pour oublier, agenouillé devant des causes jugées plus hautes que soi.

C'était sur le parvis – ou du parvis, plutôt – de la cathédrale Notre-Dame-et-Saint-Castor qu'il l'avait aperçue, de loin, pour la toute première fois. M., sourire aux lèvres, d'une gaieté d'artifice, les commissures tirées par un fil invisible, était assise, jambes croisées, à la terrasse d'un café faisant face à la cathédrale. Elle écoutait parler un homme plus âgé qu'elle, le geste volubile, s'animant avec des mouvements vifs, sûrs d'eux, qui se perdaient dans la fumée nacrée d'une pipe. Elle semblait s'ennuyer, les paupières lasses, souriant toujours de ce faible sourire que l'on concède par courtoisie, même aux plus importuns, dans un dernier effort contre l'ennui qui ponctue quelquefois la fin d'une cérémonie religieuse ou d'une obligation mondaine.

S'il avait d'abord rechigné à suivre sa mère à la messe de onze heures, le petit Pygmalion éprouva bientôt le sentiment d'avoir été payé de retour pour son obéissance. Pourtant, cette femme, de l'autre côté du parvis, il ne la vit pas tout de suite. Ce fut même un hasard qui la lui fit paraître. Tandis que les commères s'abandonnaient au plaisir des mondanités de rigueur dans l'assemblée attardée des fidèles, il surprit le regard de sa mère vers les clients du café *Saint-Castor*. Ce regard, il le suivit avec curiosité, délaissant les jeunes filles vers lesquelles, timidement, il avait d'abord dirigé ses œillades. Car ce qui, d'emblée, étonna le petit Pygmalion, ce fut l'attrait de sa mère, qu'il savait pieuse et prude, pour un endroit dont la fréquentation lui était si peu familière.

Le café *Saint-Castor* n'avait pas bonne réputation, passant à juste titre pour un repaire d'oisifs, de filles faciles et de mauvais élèves. La clientèle du jour se composait surtout d'époux dont la dévotion se bornait à escorter leur dame jusqu'au seuil de l'église avant la trêve d'une chope dominicale. Peu de femmes osaient s'y montrer à cette heure. Par peur du clabaudage, sans doute, qui se nourrit de peu dans les villes *où tout le monde se connaît.* M. s'y trouvait, sereine, affichant sans pudeur les goûts d'une femme qui préfère le tabac aux haleines d'encensoirs et le vin blanc à l'eau des goupillons. Elle était là, verre à la main, en femme qui n'a retenu des Évangiles que les Noces de Cana et se moque bien du reste. Or c'est à M., avec une précaution trop vive pour qu'il n'en fût surpris, que sa mère avait adressé un signe de la main auquel n'avait répondu qu'un frémissement de cils. L'avait-il vue avant, cette blonde éblouissante, qu'il voyait attablée à la terrasse du *Saint-Castor*? L'avait-il rencontrée chez eux, invitée par sa mère? Avait-il aperçu quelque part ce visage, même malgré lui, à la volée, dans les rues du Vieux Nîmes, avant que ce signal, un vague salut, n'enflammât son désir de connaître et d'aimer? Il n'en démordait pas. Ce sentiment excédait l'intuition. Il avait aperçu ce sourire quelque part, ces pommettes et ce nez un peu long, il en avait vu les contours comme dans un songe ébauché au fusain, un rêve brumeux qu'on ne peut ni dater ni décrire. Sur ce visage, il n'aurait pu mettre aucun nom. Pourtant, il le *reconnaissait.*

Aussitôt il voulut savoir et demanda, d'un chuchotement, en tirant sa mère par la manche :

— Qui est-ce ?

Mais sa mère, sans se douter qu'elle jouait avec le diable, feignit grossièrement la surprise. C'était la première fois qu'il la voyait mentir. Alors il insista, entre étonnement et insolence :

— Vraiment ? Il m'a semblé que tu la connaissais.

— Non, je t'assure, répondit-elle, gênée par ce léger mensonge qui avait tout d'une omission pudique. Tu as rêvé, ajouta-t-elle avec un rire léger. Rentrons à la maison.

Il n'en fallut pas plus pour amplifier le désir du petit Pygmalion. Car rien n'aiguise mieux les passions que l'idée même de transgresser les règles.

— Voyons, tu peux bien me le dire, tenta-t-il à nouveau, d'un ton câlin, sachant sa mère peu encline à châtier ses impertinences.

Ainsi répéta-t-il sa question plusieurs fois sur le chemin du retour, le long de l'avenue Feuchères, rafraîchie par l'ombre des platanes et traversée, de temps à autre, par le crissement d'un tramway étirant sa carcasse jusqu'au pont de la gare. Sa mère, il le savait, finirait bien par céder comme à chacun de ses caprices d'enfant. Ce fut d'ailleurs, à quelques pas de l'immeuble familial, comme il s'y attendait, qu'il finit par la désarmer :

— Eh bien, oui, dit-elle d'une voix menue où vibrait la colère, déjà atténuée, d'avoir plié devant les assauts de son fils. Je la connais, et toi aussi à ta manière !... Nous la connaissons tous.

Puis elle prolongea cet aveu d'une requête qui souffla sur les braises de sa curiosité :

— Surtout, ne dis pas à ton père que nous l'avons saluée tout à l'heure. Il me ferait une scène. Ne dis rien non plus à ta sœur… N'en parle à personne, veux-tu ? Cette femme nous aide, à sa façon, à adoucir le rationnement. Je lui donne en échange du tissu pour ses robes. Je lui donne de la soie, des rubans. Elle connaît du monde à Nîmes. Ça lui permet de nous rendre de petits services dont ton père n'est pas fier. Il a le beau rôle, lui… Il n'en sait rien, mais c'est par elle que j'obtiens son tabac !

Elle se tut un instant, puis déclara, plus faiblement encore, comme pour assourdir des paroles qu'un passant indiscret aurait pu saisir à la volée :

— Écoute. Ton père a ses principes. Il m'a interdit de la voir car il prétend qu'elle nous portera malheur, que nous serons mêlés à de sales histoires de contrebande ou de trahison, qu'elle complote avec les gens du marché noir… On dit aussi qu'elle fricote avec ceux-là, ajouta-t-elle, en désignant du menton une troupe d'Allemands en permission. Elle s'appelle M. si tu veux tout savoir.

Hésitante, elle scruta à nouveau les parages d'un œil inquiet, puis s'approcha encore, encore un peu, lèvres tremblantes, frôlant maintenant l'oreille attentive de son fils :

— Mais les gens la surnomment *la Battue*.

III

QUELQUE PART DANS LA VILLE

Cette scène avait eu lieu au plus fort d'un hiver dont la rudesse présageait le poids des privations et l'empire de la peur qui bientôt s'abattrait sur la ville.

Dans les jours qui suivirent l'apparition de M., le petit Pygmalion n'épargna aucune question à sa mère sur la rencontre du *Saint-Castor*, tenue secrète entre eux comme un crime inavouable. Il voulut tout savoir, tout ; non pas seulement son nom, mais son histoire, sa famille, les lieux qu'elle fréquentait ; jusqu'au moindre détail susceptible de raviver le souvenir qu'il cherchait en lui-même comme un rêve incertain. À force de tourmenter sa mère, question après question, avec le tison vif de sa curiosité, il comprit mieux d'où venait l'enchantement qui l'avait envahi sur le parvis de la cathédrale. Il comprit même, enfin, l'étonnante impression de réminiscence qui, à la vue de M., l'avait fait tressaillir, corps et âme, d'un sursaut chatouilleux au creux de la poitrine.

Celle qu'il avait vue en sortant de la messe, assise à une terrasse malgré les morsures de décembre, passait en ville pour une femme légère, que sa mère, prudemment, avait qualifiée de coquette par crainte d'aiguillonner, par une franchise trop nette, le désir en éveil de son fils de seize ans. Que cette réputation fût le fruit de ragots jalousement colportés ou l'effet d'une vraie liberté de mœurs, cela importait peu. La rumeur triomphait bien au-delà des faits, et personne ne songeait à la remettre en cause. M., dans l'esprit des commères, était une fille facile, de celles qui troublent les ménages et déchirent les familles.

Elle avait un peu plus de trente ans, un âge qu'en ces années on jugeait déjà mûr pour une femme *de ce genre*, fût-elle de renom, et qui, pour les plus charmantes gourgandines, annonçait le début des tourments. Mais M. jouissait d'une notoriété que rien ne pouvait faire pâlir et dont elle savait jouer pour aiguiser le désir capricieux des hommes. Lycéens, pères de famille ou barbons nostalgiques, tous ceux qui s'étaient par hasard trouvés dans le secret de son passé de nymphe, connaissaient l'étendue de ses charmes. Car M., vingt ans plus tôt, avait été pendant quelques semaines la muse de Marcel Courbier, sculpteur nîmois dont les monuments érigés en l'honneur de la Résistance, bien des années plus tard, allaient étendre la notoriété au-delà des frontières régionales.

À dix-sept ans, M. avait été son modèle.

C'était au cœur des années vingt, à cette époque enivrée par les joies de la paix au lendemain d'une guerre qui avait épuisé l'Europe. Pour lui, pour Courbier seul, dans son tablier blanc, taché de glaise, d'huile ou de plâtre, pour lui seul, créateur et voyeur, derrière son chevalet, M. avait posé nue dans la lumière crue de l'atelier. Mais bien plus qu'un modèle désigné parmi d'autres, elle avait inspiré cette statue exposée à Paris, au Salon des Artistes Français, et qui avait valu au statuaire, alors âgé de vingt-cinq ans, le Grand Prix national des Beaux-Arts. Dans le secret d'un atelier, puis sur l'herbe taillée des Jardins de la Fontaine, M. avait été la *Jeune fille au chevreau*, l'enfant jolie, agenouillée face au frêle animal dont les plus égrillards disaient vouloir prendre la place. Riait qui voulait rire. Il est toujours des sourires entendus et des coups d'œil graveleux pour offenser la grâce. Chez tous ceux qui savaient d'où provenaient les lignes sveltes et sinueuses de la statue, la vue de M. réveillait à coup sûr la sensation de fantasmes lointains, conçus au hasard d'une flânerie et qu'on tassait au fond de soi, profondément, avec un mince regret.

*

Son trouble s'expliquait.

C'était cela, le curieux sentiment de connaître ce nez, cette taille, ces pommettes rondes, ce front altier. L'adolescent timide qu'on moquait à l'école pour sa vénération d'un *rêve de pierre* put enfin poser un visage sur cette statue de femme. Un visage animé, noirci de fard, blanchi de poudre et fortement rougi sur le rebord des lèvres. Un visage et un nom comme la statue de Pygmalion, éveillée à la vie par l'intercession d'une déesse sensible aux prières du sculpteur.

À ses yeux, la *Jeune fille au chevreau* devint comme la statue d'Ovide. Une femme de chair. Une femme de sang. Une femme désirable, naturellement, aimable comme une autre, tangible enfin, et dont la forme admirée prenait corps. Il comprit mieux les silences réticents de sa mère à qui souvent, plus jeune, il avait soumis ses croquis dans l'attente d'un jugement.

— Tu la connais, avait-elle dit, lorsqu'elle avait cédé à ses questions pressantes.

Elle avait vu des dizaines de dessins consacrés au chevreau, à la jeune fille, aux vases, à la Tour Magne, aux arbres et aux fleurs, cueillies comme autant de modèles dans les allées des Jardins de la Fontaine.

— Tu la connais. Très bien même, avait-elle murmuré, s'avouant vaincue, mais l'air de dire, d'une voix lasse, eh bien tant pis… j'aurai fait mon possible.

Elle craignait à raison, avec cette si sûre intuition des mères, que son fils, lui aussi, ne s'en éprenne un jour. Elle le savait, il y était tout disposé. Alors elle craignait l'incendie. On n'allume pas un feu au milieu d'une forêt en été.

Ses recherches payèrent : le petit Pygmalion apprit encore que M. était mariée en secondes noces à une célébrité locale. Son époux, ingénieur de formation et ancien footballeur du *Sporting Club* de Nîmes, avait été sélectionné plusieurs fois en équipe de France au début des années 1930. Depuis, à l'exception d'un métier flou qu'il avait exercé dans la gestion du métropolitain, à Paris ou ailleurs, on ignorait la vraie nature de ses activités. Les mauvaises langues soutenaient qu'il vivait d'expédients, parmi lesquels les charmes de sa femme. D'autres évoquaient l'héritage important d'un père mort en Extrême-Orient. Il s'appelait Albert. Râblé, mais vif, petit, à la peau brune, le nez légèrement épaté et les yeux en amandes, l'époux de M. continuait d'éblouir les enfants de ses titres de gloire, chaque année moins brillants, mais qui l'avaient mené dans plusieurs capitales européennes pour disputer des matchs sous la laine du maillot bleu. On prétendait aussi que son orgueil souffrait depuis l'interruption de sa carrière, moins éclatante qu'il ne le laissait croire. Ainsi s'expliquait-on l'oisiveté d'un homme qui passait la moitié de son temps dans des cafés douteux, un journal enroulé dans sa poche, à commenter les dernières décisions du gouvernement et les résultats sportifs de la veille. Mais M. l'avait choisi parmi les nombreux prétendants qui avaient demandé sa main. Peut-être par ennui. Peut-être par amour, au mépris des convenances, à l'issue d'un divorce qui avait fait scandale, lorsqu'elle l'avait suivi à Saint-Étienne à l'occasion d'un transfert chez *les Verts*. Peut-être, aussi, parce qu'ils s'étaient trouvés, M. et Albert, l'un et l'autre dotés d'une réputation qui faisait d'eux des Nîmois singuliers, ayant œuvré, chacun selon ses dons, à la gloire du sport et des arts régionaux. Et puis, tout simplement, il avait dû lui plaire. Car cet homme envoûtant, l'œil ombrageux, avait pour lui une beauté ambiguë, rieuse et sombre, qu'accentuait cette allure de satyre aux oreilles pointues et à la gueule de cancre. Il devait être du même âge que M., peut-être un peu plus jeune, mais ce teint d'insolence qu'il arborait toujours le rajeunissait encore davantage comme s'il avait conclu avec Satan quelque contrat avantageux, ayant soldé son âme contre une prolongation de charmes et d'existence.

Toujours moins ignorant, le petit Pygmalion continua son enquête.

Le couple avait habité à Paris, puis l'avait quitté à la hâte au moment de l'exode pour retrouver un mazet hérité par M. au lieu-dit Camplanier, à Nîmes. Il s'agissait d'une petite propriété entourée d'oliviers. Elle l'avait vendue dès l'été 1940 pour s'installer dans un lieu moins modeste, occupant désormais un appartement près du quai de la Fontaine, fief ancestral de la *haute bourgeoisie protestante* de la ville. Avec cet air de ne pas y toucher, le petit Pygmalion fit jaser les commères. Des tantes, des camarades, des mères de camarades... Chaque jour de cet hiver lui apporta son lot d'aveux qui le plongèrent dans cet état de mélancolie qu'engendrent immanquablement les obsessions juvéniles. Il travailla moins sérieusement, déserta le foyer familial, eut le sommeil plus lourd et la colère plus prompte ; enfin, il reprit ses fusains. D'un carton rangé sous son lit, il extirpa les croquis de la sculpture de Courbier et les regarda plus souvent pour ranimer l'image de M. qu'il n'avait pas revue malgré sa dévotion. Ni sur le parvis de la cathédrale, ni même à la terrasse du *Saint-Castor*. Jour après jour, son visage s'évanouit. Les couleurs s'affaiblirent, pareilles à celles d'un dessin oublié dans un tiroir humide. Sa silhouette s'estompa, ligne après ligne, puis disparut, comme une idée ancienne, dans les recoins de sa mémoire. Et cela lui parut intolérable. Il la voulait en lui, se méprisant d'oublier le détail de ses traits. Avec ses cent mille habitants, Nîmes n'était pas si peuplée qu'on ne puisse rencontrer plusieurs fois le même être. Elle était quelque part, quelque part dans la ville, à vivre, à chantonner, à marcher quelque part, quelque part dans les rues, à penser, à rêver, comme lui, à se coiffer, à rire, à pleurer quelquefois. Non, Nîmes n'était pas si vaste qu'il ne puisse la revoir. Il fallait espérer, miser sur le hasard ou procéder par ordre. Glaner autant d'informations qu'il le pouvait, les recouper entre elles, en trouver d'autres, de plus précises et de moins inutiles. Suivre M. ou son ombre. Revenir sur ses lieux de passage avec son bâton de pèlerin. Ainsi, après quelques mois d'abstinence, retourna-t-il aux Jardins de la Fontaine. C'était un matin gris, dans les premiers jours de janvier. Son retour fut pénible : qu'on imagine Ulysse retrouvant sa demeure envahie de rivaux désirant et sa couche et le sceptre d'Ithaque.

Dès l'entrée des jardins, il fut pris de nausée.

Près de l'allée centrale, une troupe de soldats s'amusait à lester les statues de leur attirail militaire. L'un d'eux avait coiffé Diane de son casque, encourageant un autre à pendre son fusil autour du bras de la déesse. Et tous riaient avec de grands mouvements d'épaules, invitant à leur jeu de jeunes promeneuses, d'abord rétives, le regard droit, fixant le sol, qui jugèrent peu à peu, amadouées par leur bonne humeur, que ces gens-là n'étaient pas si terribles qu'on le leur avait fait croire. Dégoûté de l'aisance avec laquelle ces troufions pleins d'entrain s'étaient approprié les lieux, le petit Pygmalion fila vers le premier balcon du jardin où l'attendait la *Jeune fille au chevreau*. En trois mois, rien n'avait encore changé de son royaume d'herbe et de fleurs. Mais il n'était plus le seul à venir l'admirer. Depuis la défaite de 40, les Jardin de la Fontaine étaient devenus le lieu de tous les défilés. On s'y attroupait en famille pour mieux voir la parade des légionnaires, suant sous leur béret, le bras tendu à s'en fendre l'épaule. Plus tard, le passage en revue des troupes allemandes s'était fait dans le parc, semé de soldats couronnés de métal, le casque étincelant sous le soleil de onze heures. Le parc de son enfance avait été livré aux bottes de milliers d'hommes en armes dont la *Jeune fille* subissait à présent le voisinage.

Son bras avait été détruit au printemps précédent.

Était-ce le fruit d'un acte volontaire? D'une malveillance dirigée contre l'art? D'un excès de pruderie? Ou bien n'était-ce que le résultat malencontreux du peu de soin accordé aux jardins depuis que des soldats en avaient fait leur terrain d'entraînement? Personne n'en connut la raison, mais de cette destruction, la mairie s'inquiéta et fit voter par le conseil les crédits nécessaires au financement de sa rénovation. Croyant soigner une plaie bénigne, Courbier ne mit que quelques jours à rétablir le corps dans son intégrité. Il répara aussi le calcaire entamé de l'oreille du chevreau. On oublia bien vite l'histoire de cette dégradation dont il ne resta qu'une facture acquittée par la ville. On manqua l'essentiel en discutant des heures du prix de cette réparation. Car ces ravages n'étaient qu'un premier signe, l'avant-goût d'une disgrâce.

*

Après avoir enjambé la barrière de fer protégeant la pelouse, le petit Pygmalion tourna plusieurs minutes autour de la *Jeune fille*, puis caressa le pelage rugueux du chevreau comme s'il s'apprêtait à l'abattre. La faim, bien sûr, la faim dont chacun ressentait les tourments, lui dictait ce geste maladroit, plein de sous-entendus. On avait faim. Et ce n'étaient pas ces tickets humiliants, un kilo de légumes par semaine et quelques oignons aux jours fastes, qui pouvaient apaiser les estomacs grinçant comme de vieilles poulies mal huilées. La viande manquait surtout. Et ce gigot de pierre nourrissait le désir à défaut de viande cuite.

Il scruta à nouveau la jeune fille. C'était bien M. Rien qu'elle. Le visage un peu plus jeune, la taille plus mince, la coiffure enfantine et soignée. Mais c'était elle, indubitablement : on la reconnaissait.

Quand il eut trouvé l'angle approprié au dessin qu'il souhaitait composer, le petit Pygmalion s'installa sur l'herbe, à quelques mètres du modèle, son carton sur les cuisses pour qu'il lui serve d'appui. Alors, il commença. La tête inclinée sur la gauche, étirant le bras et les doigts pour éviter les crampes, il ébaucha les lignes, puis les traits, puis les ombres. Enfin il aborda la vie : le sourire, le regard. À peine achevait-il le visage du modèle qu'il entendit, depuis l'escalier inférieur, les bribes d'une discussion dans une langue inconnue. Il hésita. Fallait-il rester là ? Partir ? Admettre le partage de ces lieux avec de vagues soudards qu'il avait vus, quelques minutes plus tôt, jouer avec les déesses comme on habille et dévêt de vulgaires poupées ? D'abord, il n'osa pas se retourner. Mais les voix entendues, loin de poursuivre leur chemin vers les hauteurs du parc, devinrent plus nettes à mesure que ses doigts se crispaient autour de ses crayons de bois. Il ne respirait plus. Ses yeux se tenaient clos. Il attendait toujours que les sons s'évanouissent. Mais il comprit soudain que les Allemands, eux aussi, n'étaient là que pour elle. Comment ne pas comprendre ces paroles familières en dépit de l'accent étranger : *germanische Harmonie… Die Perfektion der Formen… Griechische Skulptur…* Puis la comparaison, l'évocation plutôt, du nom d'un statuaire illustre, celui d'Arno Breker, le Praxitèle du IIIe Reich. *Weniger athletisch, vielleicht…* Pourquoi leur langue en art lui semblait-elle si proche de la sienne ? Ce n'étaient pas des soldats, du reste, ni des soudards, ni de joyeux lurons, mais des officiers bien portants et bien mis. Leurs pas se firent moins vifs, résolument plus proches. Il entendit le bruit de leurs semelles et le froufrou des pantalons bouffants ; alors il fut certain que leur conversation portait sur la sculpture. *Harmonie, aryanische Figur, Perfektion der Formen…* Mais quelle secrète terreur, ou jalousie enfouie, tétanisait ainsi son corps, subitement déserté par le moindre signe de vie ?

Il n'avait pas bougé – ni d'un doigt, ni d'un pouce –, serrant les poings plus fort, à s'en faire mal, lorsqu'il sentit près de son cou une odeur de tabac, le souffle d'une présence. D'un mouvement lent, il tourna la tête, les muscles du cou contractés, le cœur battant de toutes ses forces, comme une cage ballottée par les fureurs d'une bête. Au-dessus de son épaule, il vit dépasser la visière d'une casquette d'officier. Elle surplombait une face bouffie considérant l'esquisse dont le vent s'amusait à corner les angles. Il eût été impossible à cet homme, certes en position de vainqueur, et que rien n'invitait à la mansuétude, de ne pas remarquer l'angoisse, la frayeur même, qu'inspirait son contact à l'adolescent. Orgueil ou embarras, il y parut sensible. Aussi délaissa-t-il la mine austère que les circonstances imposaient à tout officier d'une armée triomphante en territoire conquis. Hochant la tête, il soupira un *schööönn*, enthousiaste et traînant, marquant la fatuité d'un homme qui joue au connaisseur. Puis il dit aussitôt, avec une éloquence où perçait la courtoisie poussive d'un homme un peu gêné, conscient de l'inconfort qu'il provoque malgré lui :

— Bravo, jeune homme ! C'est un très beau dessin.

Mis en confiance par l'admiration qu'il croyait voir briller dans l'œil de ses deux camarades, il ajouta :

— J'ai connu votre langue autrefois. J'essaye de retrouver les mots.

Comme à court de cartouches, essoufflé par l'effort, il rejoignit les autres officiers derrière la bordure grillagée. Si brève et si embarrassée, ce fut la seule conversation qu'eut jamais le petit Pygmalion avec l'un des deux mille Allemands qui occupèrent la ville pendant près de deux ans.

*

Cet épisode aurait pu s'oublier s'il n'avait appris, quelques jours plus tard, que cet officier distingué passait à Nîmes pour l'amant régulier de M.

Il s'agissait du commandant Saint-Paul.

Saint-Paul, comme l'église du même nom au centre de la ville.

Quelque héritier d'une famille huguenote boutée hors du royaume de France lors de la révocation de l'Édit de Nantes. Imaginons seulement : quelle fierté, pour lui, de regagner ces terres dont on avait chassé les siens ! Français de cœur et Allemand de raison, ainsi se qualifiait Saint-Paul. Raffiné de nature, mais épaissi par les orgies de la victoire et l'exigence d'un uniforme qui célébrait la force plus que le goût des arts. Il avait dû se flatter, si la chose était vraie, d'une maîtresse à ce point réputée à Nîmes qu'on passait son dimanche à contempler son corps. L'orgueil, donc, cet orgueil mâle de séducteur, expliquait l'intérêt qu'il avait témoigné à l'œuvre du jeune homme, hommage inconscient et discret à ses propres conquêtes qu'il voulait étaler comme on fait d'un trophée.

Quant à lui, le jeune homme, toujours épris d'un visage entrevu, il s'efforçait en vain de retrouver sa trace. Cela faisait un peu moins de dix jours qu'avait eu lieu sa rencontre avec M. devant la cathédrale. Rencontre, le mot ne convenait d'ailleurs qu'imparfaitement pour désigner ce moment bref qui lui avait permis d'apercevoir une femme dont il n'avait apprécié jusque-là que le simulacre de pierre. L'avait-elle vu, elle, l'indifférente, à côté de sa mère, comme un écolier en costume marin qu'on promène par la main, les samedis de printemps ? Il s'avouait à présent, à supposer que M. l'ait seulement remarqué, qu'il avait dû lui paraître bien puéril à l'ombre des jupes maternelles. Rajeuni à cet âge où l'on souhaite tant s'approcher de la mort par souci d'accéder aux jeux des grandes personnes. Mais rien ne sert de courir. On grandit malgré soi, au rythme des surprises que la vie nous réserve. Secouant l'atonie collective et arrachant la ville à sa résignation, un événement majeur allait brutalement l'initier à ce monde des adultes.

Il faut bien dire que l'occupant avait tout fait pour contrarier ce bon peuple de France. Après des mois de tracas quotidiens – réquisitions, disette, pénurie, couvre-feu –, on s'emparait des bras les plus vaillants pour libérer les prisonniers de guerre. Au début de l'année 1943, l'Allemagne avait sommé les plus de vingt ans d'aller gentiment s'abrutir dans des usines allemandes. On avait faim, peut-être, mais pas assez de foi pour s'offrir en silence à un ogre insatiable. Dans le Gard, comme dans d'autres régions, le STO sonna le début des maquis. Les Cévennes devinrent l'asile des réfractaires. C'en devenait la mode, même, des maquis, clope au bec, grenades, couteaux et mitraillette en bandoulière pour épater les camarades. On y jouait peut-être sa vie, là-bas, téméraires et couillons, mais ça valait toujours mieux que de geler dans une fabrique d'obus de l'autre côté du Rhin.

Jusqu'à ce jour, l'insoumission n'avait pas coûté cher. On râlait pour la forme, sans bousculer l'ordre des choses, et Vichy modérait les critiques au prix d'internements, de sermons et de coups de trique. Des tracts circulaient. Des affiches rédigées à la main appelaient à la révolte… On pestait à voix basse, loin des portes, contre le sans-gêne des soldats et le zèle de ceux qu'on nommait traîtres… Lors des manifestations, sur l'Esplanade, près des Arènes ou sous le monument aux morts, la préfecture se contentait d'intimider les mécontents pour qu'ils rentrent chez eux. Elle surveillait les cheminots, traquait les communistes. Mais rien encore n'avait l'ampleur des sévices et des craintes que vivaient les Français de la zone occupée. Le ton changea pourtant lorsque la Gestapo prit ses quartiers dans une maison de Nîmes. On avait fait partir les occupants du lieu ! Eux n'avaient pas demandé leur reste. On n'est pas fou quand même… Ils étaient juifs, alors pensez ! Discrétion avant tout. Ça se savait qu'on ne les aimait pas, ni à Berlin, ni à Paris. Ni à Nîmes, à présent. Le vainqueur exportait ses lois. Les rires devinrent grinçants, puis se muèrent en cris. Les départs imposés firent déborder la coupe. Le ton monta, de part et d'autre, et le sang commença à couler. Un nouveau front s'ouvrit dans le cœur de la ville, cœur indécis et cœur à vif, éprouvé malgré lui, cœur déchiré qui change plus vite, en fait, que la forme d'un mortel. C'est à l'issue d'une nuit de prison à attendre la mort que, pour la première fois, le petit Pygmalion allait entendre parler d'une prétendue liaison de M. avec le commandant Saint-Paul.

IV

L'ATTENTAT DE LA RUE SAINT-LAURENT

Le 21 février 1943, les gros titres locaux relayèrent la nouvelle.

Quelques bonnes âmes avaient pu croire, jusqu'aux premiers fracas, que l'entente se jouerait sans couacs entre un peuple amaigri et les troupes repues de la Wehrmacht. Mais le *vae victis* n'avait duré qu'un temps pour céder peu à peu à l'exaspération. Exaspérés, les commerçants ! Les ouvriers ! Les retraités, les femmes enceintes, les mères de prisonniers… Exaspérés, les hommes, les pères et les maris, rageurs comme des cocus nargués par une armée de bellâtres casqués. C'était déjà assez de les voir s'emparer des meilleures tables et du ravitaillement ; fallait-il encore qu'ils écoulent leur humeur au nez et à la barbe des Nîmois !… Qu'ils aient gagné la guerre, personne n'en doutait plus, mais s'étale-t-on ainsi sans la moindre pudeur ?

La veille, un samedi soir, dans un quartier connu des noceurs et des employés de l'usine Lazard, une effroyable détonation avait fait trembler tout le voisinage de la rue Saint-Laurent. Puis des cris avaient retenti pendant l'heure du dîner, faisant hurler les chiens et trembler les riverains sur leurs chaises. Le bruit venait de la Maison Carro, le bordel des Allemands, où ça défilait sans arrêt, du crépuscule à l'aube, depuis qu'on leur avait offert un lieu à cet usage. Posée à dessein aux heures de haute fréquentation, la bombe avait emporté les premiers clients pénétrant tout guillerets dans l'enceinte parfumée de ce *Bordelle unter deutscher Überwachung*. Sous surveillance allemande.

L'explosion avait refroidi le désir des plus concupiscents.

Partout, le désordre régnait. Les uns couraient sur le pavé, d'autres venaient d'ailleurs, portant des carafes d'eau et des civières improvisées, tables ou lits de camp, sur desquels on plaçait les blessés. Ça gémissait, pleurait, ça gueulait dans un coin, à l'étage, avec des hurlements hachés, aigus, comme les râles d'un cochon qu'on égorge. Une fille, une pauvre fille, la jambe broyée, atteinte par des éclats.

Devant la porte de la maison close, enrobée d'une fumée couleur d'argile, plusieurs corps se tordaient dans une flaque brune, visqueuse, ruisselant dans une rigole le long du caniveau. Des hommes aussi s'égosillaient, brandissant leur pistolet, errant dans la fumée, s'éparpillant déjà, de rue en rue, pour chercher les coupables. À l'écho des explosifs avait succédé celui des voix humaines, peureuses, brassant des appels au secours et des *Achtung* lâchés dans un climat de sauve-qui-peut. Il y eut d'autres détonations, plus faibles, de fusils ou de mitraillettes, qui claquèrent dans la nuit. Des pneus crissèrent aux abords du bordel. Pompiers, policiers et médecins appelés en urgence sortirent de leurs voitures pour constater les faits.

Ce n'étaient que débris, hurlements et fureur.

Dans la cour d'un immeuble, loin de l'agitation,

des militaires empoignèrent des civils, canon entre les omoplates, les contraignant à s'aligner contre un mur de béton. On entendit une longue salve d'injures. Un silence écrasa la scène, cette scène piteuse d'hommes affrontant l'abîme. L'un des soldats mit son fusil en joue. Il fit une moue haineuse, considéra longuement ces visages effarés dans le fond de la cour, puis cracha au sol, en proférant des menaces inaudibles. Autour de lui, deux camarades tentèrent de l'adoucir en vain. Car l'homme avait les idées claires : du bout de son canon, la mort fixait le visage des condamnés et leur œil dilaté par l'effroi. Il fallut qu'intervienne l'un de ses supérieurs pour que l'homme, visiblement déçu, abaisse son arme sans discuter. Les civils respirèrent. Leur mort viendrait plus tard. Ils prolongeaient leur vie en perdant l'avantage d'une sortie héroïque. Mais le répit fut bref. Ce premier signe de brusquerie s'amplifia dans la nuit avec l'arrestation de cinquante-deux suspects. On suivait l'ordre du chef des troupes d'occupation.

★

Vers quatre heures du matin, des policiers frappèrent à l'une des portes de l'avenue Feuchères.

Le heurtoir sonna trois coups, puis trois coups, puis trois encore. De plus en plus secs et rapides. Grelottant sous leur pèlerine sombre, par endroits maculée de givre, les policiers sautillaient sur place, soufflant bruyamment dans leurs mains écorchées par le froid. Devant la façade bleue, ce n'était que silence : toute la maison dormait, ses chats, ses habitants ; tous étaient couchés à l'exception, par habitude, d'une concierge affalée dans un fauteuil dont les accoudoirs défoncés se confondaient, comme par une concrétion rocheuse, à deux bras courts, énormes, aux replis fripés de mollusque. Engourdie, mais lucide, par ce miracle de veille somnolente dont seuls les aubergistes, les portiers et les généraux en campagne possèdent la mystérieuse formule, elle sursauta à peine et se hâta d'ouvrir lorsqu'elle eut deviné, derrière la gaze de ses rideaux, l'autorité des uniformes. La ville en était pleine, de ces ombres sinistres, à pied ou à vélo, déversées dans les rues pour disperser les noctambules.

Convaincue et flattée de pouvoir être utile à d'aussi respectables personnes, la concierge ne se fit pas prier (il est des gens obstinément serviables) pour indiquer où vivait la famille, par eux nommée, dont l'un des deux enfants – oui, oui, il y avait bien une fille et un fils – fréquentait le lycée de garçons, boulevard Victor-Hugo. Le fils, oui, en effet, à sa façon, pouvait sembler étrange. La fille, non. Mais le fils, peut-être… Toujours à dessiner, à errer çà et là avec son grand carton. Est-ce qu'il n'y fourrait pas des messages clandestins ? Comment savoir, avec ces jeunes, ce qu'ils ont dans la tête ? Mais dans le fond, oui, non, des gens sans histoire, bien sous tous les rapports. Des commerçants aisés. Et pas avares ! Le père, décoré à Verdun, propriétaire d'un magasin de vêtements. La mère couturière de talent, disait-on, qui avait travaillé pour des enseignes de Paris… Suspects ? Non pas les parents… Ce seraient plutôt les habitants de la maison voisine. Pas plus tard qu'hier, tenez, l'un des locataires avait reçu des amis en pleine nuit. En pleine nuit, rendez-vous compte ! Et en grande pompe. En auto, même… Plusieurs types avaient débarqué en riant avec des bouteilles et des femmes pour faire la noce et chanter des chansons.

Elle s'exprimait ainsi, la concierge, d'un air vindicatif, vaguement doucereux, passant sa main dans ses cheveux, par coquetterie, pour aplatir le désordre filasse de ces mèches clairsemées entre lesquelles luisait la chair pâle de son crâne. L'un des hommes, poliment, coupa court à ces bavardages. Et, sous l'œil brillant de la vieille, pas vexée pour un sou, mais décidée à suivre l'affaire jusqu'au bout, deux d'entre eux empruntèrent l'escalier. Celui qui passait pour le chef intima au troisième l'ordre de surveiller la rue.

À nouveau, ils toquèrent plusieurs fois.

L'appartement désigné par la concierge occupait le dernier étage de cet immeuble ancien que se partageaient trois ou quatre familles. En bas, une porte voûtée donnait sur une entrée dont l'épaisseur des murs conservait la fraîcheur lors des chaleurs d'été. Plus haut, les premier et deuxième étages étaient pourvus d'un balcon d'où s'élevait une balustrade de fer forgé, bleu tendre, comme les volets, que la nuit repeignait en gris. D'après les fiches de renseignement délivrées par la préfecture, à quelques numéros de là, le jeune homme recherché devait habiter l'appartement du haut avec ses parents et sa sœur de quinze ans.

Ce fut le père, vêtu d'une chemise de coton, qui se présenta le premier aux agents de police. Entrebâillant la porte avec méfiance, il entrevit, dans le faisceau d'une torche qui d'abord l'aveugla, les deux gardiens de la paix. L'un d'eux – celui qui portait une moustache entortillée, très solennelle – lui dit avec une pointe de gravité dont il peaufinait les nuances à chaque nouvelle arrestation :

— Votre fils est-il avec vous ?

Se frottant les paupières, comme un enfant qu'on

arrache au sommeil, le père hésita à répondre, moins par appréhension que parce qu'il dormait à moitié, victime de cette torpeur cotonneuse qui accompagne les premiers bâillements matinaux. Derrière lui, le grincement du parquet fit tressaillir les deux agents. Celui qui s'était tu, un homme à la peau abîmée, couverte de petites crevasses, tendit le cou vers l'entrée, la main posée sur son fourreau de cuir. Mais tous deux s'apaisèrent lorsque se détacha une silhouette féminine. C'était la mère qui avançait vers eux. Par un réflexe de courtoisie, les deux hommes ôtèrent leur képi et la saluèrent d'une voix moins menaçante, comme conscients de violer une intimité dont chacun d'eux pressentait la valeur. Âgée de moins de quarante ans, belle dans le fouillis de ses cheveux noirs, elle s'approcha de son époux ; puis, serrant avec pudeur le cordon qui ceignait sa chemise, demanda ce que ces hommes, à cette heure, attendaient sur le seuil de leur porte.

Pour lui-même, comme pour se rassurer face à l'évidence d'un danger dont il ignorait les contours, il crut devoir dissiper l'inquiétude qui s'insinuait en eux :

— Ce n'est rien, ma chère…

Puis, se tournant vers les deux hommes :

— Un simple contrôle de police, je suppose. N'est-ce pas, Messieurs ? Est-il arrivé quelque chose ?

La moustache solennelle s'imagina quelque manœuvre afin de relâcher son attention, et, réitérant sa question, franchit le seuil sans même qu'on l'y invite :

— Où est votre fils ?

Tempérant aussitôt la brusquerie de son second, le chef, moins soupçonneux, prit soin de préciser l'objet de leur visite. Des terroristes – c'était le mot qu'on employait alors – venaient de commettre un attentat contre les troupes allemandes. Leur hiérarchie réclamait des otages. Personne, ici, n'accusait formellement leur fils, mais ils avaient en main une liste de suspects sur laquelle figurait son nom. C'était navrant, bien sûr. Tant de violence gratuite. On ne pouvait que déplorer. Déplorer l'attentat. Déplorer les otages, la méthode et le reste. Mais on n'y pouvait rien.

— Est-ce vraiment lui que vous cherchez? demanda la mère. C'est peut-être une erreur, ou un malentendu.

— Ce sont les ordres, répondit-on en lui tendant, comme une preuve de bonne foi, un papier officiel qu'elle ne voulut pas prendre.

L'officier se résigna à présenter le document au père :

— Tenez, lisez.

Peu d'impuissances causent autant de douleurs que celles d'un père réduit à livrer son enfant à des mains étrangères. Mais que pouvait-il faire? Blessé dans sa fierté, humilié à ses yeux et à ceux de sa femme, résigné, il accompagna les deux agents jusqu'au seuil de la chambre du fils.

— Laissez-moi lui parler, dit-il.

Le petit Pygmalion dormait.

À quelques pas dormait la sœur, elle aussi, harassée par des journées de veille à aider les parents. Depuis le début de la guerre, et à mesure que s'épuisaient les vivres, la gestion du foyer était devenue une tâche à part entière. Le départ impromptu de leur bonne, rentrée en Lozère auprès de sa famille, avait alourdi le fardeau quotidien : cuisiner sans gâchis, coudre et recoudre, épargner pour l'avenir, rapiécer du vieux linge, trouver au marché noir un morceau de viande rouge, éviter les rancœurs, surtout, bien plus dangereuses que le fléau des pénuries. Dès juin 1940, avant le rationnement, les parents s'étaient, comme tout le monde, rendus devant les comptoirs de la Caisse d'Épargne pour retirer leurs économies. Le père, avec prudence, les avait investies dans du vin, des conserves et de la charcuterie qu'on s'était empressé de ranger dans la cave. La mère, que les bourgeoises continuaient de solliciter pour leurs robes de saison, plus prévoyante encore, avait convaincu son mari de lui céder quelques centaines de francs, dépensés en coton, ruban, laine, fil, aiguilles et autres pacotilles qui deviendraient bientôt des articles précieux. Qui aurait parié que l'arrivée des troupes allemandes donnerait à certaines une envie de beau linge et de tenues frivoles ? La mère croula sous les commandes adressées en sous-main. Et la sœur du petit Pygmalion, à demi libérée par la réquisition de son lycée transformé en caserne, accorda moins de temps à l'étude qu'à des colifichets cousus dans le pli des jupons.

La sœur n'avait rien entendu des tractations nocturnes qui se tramaient au milieu de l'appartement familial. Le frère non plus. Il dormait pesamment comme dorment les adolescents dont les rêves sont autant de remparts contre la vie injuste et les doutes essentiels.

— Il faut t'habiller, susurra le père en caressant la joue de son fils assoupi.

La mère ne put retenir un son d'animal suffocant, lorsqu'elle vit son enfant, hagard, ouvrir les yeux tandis que le père lui effleurait l'épaule. Les policiers n'attendirent pas longtemps devant la porte de la chambre. Ils saisirent quelques murmures au vol, des sanglots étouffés, mais se refusèrent, par décence, à troubler un conciliabule qui pouvait être le dernier. Quelques minutes plus tard, ils virent sortir un garçon de seize ans, haut de taille, le visage mince et vif, malgré le pli des cernes sous des yeux verts, démesurément grands. Le chef pensa que ce garçon avait la beauté de sa mère, mais ne s'en émut pas. Il voulut écourter les adieux. Il y avait trop de gravité dans cette peinture de genre, livrant à des regards profanes l'intimité d'une famille déchirée, pour qu'il ne comprît pas qu'il fallait abréger la scène pour en sauver la dignité. Sans violence ni rudesse, les policiers prirent chacun le garçon par un bras. Redoutant un accès de tragique, la moustache solennelle fit signe à la mère de les laisser partir. Il n'était pas question d'emporter avec eux quelque affaire que ce soit. Ce n'était pas à l'hôtel qu'on emmenait leur fils, ni au sanatorium, mais vers les geôles de la maison d'arrêt. On leur en dirait plus le lendemain. Parole d'agent. Avec leurs pièces d'identité. Dès l'aurore. Devant la préfecture.

Ainsi s'acheva la ronde de nuit. Sur une promesse prononcée sans y croire, presque par compassion, parce qu'il fallait bien, moins par amour du genre humain que pour épurer sa conscience, dire quelque chose à ces spectres en pantoufles, ridicules et piteux, plus ridicules et plus piteux encore à mesure que les larmes montaient, bulbeuses, sous le tremblement des cils, ces larmes importunes, versées à contretemps. Car ce n'était ni l'heure ni le ton qui seyait à la scène: les spectres ne pleurent pas. Et il était trop tôt pour présager le pire.

Assourdis par la pluie qui tombait à présent sur la tôle des gouttières, les pas claquèrent mollement, puis s'évanouirent au nord, vers la place du Maréchal. On n'entendit plus rien. Il fallait dormir, à présent. Se rouler dans l'angoisse. Se raisonner pour faire taire ces tourments et ces images odieuses, de guillotine et de procès, d'exécution publique et de mains liées dans le dos. Qu'avait donc fait leur fils ? L'ignorance et la peur tenaient lieu de lendemain. L'enfer, c'est de ne pas savoir. Dès l'aube, le père sortirait de l'armoire son costume d'officier, capitaine en 17, le képi noir et rouge, les médailles au plastron et l'œil serein d'un homme sûr de ses droits. Qu'un jour, au moins, l'honnêteté serve de sauf-conduit. On l'écouterait, on s'excuserait peut-être. On lui rendrait son fils. Mais, à présent, le sommeil seul valait. Le sommeil et l'attente. Cela, derrière son voilage blanc, même la concierge l'avait compris. Dans cet immeuble de l'avenue Feuchères, sinistre et secret comme une salle de torture, l'implacable silence avait repris ses droits.

*

Serrés en rang, une vingtaine d'hommes amorphes, l'air nauséeux et les joues mal rasées, furent emmenés par des rues claires-obscures de Nîmes. Il y eut d'abord un bref passage par le commissariat de la rue des Greffes. Puis un camion bondé les conduisit jusqu'à l'entrée de la maison d'arrêt. Là-bas, ils furent bientôt rejoints par un nouveau groupe d'hommes, plus pâles encore, malmenés à coups de bâton dans les reins, que formaient plusieurs grappes d'ouvriers, d'ivrognes titubants et de journaliers, tirés à la va-vite des cabanes insalubres où leur errance s'interrompt quelquefois.

Parmi ces rangs d'otages, tous n'avaient pas eu droit aux mêmes égards. Ceux-là avaient été piochés dans des quartiers moins chics que le pâté cossu dont on venait d'extraire le petit Pygmalion. Mais qu'est-ce qu'il faisait là, au milieu de la nuit, parmi des êtres si variés, si différents de lui ?

Il apprendrait un jour les causes de son arrestation. Sales causes, motifs honteux et lâches, au cœur d'une sale époque. Deux ans plus tôt, les aveux trop zélés d'un voisinage à l'affût de bons points avaient convaincu la police, soucieuse d'ordre public, d'inscrire son nom dans le registre des suspects. C'est qu'un rien suffisait alors pour se voir ranger parmi les communistes, les francs-maçons, les anarchistes et toute la clique des éléments perturbateurs que le régime accusait d'intentions séditieuses. C'était fin 1941, au milieu de l'hiver. Tandis que Nîmes se trouvait à l'abri de la tutelle allemande, Paul et Henri, deux amis de collège, l'avaient emmené placarder des affiches en faveur de De Gaulle. On appelait ça des papillons, de petits bouts de papier volants, affichés sur les murs entre deux graffitis. De Gaulle, il avait placardé son nom par défi et par jeu. Est-ce qu'il en mesurait les risques ? Plus tard, il prétendra que non avec une modestie déconcertante. Il jurera ses grands dieux que ces collages n'étaient pour lui qu'un divertissement anodin, une farce pour étourdir l'ennui. Toujours il déclinera cette gloire, étouffante et râpeuse, qu'on voudra lui flanquer comme un collier au cou.

Cette année-là, décembre était froid à mourir. Jamais les nez n'avaient été si rouges et les lèvres gercées à ce point. Les gants étaient troués, les écharpes trop courtes. On soufflait sur ses doigts dont les ongles bleuis dépassaient d'un filet de laine effilochée. Chacun à sa manière côtoyait la misère et s'y accoutumait. C'était à sa tenue qu'on l'avait reconnu. À ce long paletot vert que sa mère et sa sœur avaient confectionné, malgré sa réticence, avec des chutes de robes d'hiver. Ce manteau trop subtil, qui lui donnait à son insu des airs de dandy efflanqué, combien de matinées givrées et de neigeuses après-midi n'avait-il pas rechigné à l'endosser par peur des moqueries de l'âge ingrat. Puis le froid triomphait. C'est à ce manteau-là, à ce manteau de femme, grotesque sur ce corps d'adolescent, qu'on l'avait reconnu alors qu'il s'apprêtait à défier les barbons de Vichy. Au coucher du soleil, un voisin l'avait vu emprunter la rue Crémieux entre deux camarades, tout excité, baissant la voix comme un conspirateur. C'était le fils des C., un peu idiot, mais qui s'entendait bien avec toute la famille du petit Pygmalion.

Ayant suivi les trois amis, de loin, il s'était hâté de rapporter les faits à la police, sans croire la chose trop grave, parce qu'on lui avait dit, d'expérience répétée, qu'il pourrait y gagner des tickets de rationnement. Gagnant, gagnant, tu parles ! Il était revenu en berne de son baptême de collabo, la queue basse, les poches vides et l'âme plombée. Le soir, il avait pris une rouste et une très pointilleuse engueulade. Les C. avaient l'honneur en religion. On n'allait pas servir la soupe aux sous-fifres d'Hitler. Et encore moins sans récompense ! Mais le sermon était tombé trop tard pour éviter au petit Pygmalion d'avoir un dossier à son nom. Des trois garçons, lui seul avait été fiché parce que le fils des C. ignorait le nom des deux autres. Deux ans avaient passé sans aucune preuve à charge. Sa fiche avait jauni ; et ni Henri, ni Paul n'avaient fait parler d'eux pour mériter la leur.

Depuis cette nuit, Henri s'était rangé dans le camp des gens sérieux. Cet ancien enfant de chœur n'avait plus de temps à perdre en révolte inutile. Il restait un ami, mais un ami pataud, devenu pontifiant, l'encourageant à reconstruire la France plutôt qu'à s'extasier devant une statue de femme nue. Sculpteur, ce n'est pas un métier, affirmait-il d'un ton paterne. Peintre, encore moins. Architecte, pourquoi pas ? Crois-moi, ce serait une meilleure occupation. Ou bien dans la publicité, tiens ! Dessinateur d'affiches. Voilà un métier prometteur si tu tiens tellement à faire les Beaux-Arts.

Quant à Paul, il avait disparu. Aux premiers jours d'occupation, on l'avait vu moins souvent au lycée. Il avait d'abord justifié ses absences en prétextant la nécessité d'aider son père aux vignes. Le vin, c'était bien la seule chose dont le Gard disposait à foison. Ses raisons étaient bonnes, on les avait admises. Puis Paul n'avait plus rien expliqué du tout ; et on l'avait perdu de vue sans que cela inquiète les professeurs, habitués à ces va-et-vient permanents que la guerre avait multipliés au sein des classes, à l'usine et aux champs. Ça les aurait fait rire, Henri et Paul, de le voir entrer là, à la maison d'arrêt. Rire et taire à la fois, muets d'admiration. Bien mieux qu'Edmond Dantès, reclus à moins de vingt ans dans une cellule du Château d'If, mieux que Valjean, envoyé à Toulon un peu avant trente ans, il entamait dans une geôle crasseuse, du haut de sa seizième année, sa première nuit de forçat. À cet âge fait d'ardeur et d'espérance, il n'en fallait pas plus, après la frousse et passé la colère, pour se croire le héros échappé d'un roman.

V

INJURIER LA GRÂCE

De la maison d'arrêt, plusieurs suspects furent déplacés vers l'ancienne citadelle. Les murs du Fort Vauban, à demi avalés par la nuit, s'élevaient comme sur l'aplat d'une gravure fantastique. Le Fort tenait lieu de prison. L'entrée se situait au niveau d'une passerelle pavée près de laquelle, plus jeune, le petit Pygmalion avait joué au preux chevalier comme sur le pont-levis d'une forteresse médiévale. Il faut avoir vu Nîmes par les toits, avec ses clochers surplombants, plantés dans des monts écailleux de tuiles bariolées que font pâlir le soleil et la pluie. À cette heure-là, les lueurs de l'aurore n'éclairaient pas encore les contours de la ville.

D'attendre ainsi, comme un mauvais sujet, exhuma des souvenirs à demi effacés. Souvenirs aux couleurs indécises, dont les lignes seules restaient vives, inaltérablement. Tout cela sommeillait dans un coin de mémoire, tassé au fond, sous un monceau d'images amassées au hasard. Des souvenirs lointains, des souvenirs d'enfance. Lorsqu'il croyait encore risquer sa vie aux environs de l'enceinte interdite, dans les rumeurs de meurtres, derrière ces hautes murailles d'où l'on entendait quelquefois s'échapper le clairon matinal. La citadelle offrait un repoussoir suprême, l'horizon des tricheurs et des bons à rien. On y voyait le cimetière des vivants, l'éternel bannissement hors des sentiers du monde, loin des amis, des jeux, des familles et des fêtes, un vaste empire de plomb, de fers aux pieds et de soupe au chou pour unique pitance. Au Fort Vauban voguaient des âmes en peine. À l'école, se voir promettre un séjour en ces lieux était, de la part d'un maître ou d'une maîtresse, la prophétie la plus désespérante qu'un enfant pût entendre sur son compte. Mais l'imagination allégeait quelque peu l'horreur légendaire de l'endroit. Or de ce bien précieux, l'imagination, les enfants disposent sans aucune restriction ni rationnement contraint. Et la prison redevenait ce château médiéval qu'il fallait conquérir. Ainsi, sans trop s'approcher des gendarmes qui surveillaient l'enceinte, et fascinés par la peinture qu'en faisaient leurs parents, mêlant la noirceur des geôles aux rougeoiements de l'enfer, les enfants y affluaient en masse, par plaisir du frisson lorsqu'un cri résonnait, de l'intérieur du Fort, ou que tonnait la voix d'un gardien houspillant cette ribambelle de gamins désinvoltes.

Tandis qu'ils avançaient, malmenés par les crosses, vers l'entrée de la citadelle, bouche putride et obscure dont la grille, au sommet, était dominée par une inscription inquiétante – MAISON CENTRALE DE DÉTENTION –, le petit Pygmalion se revit, huit ou neuf ans plus tôt, terrifié par ces termes contradictoires où son esprit faisait s'entrechoquer la notion d'hospitalité à celles, plus sombres, de réclusion et de punition. Car comment une maison, dans un esprit candide, refuge immuable et sacré du foyer, pouvait-elle condamner des hommes à un enfermement perpétuel ? Il se remémora son étonnement d'alors et adressa, sans nostalgie, un sourire à l'enfant d'autrefois.

Soudain, le franchissement du pont ranima une image très précise.

À quelques pas de l'entrée du Fort, devant la porte cochère de l'un des hôtels situés au carrefour, il avait vu de jeunes garçons se livrer à une scène effroyable et macabre, l'une de ces distractions hideuses où l'adulte, déjà, perce en l'enfant, avec ses perversions et ses désirs de toute-puissance. Ainsi le petit Pygmalion avait-il découvert la gratuité du vice et de la cruauté. Et cela lui parut malheureux. À sept ans comprend-on que la paix n'est qu'un répit de la guerre et la tendresse une grâce arrachée à l'inattention des hommes, oubliant un instant leur nature ? Le moindre mal, chez l'enfant trop couvé, semble une offense à l'ordre même du monde.

Né dans les années vingt, dans le sillage des violences de 14 et à la veille de celles qui déclencheraient les ravages de 40, le petit Pygmalion ignorait encore de quoi les hommes sont faits et le parfum du sang et la laideur des lâches et que la chasse n'est qu'un dérivatif à des pulsions anciennes. Sans doute avait-il vu, à l'occasion, que le bon et le méchant s'affrontent sans que les rôles ne soient jamais fixés. Mais ces idées très vagues, de vice et de violence, lui devinrent familières au cours d'une scène étrange à laquelle, malgré lui, il assista près de la prison. Une scène de torture et d'amusement sordide à l'âge où la cruauté règne. Violence sans cause, déferlant dans le monde harmonieux qu'il s'était inventé, doux comme un Noël et lisse comme une statue de marbre. Torture bénigne, de celle que l'on croit naturelle aux enfants vagabonds. Sur un oiseau, tout simplement. Torture admise que les siècles consacrent. Que trois garçons un peu plus vieux que lui – d'à peine douze ou treize ans – infligeaient à la bête avec la mine experte et curieuse d'un cénacle d'internes en pleine leçon d'anatomie.

Les trois enfants, penchés vers le sol, dans l'ombre d'un coin de la porte cochère, tourmentaient un moineau dont l'aile avait été brisée. Le soulèvement de ses plumes, hérissées par la peur, se répétait au rythme d'un cœur inquiet. Le bec s'entrouvrait quelquefois, puis à nouveau se fermait sans un son. L'oiseau gonflait péniblement la gorge, puis se recroquevillait dans un reste de vie.

L'un de ses tortionnaires, portant les cheveux ras entre deux grandes oreilles, se plaisait à enfoncer la pointe d'une épingle à nourrice dans le plastron velouté de l'oiseau. Il en sortait, de temps à autre, comme un suc, des gouttelettes de sang tachant le duvet frémissant de la bête qui, de son aile valide, commettait un battement, puis deux, avant de cesser tout mouvement sous le ricanement de ses exécuteurs. Car ces enfants riaient, à chaque poussée d'épingle, à chaque incursion de métal dans la chair de l'oiseau ; jamais trop loin pour que le jeu perdure. Aux rires succédaient l'analyse, les commentaires naïfs, signes d'émerveillement et remarques savantes :

— Regarde comme il palpite, disait l'un.

— Son cœur doit être là, s'exclamait l'autre, en pointant de l'index un arc blanc et brun qui, comme un collier, embellissait sa gorge. Appuie un peu plus fort.

— Savez-vous que nous sommes ses aînés ? déclarait sentencieusement le troisième. Un oiseau de ce type, m'a dit mon père, ne vit pas plus de deux ou trois ans...

— Ça y est, il meurt, s'étonnaient-ils enfin, presque déçus, en constatant les deux pattes repliées sous la bête.

Et c'était comme s'ils n'y étaient pour rien, pas même coupables des nuées rouges, déjà sèches, colorant son bec et ses plumes immobiles.

Voilà de quoi l'homme est capable.

Détruire est ce qu'il fait le mieux. Cette expérience précoce de la laideur de l'âme était peut-être à l'origine de son goût du dessin. Saisir le monde à coups de crayon, n'est-ce pas l'arracher provisoirement à la joie destructrice des hommes dont ces enfants incarnaient la fureur d'animal humilié. Car la beauté humilie la laideur ; et qui ne peut la posséder, plutôt que de chercher à s'élever – même en vain – pour en devenir digne, préférera l'outrager avec cette jouissance creuse de l'impuissance vengée.

Ceux qui ne savent pas créer excellent dans le néant. Mais tout homme demeure libre de ne pas cracher sur le monde. La dignité s'acquiert par l'étouffement de nos premiers penchants qui parfois se déchaînent à torrents comme l'eau d'une digue brisée. Nulle digue n'est éternelle. Entre l'adulte sage et l'enfant tortionnaire, entre l'enfant rêveur et l'adulte hypocrite, chacun sent battre un jour d'étranges remous. La bête, en nous, sommeille, tressaille ou se révèle au gré des circonstances.

Était-il seul lorsqu'il avait été témoin de ce divertissement ? Il avait oublié. Il ne se souvenait que de ces trois figures, hilares et laides – étaient-ce des monstres ? –, exultant devant le moineau mort, martyr de leur désœuvrement. Durant l'agonie de l'oiseau, il avait vu leurs bouches s'ouvrir en grand, vu leur langue blanche d'enfants malades et leurs dents sales dans un éclat de rire qui résonnait comme un blasphème à toute la création. Le soir, chez lui, il avait pleuré dans son lit, longtemps, le visage enfoncé dans l'oreiller mouillé, au goût salé de larmes et des brins de lavande qui parfumaient le linge. Qu'on puisse de la sorte injurier la grâce, supplicier l'innocence et humilier le faible : cela, il l'avait découvert pour la première fois.

*

Enfin, ils purent parler. Et les otages firent connaissance. Après avoir relevé leurs noms, pris leurs écharpes et leurs lacets, on emmena certains d'entre eux dans une cellule glaciale qui empestait l'urine et l'eau croupie. De l'intérieur, le Fort Vauban était moins effrayant qu'il ne l'avait pensé. Là-bas, il apprit de la bouche d'un homme enfermé avec lui quel événement considérable avait déclenché cette vague d'arrestations.

La Maison Carro, évidemment qu'il connaissait. On en parlait parfois, d'une voix feutrée et faussement détachée, dans la cour du lycée. Certains de ses camarades s'étaient même vantés d'avoir pu fréquenter les salons du lupanar – officiellement réservés aux Allemands –, en faisant soigneusement vibrer la corde patriotique dans le cœur de ces dames. C'était la bonne action de la maquerelle, son héroïsme occasionnel, à condition que les passes ne durent pas plus de cinq minutes et que le secret ne fuite pas. Elle y jouait sa licence et son prestige municipal. Et puis les femmes de la maison se trouvaient fatiguées d'entendre toujours dans le creux de l'oreille le murmure langoureux d'une langue qu'elles ne comprenaient pas. *Schatzi... Bitte... Warum nicht? Nochmal... Gefällt es dir?* À l'exception de quelques beaux garçons, doux et gentils comme un souvenir d'enfance, les soldats de passage les laissaient toutes de marbre. Alors, pensez, recevoir la visite de jeunes michetons bravant l'interdiction, c'était leur manière bien à elle de résister.

Dans l'ombre du cachot, les langues se délièrent peu à peu.

Cinquante hommes rassemblés en une nuit et jetés en prison avec ordre de faire silence : leur sort était écrit. C'était l'avantage des pratiques allemandes, de répéter en boucle les mêmes représailles au lendemain d'une attaque. Chez eux, toute vengeance était hors de proportion. La symétrie importait peu. Le Talion leur était même suspect, avec ses principes millénaires, vénérés par le peuple élu. Un seul Allemand tué pouvait valoir cinquante vaincus. Cent yeux d'Argos pour un œil de cyclope. Une mâchoire contre une dent. C'était l'inflexible credo des nouveaux dieux de la guerre, bercés par la mythologie antique plus que par les versets de l'Ancien Testament.

L'un des voisins du petit Pygmalion prit soudain la parole à l'intention de ceux qui ne lisaient pas la presse. C'était un homme replet, aux jambes courtes, avec une barbe grisonnante et une voix chaude des conteurs du Midi. Sa place en ces lieux infestés de vermine et de rats, il la devait à une fréquentation ancienne des cercles communistes, datant de la dernière guerre et des séductions de la IIIe Internationale. Il avait toujours su que ça ne durerait pas, cet accord de circonstance entre

Moscou et Berlin... Le coup de la Maison Carro, c'était probablement le cri de ralliement des camarades. On se retroussait enfin les manches pour botter le cul des troupes allemandes. Alors, bien entendu, la lutte ne serait pas une partie de plaisir. Il y aurait, comme toujours, des martyrs et des pots cassés. Il s'expliqua, doctement, sans prétention :

— Allez savoir pourquoi on nous a foutus là !... À ce que j'ai pu voir lors de notre passage à la maison d'arrêt, nous sommes entre quarante et soixante hommes. Ça ressemble un peu trop à ce que les Boches ont fait à Nantes pour n'être qu'une coïncidence...

Plusieurs otages se rapprochèrent de lui pour entendre la suite. Il dit :

— Ils l'ont fait à Nantes. Et puis à Bordeaux, aussi, quelques jours plus tard. Cinquante types fusillés d'un seul coup. Pour l'exemple, quoi ! Après l'assassinat d'un gros bonnet de leur état-major.

Les hommes se regardèrent, cherchant à leur côté un air de connivence, une mine prompte à chasser d'un sourire amusé de si mauvais présages. Mais les complices manquaient et chacun savait bien que cet accent chantant marquait la voix d'un sage. Il poursuivit, mi-bravache, mi-résigné, du même ton de prophète :

— Confession, testament et dernières volontés... Vous entendez, dehors ? Tout ce remue-ménage. C'est l'heure des comptes à rendre. Croyez-moi, il y a dans l'air de forts relents de fusillade.

Puis il conclut, avec une gravité exagérée qui ne fit rire personne :

— Camarades, je ne donne pas cher de notre peau.

D'autres prisonniers jouèrent les renseignés.

L'exécution de dizaine d'innocents, ce n'était pas possible, pas si tôt, pas sans procès, pas un dimanche. Tout barbares qu'on ait pu les juger, ces gens avaient quand même une vague notion du droit. Vers onze heures du matin, les prisonniers en étaient encore à débattre sur leur sort, rivalisant d'arguties juridiques et d'espérances forcées, quand les premiers d'entre eux furent convoqués hors de leur geôle pour être interrogés. Certains dormaient, tentaient de dormir, la tête lourde, les genoux repliés, le dos contre la pierre humide qui transpirait de cette eau glauque et brune dont ruissellent les vieux murs de cachot. Le petit Pygmalion émergea d'une somnolence entrecoupée de rêves effilochés. Une migraine lui broyait le crâne. Il se tourna vers son voisin, une espèce de gandin d'une trentaine d'années dont la mise élégante, trop raffinée pour un tel lieu, l'avait tout de suite intimidé. D'une voix pâteuse, la bouche tordue par la grimace d'un bâillement réprimé, il demanda :

— Quelle heure est-il ? Quel jour sommes-nous ?

De son gilet, l'homme sortit une montre à gousset argentée. Il la manipula avec délicatesse et cette fierté ostentatoire que procurent aux enfants les joujoux neufs. À le voir trépigner et chercher son pareil dans cette masse d'ouvriers, on sentait le bavard en mal d'auditoire bien docile. La question de ce grand jeune homme, dont tout montrait qu'il provenait d'une bonne famille, offrait un prétexte trop beau pour ne pas lier conversation :

— On est dimanche. Onze heures trente. Je me présente, Louis Barraud, ancien étudiant en médecine, dit-il en lui tendant la main. Tu es là pour quoi, toi ?

Le petit Pygmalion fit part de sa stupeur. Il était

bien en peine d'expliquer sa présence et, plus encore, de prouver que son étonnement n'était pas feint d'être parmi tous ces hommes louches. Barraud lui jeta un regard malicieux et sa voix prit un tour familier :

— À d'autres, va ! Enfin, si tu le prends comme ça. C'est ton droit, après tout. Bien que nous soyons tous dans la même galère.

Il eut un air confidentiel :

— Pour tout te dire, je n'y crois pas tellement aux extrapolations du vieux, dit-il en désignant l'homme barbu à la voix de conteur. Les Allemands ne sont pas si bêtes. Ils sont chez nous depuis à peine quatre mois. Ce serait la pire des choses que de se faire haïr s'ils veulent éviter d'autres coups de ce genre. Aucun doute qu'ils séviront d'une manière ou d'une autre, mais ils auront la main moins lourde qu'à Nantes. Deux ou trois fusillés, peut-être. Pas plus. Histoire d'annoncer la couleur sans soulever les foules.

Puis, claquant la langue, il ajouta :

— Suffit de pas faire partie du convoi.

Pendant plus d'une heure, Barraud parla, parla sans cesse, parla de lui, de rien, des bandits de Marseille où il avait vécu et de ses amis proches du groupe Collaboration qui ne manqueraient pas d'intervenir en sa faveur. Parla d'argent, aussi, d'affaires, de connaissances, d'un haut gradé de la gendarmerie dont il fréquentait la benjamine et de la maîtresse d'un officier allemand chez laquelle il avait ses entrées. Avenue de la Plateforme, mon vieux, c'est là que le gratin de la France Nouvelle se réunit.

Faconde et imagination, emphase de professeur, fierté de coq, Barraud avait tout d'un bonimenteur assoiffé de reconnaissance. Barraud parlait. Compulsivement. Pérorait sans relâche. Pour le plaisir de la parole et d'un émerveillement qu'il croyait lire, à tort, dans les yeux fatigués du petit Pygmalion qui ne pensait à rien. Dormir était son seul désir. S'allonger quelque part et ne plus rien entendre. Un peu avant midi, il en était encore à supplier son bourreau du regard – mais qu'il ferme sa gueule ! – lorsqu'un gardien appela deux noms depuis le guichet entrouvert, le sien et celui de Barraud. On les fit sortir tous les deux de leur cellule et, sans plus d'explications qu'à leur internement, un policier français les pria de rester bien sagement dans une salle aux murs gris avant que la nouvelle ne leur fût annoncée : leurs proches les attendaient dehors. On les libérait sur-le-champ.

De tous les otages initialement cueillis dans la nuit du 20 au 21 février, il n'en restait à présent que cinquante entre les murs du Fort Vauban. La plupart d'entre eux seraient relâchés un mois plus tard, après de nombreux interrogatoires. Huit autres, accusés d'actions clandestines, seraient déportés dans un camp de travail, à Saint-Sulpice-la-Pointe, dans le Tarn, puis dans un autre camp dans la région de Bayonne. Plusieurs s'en évaderaient en mettant à profit l'inattention, volontaire ou fortuite, de leurs gardiens. Ils poursuivraient la lutte. Mais c'est une autre histoire qui nous mènerait bien loin du soulagement qu'éprouve le petit Pygmalion, libéré de la maison centrale par une intercession dont il ignore le nom. Il se doutera bientôt que la vie et la ville sont de toutes petites choses dont il n'est qu'un fragment ; que le monde se renverse à la faveur des guerres ; qu'on peut vendre son âme pour un costume anglais ; que la maîtresse d'un officier allemand évoquée par Barraud n'est autre que M., la *Jeune fille au chevreau*, celle que connaît sa mère, qu'il cherche dans les rues depuis plusieurs semaines, qu'il aime, peut-être, selon le sens confus qu'il accorde à ce mot, entre rêve et désir, ou qu'il pourrait aimer. Quelle différence ? Mais pour l'instant, tout cela n'est qu'une intuition. Et l'intuition est comme la foi : elle défie la raison. Aux incrédules, il faut des preuves. Qu'à cela ne tienne : le petit Pygmalion continue à poursuivre des ombres.

Le 20 septembre 1944

TÉMOIGNAGE de…,
17 ans, lycéen,
demeurant Avenue Feuchères à Nîmes,

déclare :

Le 21 février 1943, dans la nuit de l'attentat commis à la Maison CARRO contre les troupes d'occupation, j'ai été arrêté par la police française et maintenu plusieurs heures à la MAISON CENTRALE après un court passage à la MAISON D'ARRÊT. Connaissant le crédit dont elle bénéficiait auprès de certains haut gradés allemands, ma mère a sollicité l'aide de Mme POLGE afin de hâter ma libération. À la suite de son intervention, dans la matinée du 21 février, j'ai été relâché sans qu'aucune contrepartie ne soit ni exigée ni obtenue par Mme POLGE.

J'atteste par ailleurs que Mme POLGE s'est offerte à plusieurs reprises d'intercéder en faveur de résistants arrêtés ou de Français désignés pour le STO, en employant son influence à leur profit. Je puis également certifier que Mme POLGE a contribué à la confection de faux documents en vue de différer ou d'annuler le départ de Nîmois convoqués par l'Office de placement allemand.

Si la fréquentation par Mme POLGE d'officiers allemands, parmi lesquels SAINT-PAUL, ne saurait être niée, il ne fait aucun doute qu'elle a abondamment usé de ces relations pour rendre de nombreux services contraires aux intérêts allemands.

Je n'ai plus rien à ajouter.

Lecture faite, persiste et signe.

[Ajouts manuscrits :]

Sans rien remettre en cause de ses allégations relatives aux actions de Mme POLGE pendant l'occupation, le témoin a souhaité, pour des raisons de sécurité, ne pas comparaître à la barre. Il maintient néanmoins l'ensemble de ses déclarations à décharge au cas où celles-ci viendraient à être utilisées lors du procès des époux POLGE.

DEUXIÈME PARTIE

La Bande du 29

I

LE CHANT DES CIGALES

Dans les rues de la ville, il y a mon amour.

RENÉ CHAR,
Allégeance

La fin de l'hiver fut dominée par les rumeurs d'effroi qui suivirent l'attentat de la rue Saint-Laurent. Sept morts, dont cinq Allemands. Deux Françaises emportées avec eux ; des femmes de mauvaise vie, disait-on pour se consoler. Chacun avait son idée bien à lui sur l'identité des coupables. Il y eut un sursaut de zèle dans les foyers patriotiques. D'honnêtes citoyens, soucieux de servir le pays, sortirent leurs plus belles plumes pour détailler les soupçons qu'inspirait un voisin encombrant. La rancune et l'envie donnèrent à certains des manières d'épistoliers du Grand Siècle. *Veuillez croire, Monsieur le Commissaire, en ma haute et respectueuse considération pour votre action en faveur de l'ordre et de... Croyez bien, mon Colonel, que la France pourra s'enorgueillir d'une politique honorant... Puissent l'action de Dieu et celle du Maréchal redonner au pays le lustre d'une gloire ternie par des années d'égarement dans l'immonde marécage de, etc.* La poste croula sous des monceaux de lettres envoyées sans nom d'expéditeur. C'était la mode nouvelle. Chaque jour, Radio-Nîmes appelait les habitants à plus de vigilance contre la contagion des vents soufflant depuis Londres et Moscou. N'hésitez pas, leur intimait le ronronnement des ondes, à redresser la France en l'amputant de ses branches malades.

Après sa nuit d'enfermement à la maison centrale, le petit Pygmalion comprit à quelle entreprise d'élagage politique et moral il avait échappé. Vichy coupait des têtes. L'état de guerre régnait à présent dans la ville dont les rues se vidaient dès six heures. Ni café, ni théâtre n'osait plus déroger au couvre-feu. Jour après jour, la colère et l'ennui vinrent féconder la peur qu'on ne pouvait plus dissiper dans l'oubli des loisirs. On craignait pour ses proches autant que pour soi-même. Alors on s'enterra chez soi, entre le feu, la radio et un bahut sans provisions.

L'inquiétude des Allemands s'était accentuée à mesure que les maquis accueillaient davantage de recrues, avec armes et bagages, et les arrestations devinrent monnaie courante. Sur la chaussée, dans les immeubles, on entendit souvent la rengaine menaçante du *Papier bitte*. Les parents du petit Pygmalion le prièrent de se faire oublier; ce qu'il fit sans broncher tant le souvenir de son internement les avait bouleversés, lui et les siens, convaincus désormais qu'on les avait à l'œil. Une question, néanmoins, demeurait sans réponse, avec ses mille rameaux de doute et ses bourgeons d'incertitude. Pourquoi l'avait-on laissé partir? Pourquoi lui? Pourquoi si tôt? Pourquoi l'avait-on relâché ainsi, sans interrogatoire ni la moindre instruction?

Trop fier pour s'imaginer d'autres causes que son intervention, le père s'expliquait cette clémence par l'autorité de son uniforme et les plaintes qu'il avait exprimées auprès de lointaines connaissances œuvrant dans l'entourage du préfet Chiappe. Il en était certain : on avait su, à temps, reconnaître une erreur et lui donner raison. « J'avais bien dit, triomphait-il, que la probité paye un jour !... J'ai bien fait d'y aller. » Puis il revenait à ses affaires, sourcils froncés, soupirant quelquefois, avec cet air sérieux que savent adopter les adultes en parcourant distraitement le journal. La mère le conforta dans des suppositions qui flattaient son ego, et l'on s'efforça de reprendre la vie d'autrefois. Mais la vie d'autrefois n'était plus qu'un doux rêve. Tout était bouleversé ; rien n'était résolu. Le petit Pygmalion doutait sans insolence que sa libération fût le fait d'un costume, de cet uniforme passé, bleu-gris, rigide comme du carton, et dont son père, l'œil humecté, tirait cette gloire chevrotante des poilus réchappés de l'enfer. Mais avec qui partager ses doutes ? Sa mère ne voulait rien entendre et son père, pauvre père, eût ressenti les questionnements du fils comme une suprême offense.

Dans les nuits qui suivirent son initiation carcérale, le petit Pygmalion repensa souvent au singulier profil de Louis Barraud, cet ancien étudiant en médecine, infatué de sa personne et de son entregent, qui l'avait longuement entretenu de ses relations dans les milieux de la collaboration. Le mot lui-même divisait la patrie. Collaborer : était-ce ainsi qu'on gagnerait la paix, en prêtant secours au vainqueur contre ceux-là qui refusaient sa loi ? À cette époque, certains des Nîmois engagés auprès de la Gestapo commençaient à se faire un nom jusqu'aux confins du Gard. Un nom et des ennemis. Les résistants leur vouaient une haine bien plus tenace que celle, moins personnelle, qu'on réservait aux troupes allemandes.

On les croisait dans leurs décapotables, cigares aux lèvres et costumes chics, accompagnés de jolies femmes au visage pomponné. Armés de leurs passe-droits – cartes de police, Luger étincelant et blanc-seing de la mairie – ils ne se pliaient à aucune des contraintes imposées aux Français. On ne les voyait pas trépigner dans ces interminables files d'attente longeant la devanture des épiceries, mais au bar des hôtels dont les propriétaires ne pensaient plus à leur fermer les portes. La respectabilité, cette valeur sûre des âmes bien éduquées, devint en quelques mois une affaire de pourboires et de chaussures cirées. Ce fut pour d'anciens voyous établis l'occasion idéale d'entamer une carrière dans la poursuite des maquisards et mille autres besognes où ils trouvaient leur compte. La tâche était facile. Il suffisait de savoir retrousser ses manches devant la faïence rougie d'une baignoire.

Des dizaines de malfrats purent s'octroyer des titres improvisés à la faveur des temps. C'étaient eux, à présent, qui hélaient les passants pour un contrôle d'identité. Eux, les patrons ; eux, les bourgeois. La collaboration avait donné naissance à des coalitions contre-nature dans l'antichambre de la Kommandantur : truands, instituteurs, mères de famille, négociants et patriotes se retrouvaient à présent, chaque mardi, dans les salons d'une grande bâtisse appartenant à quelque juif spolié. Il s'y tenait des colloques érudits sous des intitulés ronflants : l'Europe était leur sujet favori, à ces nouveaux mondains, traitée par de brillants esprits.

Ces réunions savantes visaient surtout à donner l'illusion d'un projet politique qui justifiait toutes les compromissions. On savait jouir aussi, se servir sans retenue, *vider les caisses* par cet instinct de boulimie chez ceux qui savent que l'hiver reviendra plus cruel.

Les fêtes battaient son plein, dans des villas réquisitionnées *manu militari*, entre deux règlements de compte. On disait que ces gens ne manquaient de rien : champagne, musique, cognac et fruits confits. Les mieux lotis séjournaient à l'hôtel, avec une gouvernante, des tickets de viande, des bons d'essence et des billets de banque à ne plus savoir qu'en faire. Au lycée, le petit Pygmalion avait entendu dire qu'on s'amusait à les jeter au feu au cours d'orgies fabuleuses abritées par les suites de l'hôtel *Imperator*. Il faut bien dire qu'on recrutait à bras ouverts dans la police allemande. La faim, puis l'ambition avaient suffi à persuader ceux qui, la veille, selon les circonstances, auraient porté francisque, étoile jaune ou croix de Lorraine sur le revers gauche de leur veste.

Est-ce que Barraud était de ces gens-là ? Il s'en était vanté, en affirmant qu'il fricotait avec un général et quelques fonctionnaires chargés d'exécuter les directives allemandes. Est-ce qu'il risquait, lui aussi, le petit Pygmalion, d'être mêlé à eux parce qu'on l'avait libéré en même temps que Barraud ?

Cette inquiétude, au lieu de l'en détourner, excita son désir de découvrir ce monde de luxe et de magouilles. La pègre l'attirait. Le fascinaient aussi la laideur de leur cause et le faste indécent de leur puissance. C'était une attraction sournoise, insidieuse et malsaine au milieu de laquelle, comme un refrain dont le rythme nous hante, une parole de Barraud résonnait plus que d'autres : il connaissait la maîtresse de Saint-Paul. Avenue de la Plateforme, c'est ce qu'il avait dit. Le petit Pygmalion ne put s'empêcher de penser qu'il y avait là un lien avec la statue devant laquelle, quelques jours plus tôt, un groupe d'officiers s'était extasié, tandis qu'il dessinait sur la pelouse du parc.

Qu'il n'y avait même qu'une seule personne derrière toutes ces figures.

Que celle-là même qui passait publiquement pour la maîtresse du commandant Saint-Paul était la *Jeune fille au chevreau*.

Et il avait raison. On est toujours heureux de voir son intuition confirmée par les faits, avec cette vanité légère, de celles qu'on éprouve en secret, en se frottant les mains d'avoir senti si justement les choses à son insu. M., en effet, habitait avenue de la Plateforme.

*

Mars arrivait avec sa traînée de lumière qui promet le printemps et berce nos rêveries. On retrouvait le goût des promenades oubliées. Théâtres et cinémas avaient rouvert. Le quai de la Fontaine était noirci d'escouades défilant sous les fenêtres de *L'Imperator* dont les cuisines regorgeaient de tout ce qui faisait saliver le peuple au ventre creux. À force d'errer près des Jardins de la Fontaine, dans un triangle aux trois extrémités duquel se trouvaient, à l'est, le square Antonin, à l'ouest, l'avenue de la Plateforme et, au sud, l'intersection de l'avenue de la Camargue et de la rue Saint-Laurent, encore dévastée par l'attentat de la Maison Carro, le petit Pygmalion finit par triompher d'un jeu où sa patience avait été mise à l'épreuve. La quête n'avait pas duré si longtemps, de la rencontre du *Saint-Castor* à la nouvelle apparition de M., mais sa passion naissante n'en présentait pas moins les symptômes inquiétants d'un amour impossible. Certes, il la connaissait, si l'on veut, intimement, comme ces milliers de flâneurs sensibles aux charmes de la *Jeune fille*. Certes, il la trouvait belle, et les silences évasifs de sa mère la lui avaient rendue plus désirable encore par ce parfum d'interdiction à l'évocation de son nom. Mais, après tout, que savait-il ? Qu'espérait-il ? Et pouvait-on encore comparer M. à la statue de pierre à laquelle Courbier avait donné ses traits il y a plus de quinze ans ?

Maintenant qu'il la voyait, à quelques mètres, il n'osait plus bouger.

Elle était là, dans un long manteau d'astrakan, le cou entouré d'une écharpe de renard ; deux ornements qui lui coûteraient si cher lorsque ses détracteurs, quelques années plus tard, voudraient la dénigrer en pointant de l'index une vie trop somptueuse. Elle était là, sur le seuil d'une boutique de la rue Grétry.

Après de brèves paroles à l'adresse d'une vendeuse, elle se mit à marcher vers l'ouest, où le soleil tombait, s'éloignant peu à peu du petit Pygmalion qui ne la voyait plus que de dos. Ne pas perdre un instant. Se hâter sans délai. Vite. Plus vite. Il fallait vite la rattraper. Alors il fut pris de ce tremblement d'angoisse qui fait tanguer les amoureux. Il sut à cet instant que la voix de cette femme dont il n'avait saisi que l'écho assourdi, sa voix, sa présence et sa peau évoqueraient à jamais un monde de joies et de peines infinies. Une intuition, encore. Et il n'hésita plus. Seulement, craignant d'offenser les usages et de trahir l'excès de ses sentiments en la hélant, il se mit à courir dans la direction opposée, s'engouffra dans une rue perpendiculaire, puis dans une autre parallèle, avant d'emprunter à nouveau une rue qui devait déboucher, plus loin, dans celle-là même où, ignorant les détours qui se jouaient pour la voir, M. continuait d'avancer avec morgue. Soudain, il ralentit sa course pour apaiser son souffle. Moins vite. Bats moins vite. Il supplia son cœur de ralentir son rythme, puis avança d'un pas, reprit la rue Grétry.

Elle était face à lui. Il était face à elle. Il n'avait d'autre choix que de la saluer :

— Madame, bafouilla-t-il.

Puis s'étant souvenu de la réplique qu'il avait préparée, sachant que sa mère obtenait d'elle de la viande et des cigarettes contre des robes, cette réplique répétée et mûrie tant de fois, ce gros mensonge qui justifiait l'audace de lui parler, il bégaya :

— Madame… Ma mère se demandait hier si les rubans… Si ses rubans vous ont plu… Si nous pouvons… d'une manière ou d'une autre, vous être utiles. Si vous avez besoin…

Sa mère, bien sûr, n'avait rien demandé, mais c'était la première partie de son plan qu'il mettait à exécution. Elle le regarda sans rien dire, féline, l'œil espiègle, intimidante.

Épuisé par sa course, le cœur bondissant, et comprenant qu'il avait inversé l'ordre des choses, il dit son nom, son nom à lui, puis celui de sa mère. Elle le regarda mieux. Son œil se fit moins rond et ses lèvres charmantes s'animèrent d'un sourire qui le fit chavirer, bêtement. Il attendait, penaud, et comme rien ne venait, il répéta son nom, s'égarant dans des précisions maladroites où son embarras s'amplifiait à chaque phrase :

— Nous nous sommes vus le mois dernier, à la sortie de la messe. Je veux dire, devant la cathédrale. La terrasse, devant... J'étais avec ma mère.

Son sourire n'avait pas encore disparu. Et tendant la main à ce jeune audacieux qui l'abordait si bouffonnement, les joues picotées de rougeurs, elle signifia, sans ironie, qu'elle se souvenait de lui :

— Bonjour, jeune homme. Bien sûr que je sais qui vous êtes. Je sais aussi qu'on vous a libéré il y a quelques jours. Et j'en suis très contente.

Elle savait donc pour son arrestation.

D'abord, le regard ahuri, il ne sut quoi répondre. Ses yeux à elle papillonnèrent sous de fins sourcils blonds, et, le voyant interloqué, elle dit encore :

— Votre mère m'avait prévenue dans la matinée. J'espère qu'ils n'ont pas été trop brutaux avec vous. Dès que je lui en ai parlé, avant le déjeuner, Saint-Paul m'a promis de vous faire relâcher. Vous et un autre, une espèce de loustic extravagant qu'il a fallu laisser partir à la demande de ce bandit de Fitz. C'est un bon bougre, Saint-Paul. Un gentilhomme à sa manière.

Une lueur de malice brilla dans son regard :

— Vous êtes certainement mieux chez vous que dans une cellule du Fort Vauban. Comment va votre mère ?

Et tandis qu'il s'apprêtait à lui répondre – mais quoi ? de vagues remerciements –, elle ajouta, en femme qu'on ne contredit pas :

— Mais je rentrais. M'accompagnez-vous ?

Il inclina la tête et la suivit sans discuter. Il ne pensait plus rien, devenu automate, et plus stupide encore qu'un automate, automate amoureux. L'émoi lui brûlait la poitrine. Il n'en revenait pas. Et pour ne rien trahir de ses palpitations, il la laissa parler tout au long du chemin, ne faisant qu'acquiescer, souriant quelquefois, regardant ses souliers et se tordant les mains comme un garnement pris en faute. M. se souciait-elle de sa présence ? Son monologue n'appelait aucune réponse : ce n'étaient que choses futiles, promesses de la saison et rigueurs de l'époque. Mais lui, était-ce de honte qu'il se taisait ? Ou de désir trop longtemps retenu ?

Enfin, ils arrivèrent au numéro 29 de l'avenue de la Plateforme. C'était la première fois d'une longue série d'allers-retours angoissés entre l'avenue Feuchères et cet appartement. 29, chiffres magiques, formule étrange dont la pensée excitait son désir. À cette adresse, il se rendrait bientôt avec assiduité, ravi de ce chuchotement vif, disséminé dans la ramure des arbres. Cela deviendrait pour lui comme le signal d'un bonheur imminent – le crissement de la joie –, l'hymne de ces insectes veillant continûment sur un palais maudit. Quelle que soit l'heure du jour choisie pour rendre visite à M., on entendait l'orchestre des cigales, leur chant doux et sinistre, sonnant comme un hommage où se seraient mêlés, oraison lancinante, le murmure des amants et le sifflet des soupirants déçus.

II

LA JOIE

Quelques minutes après ces confidences qui apprirent que M. était à l'origine de sa libération, le petit Pygmalion se retrouva chez elle, étonné de cette fulgurance avec laquelle il avait manœuvré. *Fulgurance* et *manœuvre*, ce sont les mots qui lui vinrent à l'esprit avec la fatuité d'un sot. Passant une main dans ses cheveux et s'imaginant une victoire immédiate, il ne put réprimer ce sourire satisfait que lui renvoya son reflet dans une vitre. Inepte et grotesque reflet. Il sentit bien ce que sa mine avait de fierté ridicule. De justesse, il corrigea son air. Puis M. le fit entrer dans le vestibule, au sol brillant, pavé de carreaux couleur de braise, avant de disparaître par l'escalier. Depuis le début de leur rencontre, elle avait une idée en tête :

— Attendez-moi ici, dit-elle. J'ai quelque chose pour vous.

De l'extérieur, le bâtiment avait paru modeste. Mais l'intérieur démentait aussitôt cette première impression. À droite, il s'avança vers une porte entrouverte. Elle donnait sur une pièce assez basse de plafond où s'entassaient des meubles, de hauts miroirs boursouflés de dorures et des tissus variés, amassés sur une table, à côté de bibelots dont les couleurs juraient avec le dénuement des murs. Un piano servait de support à des dizaines d'objets éparpillés, photographies, chiens de porcelaine, céramiques coloriées ou éléphants de cristal. Plus loin, il devina la silhouette d'un homme, jambes croisées, assis sur un grand canapé émeraude. Le visage et le buste disparaissaient derrière un grand journal d'où s'échappait la fumée pâle d'une cigarette. La pièce était baignée d'obscurité. Sur l'un des accoudoirs, une boîte de cigarettes. À l'emblème du chat noir, au-dessus de l'ovale blanc, il reconnut des Craven A, devenues aussi rares qu'une tranche de saumon ou qu'un flacon de cognac. Avec un mouvement de couleuvre, repliant légèrement les feuillets, l'homme étira son cou et fit paraître une tête au-dessus du journal. C'était l'époux de M., Monsieur Albert, comme certains l'appelaient, trente ans à peine, et un visage d'adolescent que vieillissait un peu une barbe de trois jours. Sans même le saluer, comme si, depuis toujours, il l'avait attendu, il demanda avec un accent du Midi moins prononcé que celui de sa femme et où l'on devinait des intonations d'adoption plus que de naissance :

— Tu t'intéresses au football, petit ?

Surpris, le petit Pygmalion avait acquiescé, secrètement humilié qu'on l'apostrophe ainsi. Mais sa contrariété s'était rapidement évanouie devant la mine joviale de cet homme que tout désignait comme le maître des lieux.

— Alors tu sais que nous sommes en demi-finale ? Ce n'était pas gagné, hein !... Ça me rappelle un match de 1934. Mais Sète était bien meilleure à l'époque. Maintenant, dit-il après un long soupir, il nous reste à éviter la défaite contre Marseille, dimanche prochain. Et puis à nous la coupe de France ! Ça va être un beau match, je te le garantis.

Sur cette note enthousiaste, mais sans attendre de réponse, il posa son journal, s'empara d'un chapeau suspendu, écrasa sa cigarette d'un geste net, et dit du ton le plus posé du monde, gabardine sous le bras :

— Ravi de t'avoir rencontré.

Puis, à l'adresse de son épouse dont il reconnaissait le pas sur le plancher de l'étage, il hurla :

— Je rentre tard. Il faut que j'aille voir Grange et Barraud.

Sa voix n'eut pas d'écho. C'était comme dans un rêve, sans ordre ni logique. La porte se referma sur ces dernières paroles.

★

M. descendit quelques instants plus tard.

Il ne fut pas question de son mari dont elle n'avait pas pu manquer les prophéties sportives. De son côté, le petit Pygmalion se garda bien de faire la moindre allusion à ce rival fantomatique, sorti de quelque conte, comme un mauvais génie, et dont l'existence même, à présent, estompée par un nuage de fumée, lui paraissait douteuse. Immobile, le corps toujours noyé dans ce long manteau vert qui lui faisait tant honte, il restait ébloui, après des jours et des semaines d'attente, d'être ainsi introduit auprès de celle qu'il avait recherchée dans Nîmes avec ardeur. Elle s'amusa de le voir si béat, puis l'observa avec une bienveillance où la tendresse filtrait bien plus que le désir.

— Enlevez ça, intima-t-elle avant d'accrocher son manteau à une patère de bois.

Elle l'invita ensuite à occuper le fauteuil voisin du canapé que son époux venait de quitter. Il ne put s'empêcher d'y lire comme un présage flatteur. On avait tant jasé sur elle. Puis il se reprit aussitôt.

— Commençons simplement, dit-elle. Votre mère vous a-t-elle dit de quelle manière nous nous sommes rencontrées, elle et moi ?

— Pas tout à fait, répondit-il d'une voix hésitante. Je sais seulement que vous êtes… je crois… de lointaines connaissances.

— Je vois… Elle n'a pas dû vous dire non plus qu'elle s'est rendue chez moi le matin même de votre arrestation.

À son hochement de tête, elle continua :

— Je reconnais là sa prudence. Votre mère est une femme que j'admire et dont j'apprécie les talents de couturière. Mon père était tailleur, je sais de quoi je parle. J'ai grandi dans les fanfreluches et je n'en ai jamais perdu le goût.

Elle se tut un moment, soupira comme pour déplorer d'avance ses prochaines paroles, et dit avec une coquetterie boudeuse :

— Je sais aussi toutes les horreurs qu'on dit de moi depuis que les Allemands sont à Nîmes. J'ai eu le tort de plaire au commandant Saint-Paul et, je le reconnais, d'entretenir avec lui des relations cordiales… Où est le crime ?

Le petit Pygmalion se demanda s'il fallait entendre plus qu'elle ne disait en taisant la rumeur. Mais il ne vit aucune malice, n'intercepta aucun de ces sous-entendus qu'un mouvement de paupière suffit à exprimer. Il se remémora seulement cette phrase de Fouché après l'exécution du duc d'Enghien par le Premier consul : « c'est pire qu'un crime, c'est une faute ». C'est bien de cela qu'il s'agissait dans l'opprobre qui blessait M. ; il n'y avait guère de crime.

— Pourtant, ajouta-t-elle, personne ne se prive de venir me voir quand il s'agit d'adoucir le sort d'un gamin jeté à la citadelle pour violation du couvre-feu... Tenez, vous-même, par exemple !... Votre maman a fait irruption ici même, au milieu du salon, avec des propos décousus qu'il a fallu recomposer. Albert dormait encore. Je n'étais pas habillée. Il devait être sept heures. Mais, croyez-moi, ce n'est pas un cas unique. Ces derniers jours, j'ai reçu plusieurs demandes pour intervenir en faveur de Pierre, de Paul ou de Jacques menacés de partir en Allemagne. On croit que je peux dispenser toute la ville du STO... Je fais de mon mieux... Rien qu'hier, j'ai obtenu une exemption pour le fils des Dupontel. La semaine dernière, c'était un Anglais qui craignait qu'on ne déporte son père, un dirigeant de la Source Perrier... Vous savez, à Vergèze. Et je n'y gagne rien, croyez-moi.

Il l'écoutait toujours, non pas se plaindre, mais dérouler les faits d'une voix où montait l'amertume. Elle reprit, insidieuse :

— Alors voyez-vous, je m'étonne qu'on m'évite... Pour votre mère, je comprends facilement d'où provient sa distance. Il y a l'interdit conjugal... Oui, oui, je sais bien que Monsieur votre père ne souffre pas qu'on puisse avoir la plus légère des accointances avec les autorités d'occupation. C'est son droit après tout. Et sous un certain angle, j'envierais presque sa droiture sans les circonstances actuelles.

À nouveau, elle soupira. Puis, sans lien apparent avec les doléances qu'elle venait d'exprimer, elle lui tendit une vieille photographie de classe, aux coins cornés, sur laquelle figuraient une quinzaine d'adolescentes en tablier. En bas, au centre, on pouvait lire :

« *Lycée de Jeunes filles* – 1921 »

— La reconnaissez-vous ?

Le petit Pygmalion prit l'image qu'on lui montrait et dévisagea, l'une après l'autre, ces collégiennes de treize ou quatorze ans. Tout de suite, il reconnut la figure de M., à ses cheveux blonds, épais et ondulés, ainsi qu'à sa taille élancée qui, à première vue, la distinguait des jeunes filles alignées sur trois rangées. Il devina surtout, dans sa fraîcheur d'adolescente, la silhouette de la statue des Jardins de la Fontaine. La désignant, il demanda :

— C'est vous ?

— En effet, reprit M., apparemment flattée, mais ce n'est pas à moi que je pense. Un peu plus haut… Là, regardez, dit-elle en s'approchant de lui.

Il attrapa au vol quelques fragments d'odeur : son souffle, il crut qu'il le sentait, et ce parfum léger dans le creux de sa nuque.

Alors le petit Pygmalion se pencha à nouveau sur la photographie et, après un effort, il reconnut sa mère ; il posa sur M. un regard où l'étonnement le disputait à la curiosité. Devinant sa pensée, elle devança la question qui affleurait sur le bord de ses lèvres :

— Votre ressemblance est troublante, dit-elle. Votre visage, vos yeux, vos cheveux, c'est elle tout craché. Je l'ai remarqué tout de suite.

— C'est ma mère, constata-t-il, ému et inquiet. Vous connaissez ma mère ? Vous la connaissez de l'école ?

— Nous étions même assez amies, répondit M., fière de son effet. Et puis nous nous sommes perdues de vue. Constant, mon premier mari, n'appréciait pas que je sorte... que je voie d'autres femmes de mon âge. C'étaient des crises interminables... Moi, j'avais vingt-deux ans ! Et puis je suis partie vivre à Paris. Avec Albert, que vous avez croisé. C'est par hasard, depuis que nous sommes revenus à Nîmes, en juin 40, que j'ai eu le plaisir de revoir votre mère. Elle m'a donné d'admirables tissus pour plusieurs de mes robes. Nous avions peu à peu renoué. J'étais contente. Et puis plus rien depuis l'occupation. Mais j'ai compris, ces derniers mois, ce que sa délicatesse l'empêchait de me faire savoir. Il n'est pas de bon ton, n'est-ce pas, de fréquenter une femme classée parmi les traîtres...

Son chagrin, à présent, n'empruntait plus aucun détour. Une porte s'ouvrit. Un jeune homme y parut, qui s'excusa lorsqu'il eut vu que M. n'était pas seule. Elle s'exclama :

— Bref!... Croyez que je n'en veux à personne. Si je suis assez bête pour continuer d'aider ceux qui me méprisent ou qui salissent mon nom, c'est bien de ma faute. Dites-le, à l'occasion, à votre mère. Car je l'aime, elle. Je sais qu'elle ne dit rien de mal. Et puis elle appartient à mon enfance. Si je peux vous aider... Qu'elle n'hésite pas, surtout.

C'étaient bien des mystères que sa mère avait faits pour lui dissimuler l'origine d'une amitié ancienne. Il saisissait mieux les raisons pour lesquelles M. avait tenu à le garder quelques heures auprès d'elle, non pour régler des comptes, mais pour qu'il serve d'émissaire à son sentiment d'abandon. Nulle intention moins claire n'expliquait sa présence. Aucun dessein caché dans son invitation. Au fond, elle semblait si peinée qu'il ne fut pas loin d'éprouver avec elle l'humiliation cuisante qu'inflige l'ingratitude.

On entendit des pas, au premier. Puis une voix appelant M. par son nom. C'était donc un moulin, pensa le petit Pygmalion, que ce lieu enchanteur! M. se leva et dit avec un air rieur qui lui donna, malgré son âge – il savait à présent qu'elle avait trente-cinq ans – cet air d'invincible jeunesse qu'arborent les statues grecques comme un pied de nez au temps :

— Eh bien vous aurez vu… ou entendu plutôt, se reprit-elle, toute ma famille en un seul jour! C'est Jean qui vient d'entrer, le frère d'Albert. Voilà ma mère, à l'étage, qui a besoin de moi. Elle est bien vieille, vous savez. Une femme née sous le Second Empire, dit-elle en ouvrant de grands yeux. J'ai été très heureuse de cette petite conversation. Il faudra revenir!

Et l'accompagnant jusqu'au vestibule, elle glissa, comme par inadvertance, vers un délicieux tutoiement dont il ne savait dire s'il était de séduction ou de sollicitude :

— Peux-tu me rappeler ton âge?

— Seize ans, répondit-il, avant de se raviser : Enfin… bientôt dix-sept.

Il se sentit subitement ridicule de n'avoir pas songé plus tôt à se vieillir pour lui sembler moins éloigné en âge. Il avait eu l'air fin à bafouiller ainsi pour une question si simple! Mais elle, moqueuse :

— Même vingt ans si tu veux… Tant que tu n'en as pas douze. Voici pour toi, dit-elle en lui tendant plusieurs feuilles de tickets J3 qui devaient correspondre à une semaine de rationnement.

Elle fit grincer, en le refermant, le tiroir d'une commode de chêne d'où elle venait de les extraire.

— C'est pour te remercier de tes prévenances. Mes amitiés à ta mère.

Enfin, se répétant, comme font parfois les gens dont la faveur exagérée est signe de mauvaise conscience, elle conclut par ces mots :

— Qu'elle n'hésite pas à me dire de quoi elle a besoin. Mais tiens, j'y pense, venez donc dimanche prochain. Non pas celui-là, dimanche en huit... Pour fêter le printemps. Il y aura un dîner avec les Mecklembourg qui tiennent absolument à rencontrer Saint-Paul. Ce sera drôle. Vraiment, je serais honorée que vous puissiez vous joindre à nous.

Vous joindre à nous. Le petit Pygmalion prit le parti de croire qu'elle l'avait invité, lui et lui seul, renouant tout simplement avec un vouvoiement mondain. Il acquiesça, ne sachant quoi répondre. Puis elle le congédia en l'embrassant sur les deux joues avec une familiarité qui teignit son visage d'une rougeur éclatante. *Vous joindre à nous*. Il se répéta en chemin ces mots pleins de promesses, la poitrine échauffée, le pas joyeux et le cœur sautillant. *Vous joindre à nous. Me joindre à elle*. Ainsi chantonnait-il, remuant comme un diable le long de l'avenue de la Camargue. Il se rappelait sa bouche, ses dents, ses cils, sa beauté émouvante. Il se rappelait sa peau, sa peau de femme, moins lisse que celle de sa sœur et des jeunes filles convoitées en secret. Moins lisse : et alors ? Elle en était d'autant plus séduisante qu'elle naviguait entre ces deux âges de la grâce juvénile – celle de la statue – et de la maturité, experte et sensuelle. Elle était toute énigme, avec son air de sphinx qui semblait enrichir chaque parole d'un sens dissimulé. Est-ce qu'il lui avait plu ? Ce sentiment de doute et d'orgueil enivrant, ce n'était pas la première fois qu'il en éprouvait le tressaillement. Le corps troublant d'une domestique qu'ils avaient eue avant la guerre l'avait plongé dans l'un de ces bouleversements étranges qui font même bégayer les orgueilleux. Il avait déjà été amoureux, bien sûr, agité en lui-même de ce tremblement vif, mais jamais de la sorte, jamais confus et timide à ce point ; si près d'une femme, d'une vraie, si près de l'haleine et du souffle d'un corps dont chaque mouvement semblait un avant-goût d'extase. D'un corps fait pour l'amour, qui le sait, s'en amuse et se grise des émois que sa beauté suscite. Le petit Pygmalion sentait qu'un charme l'emportait. Tout trahissait en lui l'excitation d'un homme épris – sa démarche, son sourire, cet air béat des premiers rendez-vous. Une fois rentré chez lui, le petit Pygmalion se jeta habillé sur son lit où, rêveur, il rejoua plusieurs fois sa rencontre avec M. Il s'agissait de retarder l'oubli.

*

Aussitôt, il lui fallut faire connaître sa joie.

Dès le lendemain, il osa en parler à Henri, ce camarade de classe, avec lequel il partageait une même passion du cinéma, de la poésie et des promenades champêtres. Parfois, avant l'occupation, ensemble ils quittaient Nîmes pour de longues marches dans les hauteurs sauvages du maquis cévenol. Laissant leurs bicyclettes dans un verger d'Alès que cultivait l'un des oncles d'Henri, ils partaient plusieurs jours bivouaquer en forêt lorsque l'été, le printemps ou la paix le permettaient encore. La guerre raréfia leurs promenades. Avec l'occupation de la zone Sud, quand la peur s'étendit jusqu'aux bois arides et rocheux du nord d'Alès, les deux amis cessèrent leurs escapades.

On craignait les orages et les mauvaises rencontres. Aux loups de leur enfance avaient succédé les colonnes allemandes et la violence des francs-tireurs, ces réfractaires armés, à peine plus âgés qu'eux, qui peuplaient les forêts depuis le STO. Ceux-là, à Nîmes, on admirait leur sacrifice en redoutant leur goût pour les grenades. Les lycéens se répétaient à l'envi leurs exploits. Henri et lui en connaissaient quelques-uns, de ces jeunes téméraires qu'on n'avait plus revus en ville depuis des mois, secrètement vénérés ou plaints comme des enfants qui ont grandi trop vite. On parlait quelquefois de Paul, recherché pour un assassinat commis dans les layons d'un bois qui contournait Saint-Pierre. Des bruits avaient couru que Paul – cet ami de collège auquel le petit Pygmalion, pour quelques affiches politiques, devait sa nuit au Fort Vauban – avait participé à l'attentat de la Maison Carro. Si c'était vrai, quelle ironie qu'il ait été enfermé à sa place ! L'entourage de Paul était désormais surveillé. Plusieurs visites intimidantes avaient été rendues à ses parents. Sa vie valait plusieurs milliers de francs… Mais son cas n'était qu'un exemple. On évoquait aussi le nom de ces deux frères de la rue Fénelon, Yves et François Guyot, qui avaient déserté les classes après le supplice de leur cousin dans les sous-sols d'une villa de Montpellier. Aussi, dans la conversation des deux amis, l'évocation de M. offrit-elle un sujet moins sinistre, brisant la litanie des départs au maquis et le décompte des combats qui, dans le ciel et les terres de Russie, occupaient les esprits et se tenaient loin d'eux.

Pourtant, la réaction d'Henri fut un curieux mélange de jalousie et de patriotisme. Loin de partager l'enthousiasme fébrile de son ami, reçu au domicile de l'une des plus belles femmes de Nîmes, il afficha une moue réprobatrice aux premières confidences du petit Pygmalion. C'était jouer avec le feu que de côtoyer cette femme-là ! Vraiment, méfie-toi d'elle !... Éloigne-toi de ces gens. Fuis-les comme la vérole. Henri épousait sans savoir la doctrine familiale qui voulait qu'on tienne M. à distance. Chacun conspirait dans son dos, craignant pour soi des représailles ou rejetant sur elle toutes les lâchetés qu'on n'osait assumer soi-même. Le petit Pygmalion, en classe, ne pensait plus qu'à elle, à ce qu'on disait d'elle. À sa réputation de « fille facile », qu'elle devait à de lointaines activités de modèle, s'ajoutait celle de « femme à Boches », proférée comme un anathème. Un ragot de plus l'avait clouée au pilori des gens sûrs de leur droit et de leur bonne conscience. Par un baiser ou plus – oui, certainement plus, assuraient les cancans –, on prétendait que M. avait persuadé le commandant Saint-Paul de lever l'interdiction d'ouverture des théâtres en début de soirée. La décision avait été prise moins de trois jours après l'attentat de la rue Saint-Laurent. D'un air entendu, index sur la bouche par cette feinte discrétion de ceux qui veulent que leurs paroles s'écoutent, les plus loquaces attribuaient ce revirement aux minauderies de M. qui s'afficha, quelques jours plus tard, aux premières loges d'un théâtre en compagnie de l'officier. Cela se sut très vite. Il n'en fallut pas plus pour conforter les convaincus et convaincre les incrédules de l'ascendant qu'elle avait pris sur lui. Les murmures se propagèrent ; on en parla bientôt comme d'une sorcière envoûtante et haïe. Haïe d'être envoûtante et de savoir en jouer à son propre avantage. Comme tous les autres, Henri la dénigra devant le petit Pygmalion.

Et sa joie d'amoureux redevint solitude.

III

JOURNAL D'UN JEUNE NÎMOIS

PREMIER FRAGMENT.

28 février 1943

Henri m'a encore servi ses théories absurdes sur tel ou tel qui flirterait de près avec la Résistance. La lourdeur de ses sous-entendus serait drôle si elle ne me rappelait le soupçon qui pèse à présent sur toute ma famille. Il cherche à obtenir de moi des informations que je n'ai pas, convaincu, malgré mes protestations, que j'en sais plus que je n'ose le lui dire depuis ma nuit au Fort Vauban. La guerre a affûté son goût de jouer au policier. Comme s'il n'y en avait pas assez, déjà, partout, de ces mouchards qui fouillent tout ce qu'ils peuvent et, comme certaines mouches d'émeraude, se frottent les pattes en respirant la merde. Loin de moi l'idée de lui attribuer des intentions semblables. Je le sais mon ami et je connais trop bien ses sentiments. Mais sa curiosité en devient étouffante et interrompt sans cesse nos séances de bachotage pour l'examen du mois prochain.

Il paraît que les Allemands enragent de n'avoir pas encore trouvé les auteurs de l'attentat. Il faut bien reconnaître que l'opération a été irréprochable. Sept officiers *ad patres*, presque aucune perte côté français. La mort des deux filles est certes regrettable. Mais l'événement a dû convaincre ces gros lourdauds de garder leur pantalon boutonné jusqu'en haut. Le plaisir a un prix. Si l'âme de ces pauvres putains est montée jusqu'au ciel, cela devrait les consoler. Car aucune de ces courageuses pensionnaires ne doit se réjouir d'être à la botte (pour le moins !) de la soldatesque nazie. *Requiescant in pace* !

Aucun remous depuis mon arrestation. Incompréhensible. C'était dimanche dernier. Maman redoutait que cela n'ait des suites et que nous ne subissions de nouveaux désagréments. Pour le moment, nous n'avons reçu la visite ni de la police française, ni des Allemands. Mais ma sœur ne dort plus. Elle reste convaincue que j'ai souffert malgré tous mes efforts pour la rassurer à ce sujet. Elle m'a avoué qu'elle avait vu mon père pleurer. Je crois que peu de choses auraient pu la bouleverser davantage. Pour lui, à présent, hors de question d'écouter la BBC. Il me semble parfois que cette nuit de prison m'a moins coûté qu'aux membres de ma famille. Je ne m'explique toujours pas qu'on m'ait relâché si facilement. Cela en a fait jaser quelques-uns ! Est-ce qu'après m'avoir pris pour un terroriste, on m'accusera d'être un collabo ???

Des deux côtés, l'erreur triomphe et moi je perds.

2 mars 1943

Toujours aucune trace de M. dont le souvenir accompagne chacune de mes plongées vers le sommeil. J'en viens parfois à douter de son existence. Hier, comme on se pince pour dissiper l'impression de rêver, je suis allé voir la statue. Elle était là, fidèle au socle et à l'agneau. Les Jardins ont bonne mine malgré l'hiver. Je n'y étais pas retourné depuis ma rencontre avec les Allemands. J'en tremble encore à la simple pensée de leur uniforme. Mais si je tremble en écrivant (ce journal m'est témoin), c'est de répulsion plus que de frayeur. De dégoût. De colère. D'envie ? N'y plus penser. Je déserterais ce parc à jamais plutôt que d'avoir encore affaire à ce gros commandant dégoulinant de suffisance. Avec tout ce qu'on dit sur M. et lui… Croire la foule ?

4 mars 1943

Henri soutient que les Russes écraseront l'armée allemande.

Les revers se seraient multipliés sur le front de l'Est. Et ce n'est, selon lui, que le début de la débâcle. Avec de tels échecs, il y a de quoi s'étonner du regain d'enthousiasme chez les partisans de Vichy. Mardi, des centaines d'hommes se sont réunis pour l'inauguration de la Milice, au Foyer communal. Certains s'y sont rendus par désœuvrement, mais l'attrait du costume et de l'argent a de quoi convaincre les plus hésitants. Je n'y étais pas. C'est B. qui m'a tout raconté. Il est allé voir « par curiosité », accompagnant deux ou trois camarades bien résolus à accepter l'offre. C'est toujours mieux, disent-ils, que de trimer aux champs et à l'usine. Et puis les conditions sont excellentes. On leur fait miroiter une solde considérable et de beaux habits neufs. On leur a même promis une arme. Quoi qu'il en dise, je devine que B. a été tenté. Il vient d'avoir vingt ans, ce qui signifie pour lui un départ pour l'Allemagne. En entrant dans la Milice, il pourrait rester à Nîmes. Mais à quel prix ! Il serait renié par les siens : ses parents, sa famille, l'une des plus vieilles familles protestantes de la région, ce ne sont pas des gens à cautionner la politique en place. Traquer des Espagnols, rafler des juifs, embrasser l'étendard, ce serait servir tout ce qu'ils réprouvent depuis le début de la guerre. L'honneur lui coûtera cher. Dans dix jours, un premier convoi part pour Berlin. Il m'a montré l'exemplaire d'un journal clandestin que lit son frère aîné, *Libération*. C'est un véritable esclavage qui se prépare. Ils n'ont aucune limite. La poursuite de la guerre leur impose de réquisitionner partout là où ils peuvent et de mobiliser toute la jeunesse d'Europe. « Ton tour viendra aussi », m'a dit B. sans malveillance…

Après réflexion, je suis convaincu qu'il ne rejoindra pas la Milice.

Deuxième fragment.

10 mars 1943

JE L'AI VUE. ENFIN!!!!!! Je l'ai vue.
Bénie soit la rue Grétry.

11 mars 1943

Hier, dans l'après-midi, j'ai parlé à M. Je lui ai parlé, je suis entré chez elle. Je me suis assis face à elle. Nous avons discuté longtemps. Plus d'une heure, peut-être deux. Elle connaît ma mère depuis l'école, lorsqu'elles étaient adolescentes.

C'est elle qui est intervenue pour me faire libérer de la maison centrale. Je me doutais bien que les simagrées de mon père en costume de capitaine n'avaient pas dû suffire à la clémence des geôliers. Autrement, la plupart de mes compagnons de cellule auraient pu, eux aussi, se prévaloir d'un poilu dans leur entourage. Mais si ce que M. m'a laissé entendre est vrai, alors elle jouit d'une influence considérable! Pour tous, la cause est entendue… On peut toujours douter. Quant à ma mère, pourquoi ce culte du secret?

M. loue un appartement près des Jardins de la Fontaine. Spacieux pour ce que j'en ai vu. Elle m'a proposé de faire une partie du chemin avec elle. J'étais fou. Comme un enfant. De près, elle est encore plus séduisante. Ce mot n'est pas le bon. Elle ensorcelle plutôt. C'est une alchimie d'élégance, de fierté, de fragilité. On la sent triste et seule, délaissée. J'ai vu son mari, Albert. Lorsqu'il vous regarde, on dirait qu'il se moque de vous. Il m'a parlé comme si j'étais un habitué des lieux. Puis il est parti en claquant la porte. Quoi qu'il en soit, ils ne m'ont pas donné l'impression d'un couple au sommet du bonheur conjugal. Soyons franc : je dis ça par dépit, je ne les ai même pas vus ensemble. Mais que veut-elle, exactement ?

Un confident ?

Un messager ?

Je n'ai encore rien dit à ma mère de cette rencontre.

C'est faire défaut à M. qui n'attend rien d'autre de moi que ce coup de pouce entremetteur. Que pourrait-elle attendre d'autre ? Il faut être lucide. Et pourtant… son regard. Il y avait quelque chose de pathétique, aussi, dans le son de sa voix, comme une fêlure. J'aurais voulu la consoler. Mais comment ? Elle n'aurait fait que rire d'un geste de ma part. Est-elle, comme le dit Henri, une femme facile dont il faut se méfier ? *Une femme à emmerdements*, c'est sa formule. Mais Henri parle sans savoir. Il répète. Il colporte. Une fois, rien qu'une seule, elle a mentionné le nom de Saint-Paul sans qu'il me soit possible de percevoir la moindre preuve pour démentir ou confirmer les ragots. Amant ou pas amant ? Il semble lui obéir, mais l'obéissance n'est-elle pas l'effort résigné de ceux qui espèrent encore quelque chose ? C'est quand l'amour est consommé que les hommes se révèlent : au mieux la politesse, au pire l'indifférence, voire le mépris. Maîtresse ou pas maîtresse ? Je ne suis pas plus avancé.

Pêle-mêle, voici quelques observations glanées à la volée. L'aisance de M., en effet, peut paraître étonnante. Son intérieur respire une richesse peu commune à l'heure du marché noir et du kilo de bœuf à 90 francs ! Je me demande de quoi ils peuvent bien vivre, d'autant qu'il y a au moins quatre bouches à nourrir. En plus du couple, il y a une mère et un frère d'environ vingt ans. M. m'a expliqué qu'ils avaient laissé une part de leurs biens à Paris – de l'argenterie, quelques bijoux –, dans un appartement où elle compte retourner le plus tôt possible. Perdue dans ses souvenirs, elle m'a demandé si je connaissais Paris. J'ai bien dû lui avouer que je n'y étais allé qu'une seule fois, avec mon père, pour l'Exposition de 37. Elle a voulu connaître mon jugement sur la ville. J'ai mis mes gros sabots pour lui parler du Louvre, des sculptures du Louvre, pensant que nous pourrions parler de celles des Jardins de la Fontaine. Mais la simple évocation du Louvre l'a rendue nostalgique et plus bavarde encore. Paris lui manque, je la comprends. Ils ont quitté la ville après qu'on leur eut suggéré que les Allemands verraient d'un mauvais œil l'union d'une Française avec un métis. Le mari de M. a les yeux discrètement bridés, le teint hâlé et le cheveu très noir, mais j'ignorais que sa mère était asiatique. Je comprends mieux pourquoi certains, en ville, l'ont surnommé le Tonkinois. Il paraît qu'en Allemagne, les métis ont eu à subir toute sorte de vexations depuis l'arrivée d'Hitler au pouvoir.

J'écris vite. J'écris follement, fiévreusement.
J'écris pour me souvenir.

M. connaît Nîmes depuis longtemps. Elle m'a dit qu'elle était née à Lyon où elle a vécu, enfant, avant que ses parents ne s'installent dans le Gard. Elle avait cinq ans. Elle est restée à Nîmes jusqu'à la fin de son premier mariage. À vingt-sept ans, elle est partie à Saint-Étienne, puis à Paris où elle a vécu jusqu'en 1940. Cette femme est belle. Je radote. Le mot paraît si faible lorsqu'on l'écrit. Il perd de sa justesse loin de ce qu'il désigne. Elle est plus que belle, elle est gracieuse. Elle est la grâce. Il fallait voir sa bouche, très rouge, et ses dents très blanches sous des lèvres parfaitement dessinées. J'irai la voir bientôt, sous n'importe quel prétexte.

J'oubliais : elle m'a invité à un dîner qui se tiendra le 21 du mois. J'entends d'ici la dissuasion commune. Hors de question d'aller dîner avec des collabos !... Je crois pourtant que je prendrais le risque.

Troisième fragment.

13 mars 1943

Y suis retourné ce matin, vers 9 heures, en prenant garde de ne pas me faire voir.

Attendu environ une heure, caché derrière une vieille auto. Depuis l'avenue de la Plateforme j'ai suivi M. jusqu'à la place du Maréchal où elle a retrouvé une autre femme qui l'attendait avec deux gros paniers. Je la suivais à cinquante mètres de distance, parfois plus, ajustant ma démarche à son rythme. M. avance assez lentement. Elle ne marche pas, elle flâne. Regardant autour d'elle, s'arrêtant quelquefois pour échanger un bonjour cordial et rapide. Avec des commerçants, le plus souvent. Plusieurs personnes l'ont saluée respectueusement comme s'il s'agissait d'une sommité. D'autres se retournent à son passage. Elle ne laisse personne indifférent.

Elle et sa compagne, depuis la fontaine Pradier, qui devait être leur point de rendez-vous, se sont dirigées vers la gare. J'ai pris l'avenue Feuchères, suivant leur colloque de loin, sur le trottoir d'en face, et mon cœur s'est curieusement serré lorsqu'elle a longé mon immeuble. J'y ai vu comme un signe. Celui d'une rencontre possible, mais jamais advenue. Elle est peut-être passée là cent fois auparavant. Cent fois sous mes fenêtres... Et moi qui l'ai cherchée partout...

Je les ai laissées entrer dans la gare en leur concédant une large avance. Il était onze heures trente. Attendu dix minutes. Au coup de sifflet, un panache de fumée grise s'est agité dans l'air. Quand je suis passé sous les Arcades, j'ai demandé à un agent de la voie ferrée quel train venait de partir. Avignon, 11 h 45. Il n'a pas su me dire à quelle heure un train revenait à Nîmes.

Je suis rentré chez moi, avec l'esprit alourdi de questions. Toutes aussi vaines les unes que les autres : que va-t-elle faire à Avignon ? Qui est cette femme ? Pourquoi ces paniers ? J'en viens à ressembler à Henri avec ses questions insensées. La jalousie me guetterait-elle comme la démence guette les vieillards et l'angoisse les cocus ?

14 mars 1943

À quoi servira ce journal que j'écris par hygiène ? Contre l'abêtissement de la solitude.

17 mars 1943

Dans cinq jours, il y a ce dîner chez M. C'est maintenant seulement que je me demande si elle m'a invité par courtoisie ou par intérêt pour son petit ambassadeur. Quel rôle aurais-je dans son salon ? Elle a cité des gens dont j'ai oublié le nom. Une consonance allemande, je crois. Un couple de ses amis… À coup sûr, je me retrouverais en territoire totalement étranger. Mon unique certitude, c'est qu'il y aura Saint-Paul. Elle me l'a dit. C'est le meilleur moyen de savoir…

Mais comment s'habille-t-on pour ce genre d'événement ?

IV

LA VOIX DE JOSÉPHINE

— Tu n'iras pas.

— J'irai.

— Non, tu n'iras pas. Ton père en deviendrait fou. Tout ce que je t'ai dit n'a pas suffi ? Tu ne dois pas y aller. Le danger est trop grand et je t'assure que des bruits courront dès le lendemain. Que cherches-tu exactement ? À te faire remarquer ? Tu ne crois pas que tu en as déjà assez fait ?

Les deux mains sur les hanches, dans un dernier assaut de tendresse menaçante où se mêlaient supplique et fermeté, elle s'exclama :

— Tu ne voudrais pas nous mettre tous dans l'embarras ?

Il prit un air contrit, puis ses yeux s'allumèrent ; il rétorqua soudain, les deux mains en avant, comme un avocat soutenant une cause désespérée, qui tente un dernier coup :

— Mais puisque c'est à elle que je dois ma libération ! Puisque toi-même, tu lui as demandé de l'aide lorsque j'étais emprisonné.

À l'origine de cette querelle, il y avait un aveu devenu inévitable après la découverte d'une quantité anormale de tickets de rationnement dans la chambre du petit Pygmalion. À sa mère indiscrète, il venait de confesser, d'une voix dont la nonchalance excessive trahissait le remords, qu'il s'était entretenu avec M. quelques jours plus tôt. Elle avait appris la nouvelle, d'abord sans se formaliser, mettant sur le compte du hasard une rencontre qui devait bien, un jour ou l'autre, se produire à son insu. Mais l'évocation d'un dîner avenue de la Plateforme, parmi les chantres de la collaboration, l'avait plongée dans une colère qui avait éraillé sa voix et empourpré ses joues. La rencontre, les tickets, l'invitation… C'était trop d'un seul coup. Trop dangereux et trop grave. À présent, elle fulminait, s'indignant de l'audace avec laquelle son enfant la défiait.

— Réfléchis, prévint-elle. Tu t'attireras forcément des ennuis à côtoyer ces gens !

— Mais puisque M. est ton amie, répliqua-t-il, croyant ainsi modérer sa colère en agitant de vieux souvenirs. Elle me l'a assuré.

Est-ce que, vraiment, il ne comprenait pas ? Est-ce qu'il était aveugle à ce point que la menace ne fût pas, à ses yeux, évidente ? Il y eut un long silencc durant lequel le petit Pygmalion put supposer que sa mère avait déposé les armes. Elle inclina la nuque, comme à bout de forces, enserrant son poignet de cette façon distraite qu'elle avait quelquefois de prendre son pouls lorsqu'elle se sentait tourmentée. D'un soupir, elle chassa une mèche de son front où brillaient, sur chaque tempe, quelques gouttes de sueur.

Il pensa que sa mère était belle.

— Bien, concéda-t-elle. Je vois qu'il n'y a plus rien à faire. Je vois qu'elle t'a tourné la tête. Elle sait y faire, tu sais. Je la connais mieux que tu ne le crois. Séduire n'est qu'un jeu pour elle. Ça l'a toujours été… Mon pauvre, tu n'es pas le premier.

Cette voix morne, teintée de compassion, l'émut et le blessa. Elle se fit plus tranchante :

— Crois-moi, tu ne seras pas le dernier.

Les paroles de sa mère avaient la sécheresse froide des déceptions. D'abord, il se sentit honteux. Il hésita à céder la victoire qu'il venait d'arracher, mais se reprit à temps pour conserver son dû. Oui, il irait. Il irait malgré tout à ce dîner, cause de discorde, auquel on l'avait invité. C'était *son droit.* Son droit et son désir. L'événement avait lieu le soir même. Et parce que sa mère sentait bien qu'il était décidé – tête de bois, comme elle-même –, il fallut bien qu'elle en prenne son parti comme elle faisait toujours avec ce fils chéri. Bien sûr, il était encore trop tôt pour lui passer son insolence. Elle saurait bien la lui faire payer autrement, repousser son sermon à un moment moins grave. Car l'heure était à l'apaisement. Il y avait trop à perdre à se fâcher en de telles circonstances. Il fallait qu'il s'y rende l'âme tranquille, lucide et circonspect, conscient des pièges tendus, sous un vernis de civilisation, sur le terrain vaseux de ces soirées entre princes et vassaux. Il était si facile de choir, si facile de trahir, de se trahir soi-même sans en avoir idée. Qu'il y aille, très bien !... Mais qu'il sache également à quoi il s'exposait. Elle commença par confirmer cette amitié ancienne dont il avait parlé. À quoi bon la cacher, à présent ? M. et elle, en effet, avaient été amies. Elles auraient pu d'ailleurs aussi bien le rester s'il n'y avait eu la guerre et les choix qu'elle impose. Les maîtres d'aujourd'hui, demain, seraient parias, puis des pestiférés bons à jeter aux fosses. M. avait été son amie, sans doute, mais c'est à soi que l'on devait penser, à soi et aux siens avant tout. De ces propos inquiets, le petit Pygmalion n'avait retenu qu'une chose qui masquait l'essentiel. Que M., malgré son œil rieur, ne l'avait pas trompé. Il ne comprenait rien, ce diable d'amoureux! Ni à cette femme, ni à sa mère, ni aux périls au-devant desquels il courait comme un insecte vers l'ampoule qui le fera griller. Aussitôt rassuré, il s'en voulut d'une idée lancinante qui l'avait tenaillé lorsqu'il s'était dit que, peut-être – s'amusant de sa crédulité ou intriguant par jeu –, M. lui avait raconté des histoires. Il se jugea mesquin. Et parce que, à demi-mot, sa mère lui confessait une camaraderie de collège qui suffisait, dans son esprit, à blanchir M. de toutes les calomnies dont l'accablait la ville, il crut qu'en elle l'alliée remplaçait la matrone sentencieuse. Aveugle, il voyait juste. Car elle était malgré elle devenue une alliée dans ce vaudeville écrit par quelque Dieu farceur.

En fin d'après-midi, il trouva sur son lit, plié sur l'oreiller, un costume de flanelle, gris chiné, ajusté à sa taille. Au sol brillaient deux souliers noirs, vernis comme les médailles qui reposaient sur la cheminée du salon. C'était l'unique trouvaille dénichée par sa mère; car le costume, il s'en doutait, n'était qu'un habit de son père remis à neuf par ses longs doigts de fée. Lorsqu'elle le vit partir, aux abords de sept heures, sur la pointe des pieds, car il fallait cacher au père cette excursion mondaine, elle lui dit simplement, en balayant de la main son épaule où tanguait un cheveu égaré, avec ce timbre grave des peurs dissimulées:

— Ne sois pas bavard. Surtout ne bois pas trop. À ce genre de dîner, la moitié des convives pérorent pour ne rien dire, l'autre moitié espionne. Chacun se sait plus ou moins écouté. S'il y a des Allemands, ils sauront pour le Fort Vauban. Ces gens savent tout. On essaiera peut-être de te faire parler.

— Mais de quoi ? Je ne sais rien !

— De toi. De tes amis. Surveille ton verre, on te resservira sans cesse. Parfois on parle trop sans s'en apercevoir. Que tu n'aies rien à dire, cela n'y change rien. C'est leur métier d'arracher aux muets un aveu. Tu es Français, Nîmois, tu es jeune. Trois raisons qui te rendent, à leurs yeux, capable de comprendre les sentiments qui traversent la ville. Méfie-toi des propositions. Si toutefois il y en a, élude, n'aie pas l'air d'accepter. Mais ne t'offusque pas.

Le petit Pygmalion ouvrit de grands yeux étonnés face à l'assurance de sa mère. D'où lui venait soudain cet accès de prudence ? Ce soir-là, il décela chez elle un air qu'il ne connaissait pas : l'air de celui qui sait, ne dit rien, vous protège. Un air qu'on ne peut oublier parce qu'il s'y cache, entre deux silences éloquents, comme un adieu tacite. Il apprendrait un jour que sa mère, dans le dos de son père, et sans que lui-même la soupçonne, avait transmis à Nîmes des messages émanant du maquis. Des billets tachés d'encre, cachés dans le volant d'une robe ou l'ourlet d'un vêtement sur lequel elle œuvrait tout le jour. C'était la sœur du petit Pygmalion, parfois, qui s'occupait des transmissions. Puis elle avait cessé lorsqu'elle était tombée malade, tuberculose oblige, à force de privations. On l'avait envoyée se ressourcer chez un vieil oncle, à Poulx, misant sur l'air pur des Garrigues pour soigner ses poumons. Leur mère avait dû s'occuper seule de ces livraisons clandestines. Il y en avait eu plusieurs dizaines. Elle ne les comptait plus. Mais, à chaque fois, regrettant sa folie, elle s'était promis d'arrêter sans jamais tenir parole.

Leur père l'avait su bien plus tard, quelques jours avant le départ des Allemands, à l'été 1944. L'annonce d'une infidélité ne lui aurait pas inspiré moins de colère que cet affront qui blessait sa fierté de bon chef de famille. D'abord, il s'était senti humilié. Être l'époux d'une héroïne n'est pas chose à flatter l'orgueil d'un *pater familias*. Puis, avec le temps, révisant ses croyances et le poids de ses préjugés, il en était devenu fier. Le petit Pygmalion, quant à lui, n'avait appris qu'à la Libération la part certes modeste, mais périlleuse, que sa mère et sa sœur avaient joué dans les communications clandestines. Sa mère maîtrisait les usages de ce combat sans loi où l'invisible et l'uniforme s'affrontaient sans merci. Elle sondait les embûches, flairait les entourloupes. Lors de l'arrestation de son fils, quelques semaines plus tôt, elle avait cru un instant qu'on venait la chercher. Elle et sa fille peut-être, embarquées sans prudence dans une course incertaine. Sa défiance s'expliquerait après coup, maladive et pressante comme la fièvre d'un jeu dont la mise est la vie.

Mais le petit Pygmalion, ignorant des dangers auxquels elle se frottait dans l'ombre, était à mille lieues d'imaginer les raisons de sa crainte. Il voulut naïvement la raisonner :

— Pourquoi as-tu si peur ? Pourquoi fais-tu comme si je courais à la mort ? Ce n'est qu'un dîner, après tout ! Et chez quelqu'un que tu connais. Tu la condamnes. Eh bien soit, je peux comprendre. Mais comment croire qu'elle veuille me faire du mal ? Pourquoi donc, dans ce cas, m'avoir fait libérer ? Nous lui devons bien ça…

Il se corrigea aussitôt :

— Moi, je lui dois bien ça.

D'un mot, d'un geste, sans que l'on sache lequel, il pouvait tout détruire. À moins qu'à son insu il ne devienne un allié inconscient en nouant des alliances au sein du camp ennemi. Mais le moindre faux pas serait fatal à tous. Pour le moment, rien n'était sûr, mieux valait laisser faire, temporiser. Quitte à tout lui avouer si les événements l'imposaient. Peut-être pourrait-il, à la faveur de ses fréquentations, obtenir des renseignements utiles... Servir la cause des maquis ou de Londres, est-ce qu'elle savait à qui allaient les messages qu'elle portait !... À cet instant, elle n'avait peur que du malentendu. De ces coups de sang rapides qui, sur un faux soupçon, abrègent la vie d'un homme et endeuillent les familles. Sa mère le regarda partir, les nerfs à vif et le cœur lourd, n'espérant qu'une seule chose : que ceux qu'elle aidait en secret n'aillent pas se mettre en tête que son fils pactisait avec *les gens d'en face*.

*

— Le dîner a été déplacé, dit M. aux invités réunis près de la cheminée.

Puis, s'adressant au petit groupe auquel appartenait le petit Pygmalion, elle précisa :

— C'est une petite combine de Saint-Paul pour tromper des terroristes imaginaires. Pauvres Allemands... La paranoïa les submerge depuis l'attentat. Mais, vous verrez, l'endroit est encore mieux qu'ici pour s'amuser.

Elle reprit à l'intention de tous :

— Il y a dehors trois voitures qui vous attendent pour le voyage. C'est à deux pas d'ici, sur les hauteurs. Saint-Paul doit nous rejoindre directement là-bas. Départ dans quinze minutes !

Le petit Pygmalion venait de faire son apparition. Tout de suite, il s'était senti happé dans les nuées de ce parfum poivré qui couvrait les haleines de champagne et de tabac. À l'obscurité de la rue répondait la fantasmagorie des scintillements crépitant derrière les fenêtres du 29 avenue de la Plateforme. Il faisait doux, une tiédeur délicieuse lorsqu'on arrivait du dehors et qu'on venait, comme lui, de traverser la ville dans l'air glacial.

Le bruit confus des bavardages parvenait jusqu'au vestibule où il vit accourir vers lui une domestique qui s'empressa de le débarrasser (pour l'occasion, il avait emprunté le *trench-coat* d'Henri). Non, il n'avait pas de chapeau. Et de répondre ainsi lui inspira le sentiment d'une fausse note dès l'ouverture. Bien sûr, il lui aurait fallu un chapeau. Pas un béret, ni une casquette. Un chapeau. C'est à ce genre de chose qu'on mesure le sérieux des hommes, fussent-ils encore à l'aube de la vie. N'osant plus avancer, honteux, il resta perclus pendant quelques secondes qui lui parurent l'éternité. Trop tard, il s'avisa qu'il passerait facilement pour un intrus à ce dîner où personne ne le connaissait. Pourquoi avoir tant insisté? Le jeu en valait-il la peine d'avoir joué le coq avec sa mère? Peut-être était-il encore temps de partir, n'importe quel prétexte conviendrait. Une migraine. Un malaise. Puis ses doutes s'évanouirent lorsque M., la démarche affairée, vint l'arracher au ridicule de sa situation. Elle le complimenta sur son nouveau costume avant de le conduire jusqu'au salon où se trouvaient sept personnes, dont Albert, son époux, qui le considéra avec curiosité. L'avait-il reconnu depuis l'évocation du match de Nîmes contre Marseille, où les Nîmois avaient perdu six buts à un, quelques semaines plus tôt, au stade Vélodrome?

M. était ravissante. Elle était vêtue d'une robe noire, sobre, assez ample d'où dépassaient seulement deux fines chevilles que les bas faisaient luire sous les rayons du lustre. Sa coiffure était différente de celle qu'il lui avait vue les deux fois précédentes, lorsqu'elle l'avait reçu chez elle et qu'il l'avait suivie, sans se faire voir, jusqu'à la gare de Nîmes pour le train d'Avignon. Depuis cette escapade, ses cheveux avaient été coupés. À présent, elle les portait mi-longs, marqués d'une raie nette, à gauche, d'où ondulaient d'harmonieuses vagues blondes, pétrifiées à la laque. Légèrement échancrée, sa robe laissait voir, sur le contour du cou, un collier d'or aux mailles discrètes. Contrairement aux deux autres femmes présentes dans le salon, M. n'était pas juchée sur ces hauts talons que ne devraient porter que les femmes sûres de leur démarche. Par expérience, à moins que ce ne soit par goût, elle avait préféré des mocassins de cuir, à la semelle épaisse, fermés d'une boucle en métal argenté. Au fond, près de la cheminée, où de longues flammes faisaient chanter les bûches, trois hommes s'entretenaient gaiement, l'un se tournant, avec une bouteille de champagne, vers les deux femmes assises sur le canapé vert émeraude. Plus loin, près d'une console ornée de marbre rose, un 78-tours grésillait sur un gramophone.

Je m'sens comme une banque

— J'adore cette chanson, dit celle dont la flûte débordait de mousse.

Elle feignit de connaître la suite et balbutia quelques mots indécis qui se fondirent dans l'harmonie des vents, des violons et du chant.

Et pourtant, je n'ai ni livres, ni dollars, ni sous
Mais je m'sens comme une banque.

— C'est le temps des présentations, dit M. avec entrain, après avoir baissé le son. Puisque nous sommes en petit comité, autant que chacun sache à qui il a affaire.

On entendit seulement, se mêlant à sa voix, le début des paroles qui suivaient. Puis un arrêt brutal.

Tout en étant pauvre comme...

— *UN TOUTOU*!!! s'exclama celui qui s'était improvisé serveur, avant d'émettre une salve d'aboiements aigus.

— Voilà qui est tout indiqué. Commençons donc par ce monsieur, répliqua M. en s'adressant au petit Pygmalion. Je vous présente Michel Grange, alias le *scribouillard*. Ici, chacun tient à son petit surnom. Peut-être l'avez-vous déjà lu ? Il a publié avant-guerre un essai remarqué sur les apports du protestantisme gardois.

— Une erreur de jeunesse, rebondit aussitôt l'intéressé, tempes grisonnantes, tout juste quarante ans. Pour vous servir, ajouta-t-il avec un zozotement.

Elle se tourna vers son mari.

— Vous connaissez Albert.

Il inclina la tête.

— À côté, voici Jean, mon beau-frère.

Le petit Pygmalion lui trouva un visage sympathique, presque compatissant. Tout juste sorti de l'adolescence, il était à peine plus âgé que lui. Sans attendre, M. désigna le troisième homme et sa voisine :

— Je vous présente Madame et Monsieur Mecklembourg.

— Un habitué du stade Jean-Bouin, déclara l'homme en question, septuagénaire, chauve et ventru, quoique doté d'un visage séduisant qui expliquait peut-être la relative jeunesse de son épouse, sa benjamine d'au moins deux décennies.

Il portait un trois-pièces impeccable. Une barbiche blanche, qu'il mettait un point d'honneur à lisser entre le pouce et l'index recourbé, confirmait son allure de bourgeois très IIIe République. Fier de sa classe et de son embonpoint. Il reprit posément :

— La passion du football a mis sur mon chemin ce bon vieil Albert – joueur épatant du temps de sa jeunesse ! – ainsi que sa délicieuse épouse. Ils nous ont bien manqué durant leur exil parisien. Mais c'est un fait que Nîmes, comme une sirène antique, ramène toujours à elle ceux qui ont cru pouvoir lui échapper.

Le petit Pygmalion sentit monter en lui le vertige des alcools dont l'odeur embaumait la pièce.

— Et puis voici Georgette, *Frau* Georgette, *die Übersetzerin*. Répétez après moi. Non, comme ça : *set-tssser-in*... Elle aide quelquefois nos amis allemands à se faire comprendre.

Le petit Pygmalion salua chacun de ces visages et s'efforça de masquer sa timidité sous une grimace qu'il crut affable. Puis M. le présenta distraitement sans que personne ne cherche à en savoir davantage sur son compte :

— Je vous présente le fils d'une vieille amie.

Il faut dire qu'elle fut interrompue par la bruyante apparition d'un cinquième homme qui hurla en entrant :

— Trois cent mille balles la caisse. C'est du whisky d'Écosse. Alors, profitez-en. C'est Garette qui m'a dit de me servir.

Au regard renfrogné de M., il répondit avec emphase :

— Pardonnez mes élans, ma chère. J'oubliais l'essentiel.

Du bout des lèvres, il effleura sa main avec un œil moqueur où se lisait la parodie des usages du grand monde. À l'évidence, il se savait peu apprécié de la maîtresse des lieux. Sa présence ici même, il la devait à l'amitié récente qui le liait à Albert ainsi qu'à Mecklembourg. Une même passion du sport les avait rapprochés. De même qu'une certaine élégance, un peu vulgaire, celle des fortunes rapides. L'homme, assez jeune, portait un costume gris croisé, orné de boutons d'or et une chevalière à l'annulaire. Saluant l'assemblée à la cantonade, il s'approcha d'Albert dont il serra vigoureusement la main :

— Comment vas-tu, mon vieux ?

La vue du petit Pygmalion le fit hésiter un instant. Il sembla réfléchir, fouiller dans sa mémoire, quelque chose, un visage ou un nom. Enfin, il se souvint :

— Ça alors !... On fricote avec les gars de Londres, maintenant ? Comment ça va, jeune homme, depuis la nuit dernière ? Vous aussi, on vous a fait sortir des grilles du Fort Vauban ? Mais attends donc... Je vois. On nous aurait envoyé des renforts !... Tu es de la Milice ? Agent double ou quelque chose comme ça ?

C'était Barraud, le bavard du Fort Vauban.

— Pas de quoi s'offusquer, dis !... J'ai appris que le salaire était de quatre mille francs par mois. Plus cinq cents balles par tête de révolutionnaire. J'aurais pas craché dessus, à ton âge !

Le petit Pygmalion, mis mal à l'aise par la

familiarité outrancière de Barraud, ne sut s'il fallait s'indigner d'une telle insinuation. Il pensa aux conseils de sa mère et fit signe que non. La musique le sauva. *Frau* Georgette, déjà ivre, la bouche humide et l'œil lubrique, avait rallumé le gramophone. La voix de Joséphine Baker reprit sa cantate :

Vous savez, trois ou quatre millions
Non, jamais ne remplaceront
Un beau garçon...

Un fracas retentit. On entendit soudain un cendrier se briser violemment sur le sol à présent recouvert de mégots.

— D'Artagnan !... s'écria M., en posant sa coupe sur une table. Saleté ! Reviens ici !... Tu avais raison, dit-elle à son mari. Nous aurions dû les laisser à Daumesnil.

D'Artagnan était un superbe chat tigré aux yeux verts, étoilés de poudre mordorée. Il partageait avec Cléopâtre – une chatte noire, mince et longue, aux flancs creusés – l'honneur d'être agréé dans l'intimité quotidienne du 29 avenue de la Plateforme.

— C'est un chat im-po-ssible, dit M. avec langueur. J'ai eu tort de les emmener. Que voulez-vous, ma vieille mère y tient tant. Je ne me voyais pas les abandonner à Paris, ni même les séparer. Cléopâtre est plus douce, mais elle aurait dépéri sans d'Artagnan. Ils sont presque siamois. Je la connais, ma Cléopâtre...

Albert lui suggéra d'un regard, en désignant sa montre, qu'il était temps d'abréger l'apéritif. Les aiguilles indiquaient vingt heures trente. D'Artagnan ne prenait déjà plus garde à la semonce de sa maîtresse. Il s'était réfugié sur le tabouret du piano, de l'autre côté de la pièce, où Cléopâtre, enroulée sur elle-même, se léchait nonchalamment les pattes avant. Elle souleva les paupières, à peine dérangée, puis reprit sa toilette avec une arrogance souveraine.

— Tu as raison, dit M., c'est l'heure d'y aller. Laissez donc vos verres ! Madeleine s'en chargera.

Puis elle appela :

— Madeleine, nos manteaux, s'il te plaît.

On se retrouva aussitôt sur le pas de la porte à entendre vrombir le moteur des trois Citroën noires, avec chauffeur, mises à leur disposition par un mystérieux bienfaiteur.

— Montez avec Jean, intima M. au petit Pygmalion. Nous nous retrouvons dans cinq minutes à la Villa Élise.

Déjà, il n'était plus très sûr de vouloir les suivre dans ce lieu aux accents féeriques – entre bordel de luxe et palais de princesse –, mais se sentait malgré lui entraîner dans la danse euphorique de cette pègre en costume de bal.

Toute protestation eût été jugée insultante à cette heure.

« En avant, pensa-t-il. Il n'est plus temps de reculer. »

Il prit place à l'arrière de la Citroën où planait une odeur entêtante, de cuir et de tabac.

De l'autre côté monta Jean, le frère d'Albert.

Ni l'un, ni l'autre ne sut quoi dire ; et tous deux collèrent leur nez à la fenêtre pour regarder la route. On empruntait le chemin d'Alès. Au premier virage, ce fut Jean qui brisa le silence :

— Tu la connais, la Villa, toi ? demanda-t-il comme s'il ignorait le degré d'intimité qui existait entre M. et lui.

Devant le hochement de tête négatif du petit Pygmalion, il continua :

— Tu verras, c'est une jolie maison. L'intérieur n'est pas très spacieux, mais il y a un grand jardin. Avec des amandiers, des pommiers, des oliviers… Nous en profiterons sûrement l'été prochain si la Villa n'est pas vendue d'ici-là. Je sais que M. cherche un acheteur. C'est pour ça, je crois, qu'elle tient aussi à en profiter avant de la vendre.

Il soupira avec tristesse :

— Tout le monde a besoin d'argent ces temps-ci…

Il parut réfléchir un instant, puis reprit :

— J'étais étudiant avant la guerre. Classe 38. Deux jours de combat sans tirer une seule balle, quelques mois dans le nord de l'Allemagne, puis M. m'a fait revenir ici. Et toi, que fais-tu ?

— Je passe la première partie du bachot dans quelques jours. Puis je vise les Beaux-Arts, à Paris.

— Ah le bachot, reprit Jean avec nostalgie, sans relever l'ambition, fièrement affichée par le petit Pygmalion, d'aller poursuivre ses études à Paris. Ça me vieillit ces histoires… Ça doit être une sacrée pagaille, les cours, en ce moment, entre les réquisitions pour les blessés, les sirènes, la captivité des professeurs… Vous vous en sortez ?

— Ça va, dit le petit Pygmalion d'une voix laconique. L'avance des examens est un peu une surprise.

Il sentait bien que le ton de Jean n'était pas naturel, qu'il forçait légèrement son affabilité à défaut de pouvoir le situer de façon claire sur l'échiquier des relations variées de sa belle-sœur. Enfin, il vint au fait :

— Tu connais M. par Saint-Paul ?

— Pas du tout ! répliqua vivement le petit Pygmalion.

Puis, conscient qu'on attendait de lui un peu plus de détails, même sommaires, il précisa seulement, ne mentant qu'à moitié :

— Je connais M. par ma mère. Ce sont d'anciennes amies. Elles étaient ensemble au lycée.

— Je vois, dit Jean, c'est comme une sorte de tante pour toi. Ou une marraine. La bonne amie de la famille ?

— Pas tout à fait, rétorqua le petit Pygmalion. Elles ne se voient plus à cause…

Il hésita, puis termina sa phrase :

— À cause de la guerre… et de l'occupation.

— Classique, dit Jean. M. s'est fâchée avec un tas de personnes. Enfin, fâchée ! Elle ne supporterait pas de m'entendre parler ainsi. Beaucoup de gens se sont éloignés d'elle. D'autres, au contraire, se sont mis à rechercher activement sa compagnie. La vénération que lui voue Saint-Paul y est pour quelque chose. En tout cas, c'est chic de ta part de ne pas la laisser tomber.

Jean se tut. Le moteur s'arrêta. L'extinction des phares les plongea dans l'obscurité. Ils venaient d'arriver.

V

VILLA ÉLISE

On bâfra royalement comme au temps des seigneurs.

Il y avait de tout, pour tous les goûts : des fruits, des légumes, de la viande, des sauces et du vin délicat dont personne n'apprécia la finesse. Le pain même était doux, à la mie généreuse et gonflée, fondant sous la salive, contre le palais rêche de ces dix bouches mastiquant en cadence. Les invités avaient été placés autour d'une table ronde, large et massive, recouverte d'une nappe de dentelle blanche. Sortie pour l'occasion, l'argenterie étincelait. À côté de la porte, un buffet supportait des plats dignes d'un banquet de noces : de la dinde, des carottes, une salade fraîche, des fromages, de la gelée de framboise et des marrons glacés. Ni navets, ni patates. On laissait ça aux autres, au peuple et aux soldats.

Tout au long du repas, le petit Pygmalion quitta à peine des yeux l'uniforme vert-de-gris du commandant Saint-Paul. Il était fasciné par l'aigle, insigne intimidant, saillant sur la poitrine de l'officier comme une broche de tissu. Sept hommes pour trois femmes : était-ce une faute de goût que cette asymétrie ? Évidemment, il eût été plus convenable de pouvoir alterner les deux sexes dans la composition du plan de table. Pourtant, personne ne trouva à redire tant ce furent elles, les femmes, qui dominèrent l'assemblée réunie dans la salle principale de la Villa Élise. M., d'abord, fut brillante. De prévenance, de coquetterie, d'esprit. Madame Mecklembourg, chérie par son époux qui acquiesçait dès qu'elle ouvrait la bouche, ne lui cédait en rien ; elle donna la réplique avec intelligence. On riait de bon cœur. Les hommes furent plutôt effacés : Albert, Barraud et Grange, le *scribouillard*, complotaient de concert sans se soucier du reste. Saint-Paul, placé à droite de M., présidait la tablée. Le petit Pygmalion était assis entre Jean et Georgette, à peine dessaoulée par la dinde épongeant le champagne, et chargée de traduire pour l'invité d'honneur. Peu loquace, mais attentif à ce qui l'entourait, Saint-Paul n'avait encore parlé qu'en allemand. À ses intonations, le petit Pygmalion reconnaissait sa voix, celle-là même qui l'avait si chaudement félicité lorsqu'il avait reproduit au fusain la *Jeune fille au chevreau*. Il se souvint du *schööönn* qu'avait émis Saint-Paul ; vibrant, admiratif. Mais ce souvenir ne fut pas partagé. Rien ne put laisser croire, en effet, que l'invité de marque, oubliant la copie pour l'original, empressé dans sa cour et minaudant comme un godelureau, se rappelait les congratulations adressées, quelques semaines plus tôt, au jeune dessinateur des Jardins de la Fontaine. Tant mieux, du reste. Le petit Pygmalion gardait de cette rencontre l'embarras d'une fraternisation involontaire et inavouable avec l'ennemi. Que dire, alors, de sa présence ici ? N'était-elle pas contraire à ses principes ? Et puis quoi ? C'est si mou les principes, si malléable ! Il passa la première partie du dîner à sonder *in petto* ses états d'âme. Puis ses contradictions, il les jugea sans trop de cruauté. Les amoureux ont droit à toutes les indulgences : il était là pour elle. Quel argument plus décisif aurait pu lui donner raison ? Mais tous ces gens, quand même ! À plein ventre… Des courtisans, des lèche-cul espérant quelques gains immédiats de leur servilité.

Le petit Pygmalion consacra la seconde partie du dîner à converser avec Jean, son voisin. Il apprit plusieurs choses qui l'instruisirent sur M., sans ternir tout à fait l'image qu'il avait d'elle. Ainsi de ses activités – prétendument gracieuses, mais quelle chose pouvait l'être en ces temps ? – d'acheteuse pour le compte de Saint-Paul. Jean lui expliqua sans malice qu'elle se rendait parfois en ville, à Montpellier ou Avignon, pourvue d'espèces sonnantes et trébuchantes qu'elle employait pour l'officier afin de lui épargner les abus réguliers et autres surenchères auxquels se livraient sans complexe les négociants français dès lors qu'il s'agissait d'argent allemand. Cette revanche-là en valait bien une autre. M. jouait un jeu dangereux, nageant dans une ambiguïté qui deviendrait fatale quand les hiérarchies se trouveraient inversées. Question de mois, d'années peut-être. Acheter pour le compte de l'occupant, on appelait ça collaborer. M. disait *rendre service*, parlant de coups de pouce occasionnels qui n'engageaient à rien. Fut-il refroidi par ce renseignement qui ne faisait qu'étayer les rumeurs ? À peine. Car lui aussi apprenait que l'amour, même absolu, incline au relativisme les plus intransigeants.

On se détendit tout à fait à l'heure des digestifs.

Georgette, toujours ivre, sortit le disque de Joséphine Baker qu'elle avait emporté en quittant l'avenue de la Plateforme. Un gramophone se trouvait dans la pièce voisine; on le fit déplacer par deux domestiques en livrée que Saint-Paul, heureux d'aider à sa mesure, avait fait venir de l'hôtel *Imperator* où il avait une chambre. On entendit la deuxième face du 78-tours, qui commençait ainsi, sur les couinements d'un violon pathétique:

J'ai cru, chéri,
J'ai cru que vous m'abandonniez

Georgette, à ces paroles, soigna son air mélancolique en jetant une œillade au petit Pygmalion. Il était un peu jeune, mais assez à son goût. Entre deux boutons de son chemisier apparaissait un morceau de chair blanche. Rien n'empêchait d'imaginer la chose. L'idée l'effleura un instant, qui chassa M., puis s'évanouit avec une grimace de dégoût: Georgette était bien trop fardée.

— Encore cette musique judéo-nègre? persifla Barraud d'un ton qu'il crut spirituel.

— Je vous en prie, Armand, supplia Madame Mecklembourg. Le swing fait fureur à Paris, déclara-t-elle en découvrant une rangée de dents légèrement jaunies, mais droites, admirablement droites. Où que vous alliez aujourd'hui, le swing est roi, ajouta-t-elle très doucement, comme si elle se délectait d'utiliser un mot aux allures de tabou.

— Jazz, swing et autres musiques de zazou, moi je dis ça pour *Herr Kommandant*, reprit mielleusement Barraud. Ce que j'en dis, pour ma part! Je la trouverais même plutôt appétissante, moi, l'Américaine. Il paraît qu'elle joue à la châtelaine dans le Périgord et qu'elle ne jure que par le général De Gaulle!... De Gaulle et la danseuse, voilà un excellent titre d'article pour Grange. Moi, c'est son accent qui me fait frémir. Et ce sourire, alors ! Pour ne pas parler d'autre chose… Alors, vous voyez, comme je suis ouvert à la modernité !… Mais lui, je ne sais pas, dit-il en pointant Saint-Paul du menton. Il trouve peut-être ça un peu dégénéré, comme ils disent. Ça vous plaît, Major, la chanson anglo-nègre ? demanda-t-il gravement en s'adressant à l'officier.

Georgette s'apprêtait à traduire :

— *Herr* Barraud *fragt, ob…*

Saint-Paul la coupa sèchement :

— J'ai compris, dit-il. Ça me plaît, oui. Tant que cela plaît à nos hôtes. Mais je vous remercie de votre attention délicate, *Herr* Barraud.

Le petit Pygmalion se fit la réflexion que Saint-Paul, depuis la dernière fois, avait si bien corrigé son accent qu'on l'entendait à peine. Barraud demeura interdit, les yeux comme ceux d'une truite à l'agonie. Personne ne l'avait prévenu que le major parlait français. Quel con ! Avait-il fait preuve d'impertinence ? Il fouilla en lui-même, à la recherche d'éventuelles bévues. Rien de trop grave, pensa-t-il. Ça m'apprendra plutôt. Barraud fit un effort pour cacher sa stupeur et retomber sur ses pattes, comme d'Artagnan, le chat de leur hôtesse. Mais, au dédain naturel du félin, il substitua son sens de la flagornerie :

— Tout va à merveille, dans ce cas. Vous parlez un français remarquable, Major. Un souvenir de la dernière guerre ?

Mieux valait jouer à plein la désinvolture pour donner à son personnage un semblant d'épaisseur. Saint-Paul n'eut pas l'air de s'en offenser. Mais le chat, c'était lui. Et Barraud, la souris.

— *Genau*, répondit-il. *Aber zur Zeit waren Sie noch nicht geboren.*

Barraud, humilié, dut avouer son infériorité en quémandant une traduction. Lorsque Georgette eut traduit mot à mot, péniblement, car sa diction se troublait de plus en plus, Saint-Paul déclara, en expirant une grosse bouffée de cigare :

— Peut-être, c'est la grosse différence entre vous et nous, Barraud. Il est toujours bon de connaître la langue de son ennemi pour vaincre.

Il y eut un long silence qu'interrompit le *scribouillard*, en pontifiant :

— *Graecia capta ferum victorem cepit.*

Saint-Paul sourit et répliqua :

— *Das liebe ich an den Franzosen.* Votre culture ! Mais ni Montaigne ni Rabelais ne vous ont sauvés pour l'instant. Mis ensemble, nos deux peuples pourraient faire beaucoup. Nous avons la force, vous avez les arts. Des peintres, des écrivains, des sculptures magnifiques ! Vous avez les Jardins de la Fontaine.

Il prononça ces derniers mots en jetant à M. un regard qui ne laissait aucun doute sur l'objet de ses allusions. Il évoquait la *Jeune fille au chevreau*. Le petit Pygmalion frémit à cette pensée comme il avait frémi d'apprendre la liaison qu'on leur attribuait.

— Et si nous passions au salon, proposa M. qui, sans tout comprendre à cette conversation réclamant des talents de polyglotte, sentait que l'atmosphère pouvait tourner. On entendait Georgette fredonner tout doucement :

Je sais que mon rêve ment
Et pourtant
J'ai peur de rêver

Le disque tournait à vide depuis déjà longtemps.

Dans l'autre pièce, Jean tendit un verre de cognac au petit Pygmalion. Il ne put refuser, mais se rappelait les conseils de sa mère, qu'il ne fallait pas succomber aux sirènes du plaisir, du vin, de la danse, des cigarettes offertes avec un grand sourire. Tandis que Jean lui parlait des mines de charbon du Tonkin grâce auxquelles son père s'était enrichi dans les années vingt, le petit Pygmalion ne pouvait s'empêcher d'écouter distraitement les conversations voisines qui, comme un écheveau sonore, emmêlaient des bribes de voix dissonantes. À droite, Albert et Barraud parlaient football, rugby, cyclisme, avec cet emportement grave et passionné qu'on prête habituellement aux discussions politiques. À gauche, Mecklembourg et Saint-Paul, qui, à présent, s'exprimait volontiers en français, commentaient les dernières nouvelles du front de l'Est. À la différence du second – dans le secret des événements, mais tenu à la discrétion par son devoir de réserve –, les informations du premier se bornaient à la première page de *L'Action française*. Mecklembourg, en vain, n'en essayait pas moins d'obtenir de son interlocuteur de quoi tempérer l'enthousiasme des communiqués allemands que reprenait Maurras. Mais Saint-Paul tenait bon :

— La seule chose que je puis vous dire, déclara-t-il en guise de réponse, c'est que l'aviation anglaise intensifie ses frappes depuis que nous sommes occupés en Russie.

— Stuttgart, n'est-ce pas ? dit Mecklembourg, en connaisseur.

— Entre autres, oui, mais nos Messerschmitt ont de quoi leur donner la réplique. En fait, je pense surtout à la France. Dans le Nord, la chasse britannique a récemment mené des raids sanglants. Bientôt viendra le tour de Nîmes, peut-être !… Et ce sont les civils, vous-même, Monsieur Mecklembourg, votre épouse, M., et tout ce beau monde, qui sont le plus menacés. Ce qui m'échappe, voyez-vous, c'est l'obstination des maquis à vouloir jouer le jeu des Anglais.

— Les maquis, répéta Mecklembourg avec un air songeur, piqué d'ironie. Vous les prenez donc au sérieux ?

Le *scribouillard* quitta la compagnie des femmes pour se mêler à une conversation qui flattait ses instincts belliqueux.

— Des terroristes ! hurla-t-il. Ce sont des terroristes. Des violeurs de nonnes, des communistes ! Des bouffeurs de curés.

— Il parle comme le vieux con, souffla Barraud dans l'oreille d'Albert. On dirait un message de Vichy sans le jargon léché de la classe dirigeante. Je te parie qu'il croit à ce qu'il dit…

Saint-Paul apaisa d'un sourire le zèle explosif de Grange, comme on calme un enfant trop nerveux qui vous tire par la manche pour attirer votre attention. Tant qu'on ne parlait ni d'Afrique, d'où Rommel venait d'être rappelé, ni de cette Russie infernale où l'armée patinait, Saint-Paul voulait bien discuter. Soucieux d'ordre public, Mecklembourg fit référence à l'attentat du mois précédent, sans préciser ni le nom ni le lieu du massacre. La pudeur exigeait ce silence.

— Avez-vous trouvé les coupables, demanda-t-il, parmi les suspects internés ?

Barraud et le petit Pygmalion, qui avaient partagé la nuit d'angoisse de ces otages, échangèrent un bref coup d'œil, puis tendirent l'oreille.

— Pas parmi les suspects, dit sèchement Saint-Paul. Mais la police française nous a récemment indiqué deux noms, dont celui d'un communiste italien. Nous faisons pleine confiance à votre justice, continua-t-il, en particulier grâce aux sections spéciales créées pour ce genre de cas. Je ne doute pas que ces deux hommes subissent prochainement un jugement exemplaire.

— Fusillade ? demanda Mecklembourg.

— Guillotine ! lança Barraud. C'est du moins ce qu'on prétend en ville.

À nouveau, les lèvres minces du commandant esquissèrent une moue furtive qui avait tout d'un rictus de dégoût. Peut-être pensait-il à la chair déchiquetée de ses soldats victimes de l'explosion. Peut-être à tout ce que Barraud incarnait, avec son beau costume anglais, acheté grâce à des *extras* nauséabonds.

— Alors, dit Jean, en soufflant dans le nez du petit Pygmalion son haleine de cognac, Barraud me disait que vous vous connaissiez déjà. C'est une sacrée coïncidence, ça ! Tout de même, le Fort Vauban ! C'est bien le dernier endroit où on l'imagine, celui-là. Il se vantait, la semaine dernière, d'avoir vendu trois types pour deux mille francs, des réfractaires. Il vous fera croire que ce sont de dangereux maquisards, mais sa spécialité, à lui, ce sont les gars comme moi qui cherchent à éviter le STO. Pas très joli, hein ?

Le petit Pygmalion se contenta d'écarquiller les yeux en guise d'assentiment.

Il sentait bien qu'un piège pouvait être tendu sous cette voix onctueuse. Il précisa en pesant chacun de ses mots :

— Malheureusement, nous n'avons pas eu

l'occasion de discuter très longtemps. Il m'avait brièvement parlé de ses liens avec le groupe Collaboration. Si bien que j'avais d'abord cru que c'est à ces gens-là qu'il devait sa libération de la maison centrale.

— Ah, soupira Jean, les fameux gars de la rue de la Violette ! Une aristocratie du crime.

Il s'assura qu'on ne l'entendait pas :

— Garette, surtout, un fanatique ! Barraud l'admire comme un général de la Grande Armée. Ceux-là, ils ont trouvé le gros lot !... Leur besogne est cent fois moins risquée que celle de la Milice, mais au moins dix fois plus rentable, crois-moi. Barraud a essayé de nous embarquer, Albert et moi. Ils ont mille combines sous le coude. Par exemple, le coup des faux bons d'essence, l'année dernière, eh bien c'étaient eux !... Non, aucun de nous deux n'est assez fou pour aller se fourrer avec des gars pareils. Sympathiques, intelligents, tout ce que tu voudras, mais condamnés à mort. On se tutoie, non ? proposa-t-il en oubliant qu'il l'avait déjà tutoyé dans la voiture.

— Ça me va, dit le petit Pygmalion. Quoi qu'il en soit, ce n'est pas son groupe qui l'a fait libérer. J'ai cru comprendre que nous étions tous les deux les obligés de la même personne. Votre belle-sœur, en l'occurrence.

— Ah ! M., à elle seule, a plus d'influence que la Milice et l'amicale de tous les collabos de la région réunis. Mais elle garde les mains propres. Ça ne lui coûte que quelques ragots dont elle pourrait s'offusquer davantage. C'est pour Albert que le coup est dur à encaisser. Imagine-toi. Quand toute la ville te traite de cocu, je peux t'assurer que tu aimerais bien les avoir, ces cornes, pour les embrocher tous comme un taureau de corrida ! Mais que veux-tu ? Je les vois presque tous les jours, à force de vivre avec… Albert lui fait confiance. Plusieurs fois, j'ai dit à M. de faire attention. Des dîners avec Saint-Paul, faisons-en autant que nous voulons. Mais paraître avec lui comme elle l'a fait au théâtre, voilà ce qui fait jaser.

Il fit une pause, puis demanda :

— Mais dis-moi, tu y faisais quoi, toi, à la maison centrale ? Tu connais des camarades ?

— Des camarades ? interrogea le petit Pygmalion.

— Oui, tu me comprends quoi ! Je veux dire des communistes. La prison en était bourrée il paraît, la nuit de l'attentat. Et c'est eux qui auraient fait le coup.

Barraud s'avança et prouva, par son intervention, que chacun s'écoutait en faisant mine d'être occupé ailleurs :

— Il ne dira rien, lança-t-il. J'ai déjà tenté de le cuisiner là-bas.

Barraud lui toucha l'épaule de manière amicale :

— C'est beau la loyauté. Moi aussi, je suis loyal. Ici, on l'est tous. Mais avec nous, tu pourrais t'amuser !

Il désigna un pistolet dont la crosse dépassait de l'une des poches intérieures de sa veste. Dans la poche symétrique, il sortit plusieurs liasses de billets avec un sourire fat :

— Un Beretta, ça te dirait ? Et de quoi te payer des dîners comme celui-ci tous les soirs ?

D'abord, l'étonnement. Un silence de quelques secondes, le temps d'avaler sa salive et de battre des cils. Ensuite, la déception. Mais pas d'indignation : on s'attendait à tout. Le petit Pygmalion se demanda seulement si on ne l'avait pas invité à dessein, en vue de l'enrôler. C'était la seconde fois que Barraud évoquait la collaboration après lui avoir demandé, probablement par calcul, s'il appartenait à la Milice. Avait-on planifié de le recruter cette nuit-là ? Il ne le sut jamais. Et il ne sut jamais de quel côté situer M. dans l'absurdité de cette guerre sinistre entre Français. Mais était-elle seulement d'un camp ? Passive comme lui ; ainsi lui parut-elle d'abord. Passive et supérieure, spectatrice amusée, comme Cléopâtre, sa chatte, qui regardait le monde de son œil suprêmement dédaigneux. Il ne sut pas non plus si elle avait été chargée de l'approcher pour faire de lui une taupe. Sa nuit au Fort Vauban, son âge, ses amitiés, tout cela pouvait accréditer l'idée qu'on ait voulu faire de lui un agent. Il chercha M. des yeux. Elle était loin, conversant avec Saint-Paul. Il se sentit trahi, abandonné. À Barraud, il fit une réponse évasive qui, sans exclure sa proposition, plaçait entre eux une distance suffisante pour n'être pas sommé de s'engager sur l'heure. Le temps de la réflexion valait tous les prétextes. Surtout, il avait l'avantage de ne pas claquer la porte au nez du diable, lequel a la réputation d'être assez rancunier.

Au mur, les aiguilles de l'horloge pointaient quatre heures du matin. On prit un dernier verre, celui de l'amitié. Armagnac pour tout le monde ! Puis il fallut aussi être à la hauteur du conte que l'on venait de vivre. À chacun des convives, M. proposa carrosse et conducteur pour regagner son *home*. C'était son mot.

*

Rentré à l'aube, le petit Pygmalion dormit toute la matinée du samedi.

La voix plaintive de Joséphine Baker envahissait

ses songes avec son refrain opportun : *J'ai peur de rêver.* Était-ce d'un rêve qu'il tirait ces images colorant son sommeil comme dans une féerie ? Il eut d'étranges visions : la statue des Jardins de la Fontaine lui apparut, détachée de son socle, dans le salon de la Villa Élise. À la place du chevreau, Saint-Paul, à quatre pattes, nu comme un ver, étirait son museau vers la main gantée de M., qui pointait sur son front le canon noir d'un Beretta. Dénudée elle aussi, jambes écartées, Georgette chevauchait le dos du commandant dont les hanches molles tremblaient sous les coups de talon. Un rire strident faisait trembler ses lèvres. Albert tournait autour d'eux tel un diable farceur, fourche à la main, le front planté de cornes ; il chantonnait gaiement. À son réveil, le petit Pygmalion n'aurait pas su dire de quelle couleur étaient ces lueurs clignotant autour de la statue ; il se souvint seulement des formes et des visages. Sur la tête de la *Jeune fille*, qui n'était plus la tête sculptée avec ses nattes de communiante, mais la figure de M., cheveux laqués, d'un blond très vif, un aigle immense avait posé ses serres : c'était l'aigle éployée sur l'uniforme de Saint-Paul. À côté d'eux, le chat d'Artagnan dansait une polka, plus rapide et plus vive que la danse rituelle à laquelle se livrait Albert, portant son maillot de l'équipe de France de football. Bientôt, le coq du maillot s'éployait lui aussi, s'étirait, se gonflait et grossissait si bien qu'il en venait à dépasser en taille l'aigle perché sur les cheveux de M., devenue l'enjeu d'une lutte impitoyable entre les deux oiseaux. Était-ce Barraud, à distance de cet affrontement emblématique, qui marmonnait des mots obscènes à son oreille ? Était-ce M., dédoublée ? Était-ce Madeleine, la bonne du 29 avenue de la Plateforme, ou bien la mère du petit Pygmalion, dont il lui semblait percevoir les paroles familières, quelque part, près d'ici, derrière cette paroi étroite et friable qu'édifie la conscience entre le sommeil et la veille ?

Le petit Pygmalion bandait de toutes ses forces lorsqu'il se réveilla.

Près de son lit, sur une chaise, froissé, le costume de la veille gisait comme un cadavre. Les deux chaussures vernies étaient là, elles aussi, preuve indéniable qu'il n'avait pas rêvé cette nuit à la Villa Élise. Il bâilla, s'étira et déplia ses jambes sous la couverture de laine. Il se lèverait plus tard. D'abord, il fallait tenter de se rappeler chaque moment de cette nuit théâtrale avec son lot d'acteurs. Les images étaient fraîches, conservées par le songe. Seuls les Mecklembourg, indiscernablement liés, avaient perdu la netteté de leurs traits. Il ne gardait d'eux qu'un souvenir hésitant, charriant différents accessoires de physionomie : un crâne luisant, une barbiche, un cou blanc. Des dents droites, un collier de perles et un joli sourire. Mais plus que tout ceci, il ne pensait qu'à M., vue pour la première fois en société, autrement qu'en icône intouchable. M., maîtresse de maison ; M., épouse désirable ; M., amante supposée. Certes, il n'avait pas dû faire grande impression, discret comme il l'avait été dans ce monde étranger, n'osant ni parler à Madame Mecklembourg, ni répondre aux œillades de Georgette qui, à défaut de jeunesse, était rentrée accompagnée du *scribouillard*, piètre écrivain et farouche antibolchevik, disposé, disait-il, à en découdre à tout moment malgré ses airs de gringalet aux yeux cerclés d'écailles. Il n'avait pas non plus approché Albert de trop près, ni Saint-Paul, encore moins. À peine avait-il échangé avec M. cinq ou six mots convenus. Le reste de la soirée, il l'avait passé entre Jean et Barraud quand ce n'était pas tout seul, en témoin attentif, spectateur oublié d'une comédie sinistre. Une seule chose, *in extremis*, l'avait puissamment consolé de cette soirée qui s'annonçait perdue : M., en le quittant, avait repris le timbre chaud de *leur* après-midi, avenue de la Plateforme. Elle ne l'avait donc pas oublié, ce timbre ! Ni ses yeux d'alors, intensément dirigés vers les siens. Ce fut comme un coup de cravache dans le flanc de ses espérances.

Un peu avant midi, la mère entra dans sa chambre avec une tasse de café brûlant. Du vrai, du fort aussi, comme il en avait bu la veille, comme on n'en trouvait plus depuis déjà des mois. Une odeur délicieuse effleura ses narines. Il aspira lentement, huma ces parfums d'autrefois, éveillant mille odeurs, de brioches, de miel, de tartines sur la table, les dimanches d'avant-guerre, fenêtres grand ouvertes sur l'avenue mobile et bavarde des matins d'été. Il fit craquer son cou, remua ses poignets. Le petit Pygmalion hésita à lever les paupières, puis renonça à feindre un sommeil qu'il n'avait plus. Très doucement, sa mère s'assit sur le bord du matelas tandis qu'il s'adossait au bois du lit bateau ; puis ils se parlèrent. Il n'y avait plus entre eux cette colère boudeuse qui avait éclaté la veille, mais la tendresse d'une confiance retrouvée, silencieusement complice. Alors il décrivit, sans honte ni cachotterie, les ombres merveilleuses qui avaient habité ses rêves. Chacun eut sa caricature. Elle l'écouta, sa mère, avec une attention dévouée, plissant les yeux lorsqu'elle partageait son malaise, souriant avec lui d'un trait moqueur dont il affublait l'un de ses personnages, l'interrogeant parfois sur de menus détails : mais lui, de quoi vit-il ? Mais elle, qui fréquente-t-elle ? Et eux, où habitent-ils ? Naïvement, le petit Pygmalion dressait leur portrait sans même imaginer qu'ils puissent servir à d'autres comme fiches de signalement. Comment l'aurait-il deviné tant la clairvoyance, affaire de volonté, sait se faire oublier quand cela nous arrange ? Une fois, une seule, il aurait pu sentir que le récit de ses rencontres allait à d'autres publics que sa mère. C'était au printemps 1944, quelques semaines après la pendaison d'une quinzaine de maquisards, lorsque le *scribouillard*, petit collabo sans imagination, serait retrouvé mort, criblé de balles, la bouche ouverte et le crâne fendu, dans un fossé de la route d'Alès. Pourtant, le petit Pygmalion n'établit de lui-même aucun lien entre la mort de Grange et les tableaux qu'il avait faits du personnage, avec adresses et habitudes... Un tableau très précieux pour résistants en embuscade. Barraud consacra au défunt une oraison funèbre qui lui valut d'émouvantes poignées de main. Sans déplorer sa perte (il avait peu d'amis), on fit grise mine au 29 avenue de la Plateforme. Sa mort sonnait comme un signal visant chacun d'entre eux. Georgette sécha ses larmes, son image s'estompa, on l'oublia pleinement. Quant à la mère du petit Pygmalion, elle devint conciliante et *desserra la bride*. Parfois, elle lui confiait des souvenirs de jeunesse où M. figurait en bonne place, et rien ne l'enchantait davantage que de s'imaginer la complicité qui avait autrefois rapproché ces deux femmes. Elle disait M. frivole, mais généreuse, tempérant la dureté des jugements qu'elle avait d'abord exprimés sur son compte. Elle décrivait une jeune fille pétillante que rien ne semblait retenir, ni les ragots, ni la pudeur, au point qu'elle n'avait pas hésité une seconde, malgré les commérages, à poser nue quand Courbier lui en avait fait la demande – on disait d'elle qu'elle avait le diable au corps. Mais tous ceux qui parlaient ainsi enviaient sa nonchalance et son goût de la vie. Était-ce de l'admiration ou de la jalousie contenue qu'il percevait dans la voix de sa mère à l'évocation du passé ? Au cours des mois suivants, son fils fréquenta M. autant qu'il le voulut.

VI

LA SIRÈNE

Nous y voilà. Le petit Pygmalion est un habitué. Ce n'était encore qu'un rêve, il y a quelques mois, d'être accepté pour ce qu'il est : un jeune homme féru d'art, créateur à ses heures, admis dans le monde des adultes – fade, sinistre, mesquin –, aussitôt embelli lorsque M. y paraît comme par enchantement. Il n'a jamais revu Saint-Paul, mais serre la main des autres comme s'il les connaissait depuis toujours ; c'est une ronde effrénée de fats subjugués par les charmes de M. ; Mecklembourg, Barraud, Grange. Il voit aussi Albert lorsqu'il n'est pas ailleurs, hors de chez lui, dilapidant son temps de café en café. Pour oublier. Oublier quoi ? Le petit Pygmalion élude les questions importunes. L'avenue de la Plateforme est devenue pour lui comme une seconde maison. D'autres fantômes y ont fait leur entrée : Gretchen, une souris grise, et le capitaine Schmitt. Peu importe leur nom, ils passent et disparaissent comme les ombres jaunies d'un album de famille. Le petit Pygmalion n'en a tiré que quelques mots allemands qu'il se fait un plaisir d'employer à l'occasion lorsqu'un soldat lui demande son chemin. Il en sait assez, à présent, pour indiquer une mauvaise direction. Après les classes, il s'y rend l'âme légère ;

souvent, même, il sifflote. Chez lui, on lui trouve la pâleur des jeunes enamourés ; sa sœur s'amuse de ses étourderies, il perd tout, ne mange plus. Son père condamne ses relâchements. Seule sa mère le comprend. Parce qu'elle sait, croit-il, pour quel monde merveilleux il délaisse le logis. Il ne lui a pas fallu longtemps pour se faire adopter par la bande. Bien sûr, il garde ses distances, il ne vient que pour M. ; et ce n'est que pour M., bien sûr, qu'il consent à parler à tous ces seconds rôles qui peuplent son théâtre. Ils sont comme le décor, interchangeables et contingents, comme les fauteuils, le papier peint, les bibelots de cristal. Ils sont les formes indistinctes et mouvantes d'un jeu d'ombres chinoises. Ils sont pâles, évanescents, voués à l'oubli. Ils sont la bande du 29. Et lui, le petit Pygmalion, il devient l'un des leurs, qui se croit différent parce qu'il les méprise. Jouer sa vie pour s'emparer d'un cœur. Ne pas lésiner sur la mise. Parier sans compter. Il observe, il apprend et prend goût aux espoirs et aux frissons du jeu.

Longtemps, il gardera en mémoire ces dîners fastueux, ces banquets indécents auxquels il s'attabla sans jamais rechigner. Ce n'était pas seulement une manière d'échapper au bouillon de légumes et au sanglier faisandé du marché noir, c'était pire qu'un calcul ; il s'y trouvait à l'aise, près d'une femme adorée en silence. Et puis il se voyait grandir. On parlait sport, Albert surtout, mais aussi art, littérature et cinéma. Jamais, chez lui, on ne l'avait à ce point invité à prendre part aux causeries des adultes. C'était comme si son avis importait, comme s'il en avait un, comme s'il comptait dans le colloque superficiel de ces sombres jouisseurs, couvrant de bavardages la misère de leur opulence. Rien à voir avec les tirades paternelles, exhumant des souvenirs insipides entre les murs glacés du foyer familial, où le charbon manquait.

Là-bas, au moins, il se sentait un homme.

*

Un soir, le petit Pygmalion avait gagné le respect unanime et étonné la bande tandis qu'on évoquait, entre deux verres d'un *petit blanc* fruité, les films du *Colisée*, le plus grand cinéma de la ville. C'était la première fois qu'on le voyait autrement qu'en adolescent docile et falot, quasi inexistant, invité en ces lieux par la seule grâce de M. dont il était la dernière fantaisie.

Madame Mecklembourg louait les décors et les costumes des *Visiteurs du soir* qui venait de sortir. Monsieur Mecklembourg, réservé de nature, s'extasiait lui aussi devant le personnage du diable, merveilleusement servi par Jules Berry, bateleur énigmatique dont on aurait volontiers fait un confident tant la voix grave et envoûtante, éraillée par le tabac, lui donnait cet accent rassurant des vieux sages. D'avance, M. se réjouissait d'entendre le brillant ménage commenter les dialogues de Prévert et les sourires enjôleurs d'Arletty. Elle fut néanmoins privée de ce plaisir par une intervention de Michel Grange. De fait, le *scribouillard*, qui s'enorgueillissait de tenir la chronique cinématographique d'une feuille de chou locale, voulut attirer l'attention sur le dernier film qu'il avait vu et qu'il avait taillé en pièces. C'était là un trait coutumier qu'il avait de craindre que les sujets ne lui échappent. Aussi, comme on tire sur ses jambes un drap trop court en plein hiver, s'efforçait-il toujours de ramener les discussions aux thèmes qu'il connaissait le mieux.

— Moi, déclara-t-il, puisque vous parlez du cinéma moderne, je ne m'explique toujours pas qu'on tolère à Paris ce coquin de Sacha Guitry ! Je vous le demande : a-t-on le droit de laisser un tel énergumène s'approprier la figure de Napoléon ? Cette seule audace mériterait qu'on le foute en taule une fois pour toutes !

— Pourquoi mêlez-vous toujours l'art et la politique ? lui rétorqua M., en le fixant avec dédain. Le cinéma n'a rien à voir avec toutes ces choses.

Consciente du soutien de Madame Mecklembourg dont le sourire valait approbation, elle ajouta, souveraine :

— D'ailleurs je trouve Guitry très drôle, moi.

M. abhorrait décidément le *scribouillard*.

— Je n'en doute pas, reprit-il néanmoins, avec un air poisseux, il a pour lui toutes les femmes de Paris. J'imagine que Nîmes ne fait pas exception. Mais si j'en parle, c'est que notre tablée du jour me fait singulièrement penser à l'une des scènes de ce film sorti il y a quelques mois : *Le Destin fabuleux de Désirée Clary.* Vous l'avez vu peut-être ? Non ? Eh bien, je pense à ce moment précis où Guitry, justement, grimé en Bonaparte, lit à la cantonade une lettre d'amour que lui a adressée son ancienne fiancée.

Le petit Pygmalion osa une correction qui, énoncée sans impertinence, eut le don d'irriter Grange dont la cuistrerie maladroite éclatait au grand jour :

— Ne serait-ce pas plutôt Jean-Louis Barrault dans le rôle de Napoléon ?

Il y eut un silence de quelques secondes, infime, mais assez long pour que chacun puisse y deviner l'amorce d'une rancune.

— Vous pensez? sursauta Grange qui se sentit subitement contesté dans sa légitimité d'érudit infaillible.

Sa voix tremblait de rage. Une moue teigneuse en guise de sourire froid.

— Je me trompe peut-être, dit calmement le petit Pygmalion. Mais il me semble, oui, reprit-il en prenant soin de ménager son interlocuteur. Guitry lui a confié le rôle de Napoléon jeune, comme dans *Les Perles de la couronne*, ajouta-t-il en citant un autre film réalisé quelques années plus tôt.

— Impressionnant, dit sèchement le *scribouillard*, qui se croyait toujours doté d'un temps d'avance lorsqu'il avait déterminé lui-même les sujets de la conversation.

Il souffrait par-dessus tout d'avoir été contredit par ce gamin d'ordinaire silencieux, chez qui personne n'eût soupçonné le moindre goût ni la moindre culture en la matière.

Mecklembourg, qui avait vu le film, confirma la remarque après un temps d'hésitation.

— En effet, dit l'homme d'affaires, Guitry ne joue Napoléon que dans la seconde partie du film. Entre nous, je le trouve peut-être meilleur que Barrault, qui n'est pas mal dans son genre. Mais l'empereur épaté, installé, sûr de sa puissance, m'est naturellement plus sympathique que le général excité et malingre.

— Bien, coupa le *scribouillard*, vexé. Vous devez sans doute avoir raison tous les deux. Mais peu importe… Barrault ou Guitry… J'en viens au fait: tout à l'heure, M. nous a lu la lettre hilarante de l'un de ses soupirants. Eh bien cette petite moquerie semblait l'exacte réplique de la scène dont je vous parle. Celle où Joséphine somme Bonaparte de lire publiquement la lettre qu'il a reçue de Désirée Clary. Il ne manquait plus que l'apparition dans cette pièce même du soupirant pour que la scène ne soit rejouée à l'identique... D'ailleurs, cela m'apparaît à l'instant, vous feriez une excellente Joséphine, dit-il à M. qui regardait ailleurs.

À court d'idées, il ajouta, comme en guise de jugement décisif :

— Mais cela reste un mauvais film. Si vous le souhaitez, proposa-t-il, je vous apporterai ma chronique pour que vous vous fassiez une idée.

Un singulier mélange d'embarras et de bonne humeur suivit l'intervention du *scribouillard*. Certes, on déplorait le ridicule qu'il avait de parler pour ne rien dire, ou plutôt, par cet unique souci de faire valoir ce qu'il croyait être un fait d'armes : en l'occurrence, une critique étrillant le dernier film du plus célèbre cabotin de Paris. Le *scribouillard* crevait de jalousie. Guitry était de ces histrions de génie qui portent la vieillesse avec talent et attisent le dépit des médiocres. Le plaidoyer de M. en sa faveur avait d'ailleurs suffi à aiguiser la frustration de Grange que chacun, ici même, trouvait grotesque, lamentable même, dans ses haines recuites. Cet embarras, pourtant, était partiellement compensé par la gaieté d'une scène qui avait ponctué le début du dîner et que l'évocation du film de Guitry réveillait dans l'esprit des convives. Sur une proposition d'Albert, M. avait lu à haute voix un billet reçu le matin même et qui contenait une fervente déclaration d'amour.

Elle était du boucher de la rue Grétry.

Cet honorable commerçant, qu'on disait enrichi par la raréfaction du bifteck, s'était entiché de M.

à l'insu de sa femme. Au commencement d'une affection qu'il croyait réciproque, Monsieur Legas, ledit boucher, venait lui-même, avenue de la Plateforme, rêvant d'être accueilli par M. pour l'aumône d'un sourire duquel il pensait pouvoir tirer d'heureux présages. Il sonnait une, deux ou trois fois par semaine – le tablier ôté, prouvant ainsi qu'il ne travaillait pas –, tenant par les pattes un lapin ou quelque poulet bien dodu. Selon qu'il faisait face à M. ou à Albert sur le seuil de la porte, sa mine prenait un tour varié, romantique et tourmentée dans le premier cas, sérieuse, affable et professionnelle dans le second. Après plusieurs semaines passées à offrir des cadeaux, on ne l'avait plus vu que de manière intermittente, au mieux une fois par mois, pourvu d'une pièce de gibier émacié dont la chair était de moins en moins appétissante. En revanche, sa femme assurait la continuité du service, toujours gracieux, offrant à M., entre deux compliments sur sa mise, près d'un kilo de viande par jour. Mais ni la viande ni la douceur de ce sourire pincé ne trompaient M. quant aux sentiments véritables de la bouchère. Depuis son plus jeune âge – et avant même l'hommage que lui avait rendu Courbier –, M. s'était faite à la rancœur des femmes jalousant sa beauté et crachant sur ses pas avec la rage irrémédiable des mauvais perdants. Car personne n'était dupe, on l'imagine, de cette courtoisie calculée par laquelle ces honnêtes négociants, ayant pignon sur rue, pensaient gagner les faveurs de M. pour s'assurer celles des autorités d'occupation. Tout allié était bon à prendre pour ménager quelques accommodements au cas où leurs tarifs prohibitifs, mais tolérés, viendraient à déplaire aux Allemands. Et M. (le quartier ne parlait que de ça) jouissait d'une influence réelle sur le commandant de la place. Seulement, s'inquiétant des manières que son mari prenait lorsqu'il se rendait avenue de la Plateforme, la bouchère avait considéré qu'il valait mieux le laisser derrière l'étal et s'occuper des livraisons elle-même... Elle en avait des poussées de colère! A-t-on idée de faire le joli cœur lorsqu'on a soixante ans, une épouse respectable, trois garnements et une boutique à faire tourner?

— Où vas-tu de ce pas? Tu veux voir *la Battue*, c'est ça? Elle te fait les yeux doux, j'imagine... Ça ne te gêne pas de passer après les autres? Eh bien, c'est moi qui irai à partir de maintenant.

Le boucher avait protesté pour la forme, mais sa veulerie n'avait trouvé aucune parade face à la détermination de son épouse. Celle-ci, parmi d'autres griefs, ne pouvait pardonner à M. d'avoir aidé l'un de ses neveux à échapper au départ pour Berlin. Il est un fait connu que la puissance, même bienfaisante, vous assure des ennemis par centaines. Dépité, le malheureux boucher avait consenti à garder la boutique. Toutefois, lorsque sa femme avait affaire à Montpellier, il parvenait de temps à autre à s'échapper en monnayant la discrétion de son aîné. Mais l'escapade ne durait pas et M. ne l'invitait jamais à franchir ce seuil qui eût été un pas de plus vers sa chambre à coucher. Il en avait conclu, avec regret, la perte d'une bataille abandonnée trop tôt malgré une position encourageante. Par ce constat réconfortant, le boucher s'était d'autant mieux convaincu de ses talents de séducteur... Les sots se flattent d'eux-mêmes et n'ont besoin d'aucun bouffon pour s'assurer de leurs atouts. Croyant qu'une déclaration par lettre viendrait combler la distance creusée par cet éloignement, il avait donc choisi sa plus belle plume pour proposer à M. un rendez-vous nocturne dans un hôtel de Nîmes. À peine surprise, elle avait confié le billet à Albert sans prévoir qu'il se piquerait aussitôt d'en régaler leurs amis. Ainsi, malgré l'opposition de M., souffrant qu'on tourne en ridicule ce pauvre diable, avait-il insisté pour qu'elle en fît lecture à haute voix. Pour le plus grand plaisir de la bande du 29, la lettre était agrémentée d'un sonnet dont les strophes ressemblaient à ceci :

À la nymphe devenue femme

Chaque jour je viendrais si j'avais l'espérance
D'être aimé en retour. Qu'importe le scandale.
Je quitterais mon Gard, ma famille et la France,
Je quitterais mes crocs, ma blouse et mon étal,

À mon cœur vous comptez plus que mes trois enfants,
Plus douce qu'une agnelle émouvant le taureau,
Déesse agenouillée, plus tendre que le faon
Qu'un chasseur met en joue, tels vos yeux le chevreau.

— Admirable ! avait lancé Barraud en battant des mains.

— Pensez-vous qu'il fasse de l'humour ? avait sérieusement demandé Mecklembourg, qui hésitait à déceler une farce dans ce poème.

— Malheureusement, j'en doute, avait répliqué Albert. Je connais le bonhomme. Il fallait le voir, salive aux lèvres, lorsqu'il avait encore le droit de nous rendre visite. Mordu comme un adolescent. Pire que Saint-Paul qui, au moins, lui, a de la tenue !

— Pourtant, reprit Mecklembourg, il fait l'effort louable de mêler les registres. Amour, boucherie, statuaire. À ce sujet, j'ignorais que vos liens avec la statue des Jardins de la Fontaine étaient de notoriété publique, ajouta-t-il en s'adressant à M.

— Écoutez plutôt la suite. Lis donc, dit Albert à sa femme.

M., à contrecœur, avait alors repris :

Je vous aime, ma mie, depuis le premier jour
Lorsque, vous apportant un lapin de garenne,
J'ai cru voir que vos yeux partageaient mon amour,

— Épatant, avait coupé Barraud.

— Chut ! avaient intimé d'une même voix les deux Mecklembourg et le petit Pygmalion.

— Attendez donc, la suite n'est pas moins bonne, dit Albert égayé. Le boucher fait dans le folklore local. Continue donc !

En vain de vos attraits j'ai desserré la nasse.
Boucher ou torero, me voilà dans l'Arène,
À vos pieds, terrassé. J'attends le coup de grâce.

Grange, d'abord silencieux, tint également à commenter l'hommage. Solennellement, il dit :

— Ce n'est pas si mauvais. Rimes suffisantes ou riches, alexandrins correctement tournés. Ma foi, je vous trouve bien sévère à l'endroit de ce pauvre boucher. Il a des lettres, assurément. Et son sonnet n'est pas trop mal troussé.

On sentait, à sa voix, cette empathie sincère qui doit souder la confrérie des poètes malheureux. Pour une fois, le petit Pygmalion n'était pas loin de penser comme le *scribouillard* dont la charité le touchait. Si Albert et Barraud s'étaient esclaffés à la lecture du madrigal composé par le boucher Legas, il en allait différemment des femmes : différemment de M., d'abord, qui ne s'était prêtée au jeu qu'à la demande de son mari ; différemment de Madame Mecklembourg, ensuite, qui trouvait l'exercice indigne.

Le petit Pygmalion comprit, à l'issue de cette scène, qu'ils étaient une armée à aimer M. dans le secret... Époux légitime, mais contesté, Albert affrontait une légion de courtisans, cent rivaux, mille ennemis qui agissaient dans l'ombre. Saint-Paul n'était qu'une figure parmi d'autres de cette cohorte de soupirants en embuscade, ridicules ou sublimes, lâches ou puissants, jeunes ou chenus, qui la suivaient des yeux en espérant pour eux quelques miettes d'attention. Pourtant, le petit Pygmalion siégeait aux avant-postes de cette guerre de conquête. Il avait ses entrées au salon du 29. Avec Saint-Paul, il était l'un des rares à fréquenter les lieux où flottait son parfum.

★

C'est ainsi, gagnant en audace ce qu'il perdait en naïveté, qu'il n'hésita plus à rendre visite à M. lorsqu'il la savait seule. Un jour, n'y tenant plus, il osa même ce à quoi il pensait depuis la première heure de leur premier conciliabule : lui offrir un dessin puisé dans les liasses de croquis qu'il avait composés de la *Jeune fille au chevreau*. Prêterait-il ainsi le flanc aux railleries dont on avait accablé le boucher Legas ? Peut-être. Et après ? S'il aimait, il fallait voir. Tenter le diable pour toucher sa servante.

La saison était celle où la peau se découvre.

L'été répandait sa chaleur dans les rues pâles de Nîmes. L'ocre rêche des façades et la tuile rouge des toits étincelaient sous un soleil de métal blanc. On aurait dit la ville emmitouflée dans un nuage de sable chaud, une pluie de plâtre sec, émietté dans l'air où le vent était rare. Ce matin de septembre, le petit Pygmalion s'était rendu chez M. tenant sous le bras son carton à dessins. À l'intérieur, deux grandes feuilles de papier sur lesquelles il avait reproduit la *Jeune fille au chevreau* et un portrait de M., brossé de mémoire, à la manière des photographies du studio Harcourt. Le petit Pygmalion s'était souvent dit que M. avait le physique d'une actrice de cinéma, avec ses hautes pommettes, ses lèvres charnues et sa chevelure dense. Le portrait était à la sanguine, la *Jeune fille* au fusain; l'ombre de ses courbures se dégageait d'un décor charbonneux où l'on décelait, dans le contraste des traits et des formes, la grotte et les palmiers des Jardins de la Fontaine. C'était le plus abouti des dessins de la statue, celui dont il était le plus fier. Prenant les deux croquis, M. les étudia longuement, parut flattée, satisfaite même, et sa reconnaissance, suggérée d'un coup d'œil affectueux, allégea aussitôt l'appréhension du petit Pygmalion. Il avait quelquefois évoqué sa pratique du dessin, mais, comme il n'avait jamais osé faire voir le produit de son travail, son talent demeurait à l'état de rumeur, gazeux et incertain. Le croyait-elle vantard ou vaniteux? S'en fichait-elle éperdument? Pour lui, l'indifférence eût été pire qu'un doute. Car le doute trahit un reste d'intérêt. On doute de Dieu, rarement du diable auquel personne ne croit plus aujourd'hui.

Parfois, comme par défi, elle avait exigé qu'il la prenne pour modèle, mais il n'y croyait pas, jugeant qu'elle se moquait de lui, badinant par plaisir comme elle le taquinait par jeu. Et puis il n'aurait pas osé, n'aurait su comment faire, comment guider ses gestes, calmer ses tremblements. Alors il lui avait promis d'apporter *quelque chose* de sa main.

Ce matin-là, il savait la maison quasi déserte : Albert et Jean avaient annoncé la veille un séjour à Alès où les appelait une affaire de succession. La mère de M. serait peut-être là, invisible vigie dont il ne mesurait l'existence qu'à l'écho de ses pas. Mais elle ne descendait jamais de l'étage où se trouvait sa chambre. Le petit Pygmalion avait pour lui la jouissance éphémère de se savoir presque seul avec M., solitude rare, jamais renouvelée depuis leur premier entretien. Lorsqu'il sonna, il n'était pas midi, une heure qu'elle passait d'ordinaire – se levant souvent tard – à lire des magazines, un chat sur les genoux et un autre à ses pieds comme un adorateur. Il savait tout cela. Cette heure était choisie parce qu'il la savait libre, oiseuse et paresseuse, nécessairement propice à un meilleur accueil. Après plusieurs minutes d'attente, M. entrebâilla prudemment la porte, le visage blême comme après une frayeur. Elle parut néanmoins rassurée de le voir :

— C'est toi, dit-elle, d'une voix inquiète. Eh bien, ne reste pas là. Entre ! Il fait si chaud.

Le soleil, en effet, enflammait les feuillages, percés de lueurs scintillantes comme des lampions de fête. Mais ce décor estival de feria n'était pour rien dans la chaleur montante qui embrasait les joues du petit Pygmalion. Ce *tu* charmant, depuis longtemps abandonné, M. ne l'employait qu'à l'intention de son mari. Le petit Pygmalion y devina sa chance ; elle l'invitait à briser ces convenances auxquelles le monde s'oblige avec une pudeur hypocrite. Aussitôt, elle l'attira jusqu'au salon et s'asseyant devant un monceau de papiers écornés, sembla se remettre à l'ouvrage, loin de cette oisiveté languide où il l'avait imaginée :

— Bah !... Tu n'es pas un mouchard, toi ! Je peux bien te dire comment je mets ma liberté en danger pour sauver celle des autres. Et dans quel but ? Moi, je ne sais toujours pas pourquoi... Je suis trop bête, va !

Devant elle, sur la table, plusieurs brouillons de lettres, des cachets, des tampons, des feuilles roulées comme de vieux parchemins. Lors du procès, plus tard, le petit Pygmalion aurait pu témoigner de cela : M. fabriquait de faux certificats avec des tampons empruntés, volés peut-être, dans les locaux de l'administration allemande.

Elle reprit :

— Je suis trop bête, oui. Trop sensible avec ça ! Vois-tu dans quel pétrin je me suis fourrée ! dit-elle, avec un geste qui désignait le fouillis de sa table. Ils ont pris le fils des Bouillard, un garçon pas solide, toujours malade. Fitz ne m'a pas cédé, cette fois-ci... C'est une première qu'il me résiste. Les STO se font rares, paraît-il, depuis que la jeunesse se cache. Monsieur aurait des comptes à rendre, un quota défini à l'avance. Quelques scrupules, aussi. *Arbeiter* par-ci, *Arbeiter* par-là... Il a surtout peur pour sa pomme. C'est joli !

S'interrompant, l'œil dans le vague, elle dit comme pour elle-même :

— J'en parlerai à Saint-Paul, d'ailleurs. Ce salaud de Fitz ne perd rien pour attendre. Le père est revenu me voir hier... Ils ont une peur bleue pour leur fils et me disent qu'il ne tiendra pas un mois de plus à Duisbourg. Mais qu'est-ce que j'y peux, moi, si le certificat du docteur n'a pas suffi aux Allemands ! J'aurais très bien pu en rester là... Eh bien non, ma foi ! Il faut toujours que je joue à la bonne âme. Me voilà à inventer un acte de décès de la mère Bouillard pour que le fils obtienne une permission.

Elle fit une pause, maniant distraitement l'un de ces tampons officiels, si chers aux résistants, et pour lesquels on forçait la porte des mairies :

— Tu gardes cela pour toi, hein ? Je ne voudrais pas qu'Albert ou ses amis l'apprennent. Barraud surtout. Non pas que les risques soient gros, mais ça ferait des histoires inutiles. Et puis on s'en fiche, après tout ! Tu n'es pas venu ici pour ça. Voyons voir ces dessins ! C'est bien cela que tu as apporté ?

Encore sonné d'apprendre que M. jouait en secret un rôle insoupçonné, le petit Pygmalion eut peine à décoller ses yeux des papiers étalés devant elle. Qui était donc cette femme aux écailles de sirène, étincelante comme elles, ensorceleuse aussi, mais qui surtout, ne se laissait prendre à aucun filet ? Comment aurait-il su, dans la mêlée des ombres du 29, engeance odieuse et fascinante, qu'elle complotait au nez même des Allemands, ébahis devant elle comme les amis d'Ulysse transformés par Circé en pourceaux ? Comment l'aurait-il pressenti ? Que M. avait du cœur ? Plus de cœur que lui-même qui demeurait passif. Sirène, avec ses voix aux inflexions variées, mondaines, tristes ou gouailleuses, au gré de ses humeurs. Sirène aux yeux de nuit éclaircie par la lune. Onduleuse et fuyante. Sirène insaisissable. Pensant à M., il se remémora ces vers d'Apollinaire qui avait séjourné à Nîmes près de trente ans plus tôt – c'était au temps de Lou –, dans une caserne grise, qui sentait la sueur et les chaussettes usées. Le poète avait écrit :

Ô belle Loreley aux yeux pleins de pierreries
De quel magicien tiens-tu ta sorcellerie ?

Et pendant qu'elle regardait les dessins qu'il avait apportés, le petit Pygmalion se récitait ces vers auxquels il repenserait, un an plus tard, terré dans la foule écumeuse, au moment du procès de celle qu'on avait humiliée et tondue comme un chien.

À Monsieur le Commissaire Régional
de la République de Montpellier.

La soussignée Battut M., épouse Polge, condamnée à mort par la Cour martiale de Nîmes, a l'honneur de solliciter le bénéfice d'une mesure gracieuse. Elle expose, à l'appui, qu'elle est l'unique soutien de sa mère, qu'elle revendique encore n'avoir jamais dénoncé de Français, ni entraîné contre aucun de mesure de répression.

À Nîmes, le 23 septembre 1944

TROISIÈME PARTIE

Brûler la sorcière

I

SATAN NE VIEILLIT PAS

Elle qui les regardait du haut de son isolement comme on regarde du haut d'une tour.

BARBEY D'AUREVILLY,
L'Ensorcelée

M. ne pensait qu'à ça, à la jeunesse perdue, gaspillée comme un bien dont on jouit sans limite jusqu'aux premiers sillons que l'âge trace dans nos corps.

Le temps la tourmentait. Pas la mort, le temps. Elle déplorait sa marche et craignait ses effets, jugeant chaque année plus cruelle, chaque heure moins bienveillante. À ce qui nous résiste on donne le nom d'ennemi. Le temps était pour elle un chasseur acharné dont elle fuyait les ruses et rongeait les filets. Est-ce qu'il n'allait pas se résigner un jour à la laisser tranquille ? M. ne vieillissait pas. En dépit des frayeurs que l'âge lui inspirait, sa peau restait intacte, ses seins hauts, ses bras fermes et son corps orgueilleux dans ses robes de printemps. Bien sûr, elle restait jeune. Mais son angoisse avait près de vingt ans ; elle était née avec la *Jeune fille au chevreau*, lorsqu'un homme, un artiste, avait fixé ses traits dans un bloc de calcaire. Elle avait quelquefois pensé, en mesurant l'écart qui se creusait entre elle et la statue, que Courbier, magicien de la glaise, de la pierre et du bronze, lui avait peut-être jeté un sort pour capturer ses charmes au profit de sa créature. Chaque jour plus angoissée, et à mesure que le temps s'écoulait sans lui laisser de prise, elle ne s'était jamais tout à fait départie de cette superstition. Depuis la fillette aux nattes blondes jusqu'à la salonnière de l'avenue de la Plateforme, on avait tant de fois célébré sa beauté que son identité s'y fondait tout entière : la perdre, pour elle, c'était plus que mourir, c'était vivre privée de ce par quoi, à force d'éloge, d'amour et d'envie, elle avait existé aux yeux des autres. Chez les êtres dotés d'une supériorité qui humilie la norme, le reste s'évanouit sous l'éclat de leur don. À tort, M. s'était mis en tête que le sien était périssable. Que sa beauté dissoute, elle ne serait *plus rien*. C'était l'ordre des choses. Elle aurait beau lutter, elle savait bien qu'un jour on lui ferait payer son prestige éphémère.

À vingt-deux ans, dès le lendemain de son premier mariage, elle se croyait vieillir en se palpant la peau. Les cuisses de la statue n'avaient-elles pas moins de plis que les siennes ? Est-ce que son ventre ne se flétrissait pas tandis que la pierre restait lisse ? Et ses mains : d'affreuses taches brunes n'y germeraient-elles pas entre les métacarpes ?

Jamais d'enfant, ce serait son déclin ! Quoi qu'en dise son premier époux, Constant, qui avait soif du substitut d'éternité que certains croient pouvoir tirer de la paternité. Albert, lui, s'y était résigné sans contrainte et, se lovant contre elle, disait « je suis ton seul enfant ».

Son ventre n'aurait pas à subir les coups de pied de ce monstre égoïste qui épuise et triture les entrailles. Vieillir seule, et alors ? Elle se passerait des délices maternelles. On avait bien raison de l'accuser d'être superficielle. Qu'y pouvait-elle, après tout, si on l'avait réduite à sa beauté, l'étouffant de louanges et de mots doux, l'y clouant pour toujours comme à une croix funeste. Coquette, cocotte et cabotine ; elle était *la Battue*, sorcière que des femmes laides et rêches brûlaient de battre autrement qu'en paroles pour la châtier de ses charmes insolents. Était-elle responsable de ces noms d'oiseau et du rôle de poupée auquel on l'avait condamnée depuis son plus jeune âge ?

Non, jamais d'enfant ! Jamais de cette boule de bave et de larmes qui pourtant aurait fait son salut. Car si l'éclat d'une beauté supérieure fait enrager les hommes qui ne peuvent la posséder, la faiblesse de ces êtres fragiles aiguise parfois la *sensibilité* des foules. Sa grâce eût été par l'enfant qu'elle refusait d'avoir. Elle garderait ainsi ses rondeurs de jeune fille, tant que l'âge se montrerait clément, avec l'aide des lotions et des crèmes de jouvence, toute une chimie d'officine mystérieuse dont regorgeait sa salle de bains. M. s'inventait des rides. Elle maquillait des cernes invisibles. Elle se disait parfois qu'elle n'avait épousé Albert que parce qu'il était son cadet. Un mari plus âgé aurait été insupportable. Varices et gouttes au nez, bedaine, poitrine tombante et bajoues flasques : elle laissait ça aux coureuses de fortunes ou à celles dont le choix est borné à de moins séduisants attraits.

La jeunesse seule était un baume. Non pas l'enfance, mais la jeunesse. Or la jeunesse manquait dans la cour des Barraud, des Schmitt et des

Saint-Paul… Elle se sentait vieillir dans ce rôle de bourgeoise servant des petits fours et des flûtes de champagne. À M. qui lui ouvrait son cœur, le petit Pygmalion apportait sa jeunesse en offrande. Aussi sa compagnie, de jour en jour plus assidue, n'avait-elle d'autre cause, peut-être, que le désir de M. de se savoir et de se voir aimée par un adolescent.

Il avait dix-sept ans. Et il la désirait.

Au début, elle avait minaudé devant les dessins du petit Pygmalion : n'y avait-il donc que cette maudite statue pour lui donner envie de croquer de belles choses ? Le message était clair : elle aussi, comme sujet, valait toutes les muses des Jardins de la Fontaine. Rivale d'elle-même, comme le chat qui cherche à griffer son reflet dans la glace, M. éprouvait pour la statue une tendresse ambiguë où se mêlaient fierté et jalousie. Sa fierté de jeune fille, le petit Pygmalion l'avait sentie au cours de longues conversations sur l'œuvre de Courbier. C'était un peu d'elle-même, aussi, qui avait voyagé au travers de cette œuvre. D'abord à Paris – plusieurs revues en témoignaient –, où la sculpture avait soulevé l'admiration molle et tranquille des académies. M. sortait d'un tiroir un carton plein d'archives empilant des coupures de journaux. Tout cela était méthodiquement rangé avec l'air feint de s'en moquer. Les feuilles étaient coupées très proprement ; conservées précieusement ; pliées avec un soin de collectionneur dans des dossiers variés qu'une ficelle tenait clos.

— Écoute ça ! s'exclamait-elle soudain en lisant un fragment souligné dans l'un de ces papiers jaunis. *Le corps nerveux a les maigreurs de la jeunesse sans pauvreté.* C'est beau, non ?

Puis elle citait le titre de la source, écrit en lettres majuscules. *L'ILLUSTRATION* : mai 1926. Une photographie de la statue y figurait en bonne place sous une figure ailée, droite comme une hampe, et une statue du président Paul Deschanel, mort quelques années auparavant sous les moqueries d'un peuple irrévérencieux. M. ajoutait fièrement :

— Cela t'étonne, hein ? Attends un peu, reprenait-elle en s'emparant d'une revue dont l'humidité avait déteint l'éclat de la couverture orangée. Voici autre chose qui vient de la *Revue des Deux Mondes*. Page 691. Écoute : *rien de plaisant, par exemple, comme la* Jeune fille au chevreau *de M. Courbier, qui s'est mise à cropeton* (ici, elle s'arrêtait, songeuse : tiens, est-ce qu'il ne faudrait pas dire plutôt *croupetons* ? Puis reprenait :) *pour lutiner un innocent animal avec un épi de maïs*. Lutiner, c'est tout à fait ça. Tout à fait dans le ton du groupe de Courbier. D'ailleurs, je ne l'ai jamais vu ce fameux chevreau lors des séances de pose. J'étais seule avec le sculpteur et mon épi de maïs. Tiens, voilà un portrait de Courbier quand il était jeune, déclarait-elle en lui tendant la première page d'un exemplaire de l'ancien quotidien *Comœdia*.

Bien entendu, le petit Pygmalion était curieux de voir à quoi pouvait bien ressembler l'auteur de la *Jeune fille*, celui-là même qui, des heures durant, avec indifférence ou tremblements, avait scruté le corps nu de M. entre les murs de son atelier. Sous la reproduction d'une toile de Derain, intitulée « Portrait de Madame Caro », se dégageait le visage de Courbier, encore jeune, les cheveux fournis et foncés, le sourcil en broussaille, des cils démesurés ainsi qu'une bouche en cœur accentuant sa mine de satyre voluptueux. Sur ce portrait, il n'était pas rasé. Des rayures noires parcouraient ses joues creuses.

À cette évocation, le petit Pygmalion ne put penser à Courbier sans une profonde mélancolie. Courbier appartenait à ce passé dont il était exclu. C'était une part de M. qu'il n'avait pas connue et ne connaîtrait pas. Et puis il y avait tant d'idées reçues sur les privautés que se permettent certains artistes avec leurs modèles. Sous ces traits nonchalants, Courbier n'était plus une idée. Ce n'était plus un nom distant, désincarné, inscrit seulement au pied d'un socle, dans un jardin public. Tout de suite, le petit Pygmalion fut jaloux de Courbier. Et une idée l'obséda cruellement : est-ce qu'ils avaient couché ensemble ? Puis, aussitôt, il s'en voulait de ses propres pensées. Pourquoi concevait-il toujours des questions aussi sottes lorsqu'il songeait à M., comme si, vingt ans plus tôt, avant même qu'il ne naisse, elle n'avait pas été libre d'agir et de faire à sa guise tout ce qui lui plaisait ? Comme si, à présent, elle n'était pas toujours la même personne, cette même affranchie radicale, n'ayant d'autres lois que sa peur de vieillir et son désir essentiel d'être aimé. Cent fois, le petit Pygmalion avait imaginé la scène dans la maison de la rue de Sully. Cent fois, il avait plissé les paupières pour s'infliger l'amère souffrance de ces images odieuses. Courbier devait avoir la parole tendre et le geste assuré :

— Tournez-vous légèrement.

— Comme cela ?

M., avec ses dix-sept ans, devait être éblouie par l'atelier où des silhouettes d'argile semblaient se livrer à un colloque muet sous cette lumière dorée dont les rayons caressaient leurs contours.

— Presque. Un peu plus sur la droite. Très bien.

Tendez encore un peu le bras. Avancez l'épi, de quelques centimètres. Oui, comme cela. Nous y sommes. C'est très bien, ne bougez plus.

Courbier mettait son point d'honneur à vouvoyer tous ses modèles, de sorte que la jeune fille, habituée à se voir rudoyer par de moins dignes personnages, ne pouvait contenir cette rougeur enfantine qui colorait ses joues chaque fois qu'il lui parlait. Courbier n'était pas tellement plus vieux qu'elle ; il avait moins de trente ans, un âge auquel certaines personnes n'ont pas encore vaincu les tiraillements de la timidité.

M. était la fille d'un couple installé près de chez lui – la fille de Francis et de Marie Battut –, des voisins établis rue de Sully, à l'est de la ville. Battut, c'était son nom de jeune fille, celui qu'on lui avait connu dans sa jeunesse. Il comprenait mieux, à présent, d'où venait ce surnom dont l'affublaient les femmes, empreint de violence refrénée, de colère sourde et de rage impatiente qui éclateraient un jour. Profite bien de ta cour, *la Battue*, savoure et dépense sans compter : tu paieras tes jouissances au prix fort !

L'idée d'employer M. comme modèle avait germé au détour d'une conversation anodine, mais oui, tiens, pourquoi pas, et la chose s'était faite aussitôt. Depuis plusieurs mois, Courbier méditait ce projet d'un groupe original dans le ton des *Bucoliques*, un thème antique et païen plaçant beautés humaine et animale dans un dialogue intime. C'était l'inspiration qui avait désigné la muse. À moins, se disait le petit Pygmalion, que ce ne fût qu'un prétexte pour mieux s'approcher d'elle sous une forme respectable. On pouvait tout imaginer, tout ; jusqu'à ce que cette sculpture n'ait été conçue qu'afin de séduire le modèle. Lui-même, n'était-ce pas au prix d'efforts immenses qu'il avait réussi à entrer dans son cercle ?

Avec le temps, sa rancœur à l'égard de Courbier se tassa peu à peu, puis tout à fait lorsqu'il apprit que M. n'avait jamais gardé de relation avec celui qu'elle avait *amusé* le temps de créer un chef-d'œuvre. Elle savait peu de choses de son destin depuis la *Jeune fille au chevreau*. Après le succès du Salon des Artistes Français, en 1926, Courbier était parti quelques mois en Belgique où, encore aujourd'hui, une copie de la statue existait quelque part. À Nîmes, il ne venait presque jamais, possédant une maison à Sainte-Cécile-les-Vignes qu'il occupait surtout l'été. On disait qu'à présent il vivait à Paris, où M. n'avait pas cherché à le revoir du temps qu'elle habitait avenue Daumesnil. Et parce qu'elle n'avait pas recherché sa fréquentation, elle ne sut pas non plus que Courbier, dix ans après la statue des Jardins de la Fontaine, avait vendu à la ville de Paris, pour l'agrément du square Anna de Noailles, dans le XVIe arrondissement, une fontaine de pierre ornée d'un faune accroupi, comme la *Jeune fille*, mais le buste en avant (il n'existe plus). Cela, elle l'ignora toujours, mais pas le petit Pygmalion.

★

Il oublia Courbier et réalisa, dans les mois qui suivirent, plusieurs portraits de M. qui se plaisait dans ce rôle de modèle lui rappelant sa jeunesse. Mais sa jalousie d'amoureux possessif ne s'était qu'endormie. Il ne fallut qu'un léger coup d'éperon pour la réveiller brutalement. Tandis qu'il faisait son portrait, le petit Pygmalion fut atrocement blessé d'une allusion que M. lui lança au visage, âcre et soudaine, comme une bouffée de cigarette :

— Saint-Paul me disait récemment, dit-elle en

battant des cils, que mes traits lui font penser aux statues d'*Arnaud Backer*... Comme Joséphine, j'imagine. À moins qu'il ne s'agisse d'Arnaud Branquard, ou quelque chose comme ça...

L'évocation de ce nom – Saint-Paul – battit en lui la charge du chagrin. Il le croyait guéri, ce mal, estompé à jamais sous des faveurs dont il pensait jouir seul. Ce nom, le petit Pygmalion l'avait presque oublié, péniblement, à force de volonté; il le croyait banni. Qu'Albert rentre chez lui, chaque soir, aux heures où il n'y était pas, cela passait encore: il s'y résignait même par respect des usages. Mais Saint-Paul, l'officier raffiné de son premier dîner à la Villa Élise, Saint-Paul, le maître de la ville, celui par qui M. l'avait fait libérer de la maison centrale, fallait-il donc qu'elle le reçoive encore?

Le petit Pygmalion aurait aimé pouvoir le haïr de bonne foi, de cette haine bien tranquille, sûre d'elle, documentée par des dizaines de petits faits cruels justifiant qu'on l'éprouve. Pourtant, il ne pouvait haïr Saint-Paul sans reconnaître les qualités d'un homme qu'on disait conciliant, généreux et même *bonne pâte* en comparaison des mille roitelets allemands qui régnaient dans les villes alentour. On ne pouvait l'exécrer que mollement: Saint-Paul avait moins de défauts qu'il en aurait fallu pour se faire dénigrer avec franchise. Il vous mettait en porte-à-faux avec vos propres sentiments. Le petit Pygmalion en était au chapitre de ses doléances intérieures, lorsqu'il fut subitement coupé dans le ressassement de sa peine:

— Oui, *Baker*, c'est un célèbre sculpteur allemand. Saint-Paul a une obsession surprenante de ce qu'il appelle la beauté germanique. Mais je ne vois vraiment pas ce qu'il y a d'aryen, ni même de germanique, en moi. Je suis parisienne et nîmoise, un peu lyonnaise, et encore !

Trop fin pour corriger l'ignorance d'une femme dont les minauderies l'enivraient, le petit Pygmalion se garda bien de lui dire que son amant avait dû évoquer les créations d'Arno Breker, sculpteur allemand dont l'œuvre capital, composé de silhouettes musculeuses et de guerriers monumentaux, donnait le ton de l'imagerie héroïque et virile du IIIe Reich. Deux ans plus tôt, sommée de croire que l'art était racé, Paris avait accueilli une exposition sur cet éminent francophile, ami de Jean Cocteau auquel il avait consacré un buste. L'exposition de l'Orangerie avait assis sa gloire au-delà des frontières de Berlin et Paris. Breker, deux syllabes sèches. Dans ce nom-là, il y avait tout l'avenir de l'art exaltant la puissance des vainqueurs. Saint-Paul était de la même trempe que lui. Qu'incarnait-il, ce tout petit Français, ce vaincu sans combat, que pesait-il dans la balance des arts et de la guerre, face à des hommes comme eux, installés dans la gloire comme au creux d'un fauteuil ?

— Peut-être qu'on verra un jour la *Jeune fille* à Berlin, qu'en dis-tu ? Il paraît que les Allemands raffolent de nos chefs-d'œuvre et se servent dans certains musées. Et pourquoi pas dans les jardins, tiens ?

— Qu'ils se dépêchent alors, répondit le petit Pygmalion sur le ton du sarcasme. Il ne leur reste que quelques mois pour choisir les meilleures pièces.

Il tirait un plaisir *amer* des murmures de défaite qui poursuivaient l'armée allemande sur tous les fronts.

— Tu sais, dit M. avec une voix pincée, sans relever le sous-entendu clairvoyant du petit

Pygmalion, la *Jeune fille au chevreau* est une œuvre internationale.

Appuyant fort sa langue sur son palais, elle détacha chacune des syllabes de ce mot avec délectation, puis continua, narquoise, se moquant de son propre orgueil comme pour en dissiper le ridicule :

— Oui, internationale. Tu m'as parfaitement bien entendue. On peut l'admirer aux États-Unis où un homme fortuné, richissime même, l'a achetée pour sa maîtresse parce qu'il trouvait que la statue... enfin, que je lui ressemblais... À sa maîtresse, bien entendu, pas à lui... Môssieur voulait du marbre. Tu comprends, le calcaire, ça fait peuple ! Et pas n'importe lequel : du marbre de Toscane. Je suppose que Courbier en a tiré un très bon prix.

Le petit Pygmalion rit en lui-même de cette ambivalence que M. avait de célébrer la statue de Courbier tout en la jalousant. Comme il aurait aimé la connaître plus tôt, effacer les années, connaître M. adolescente, loin de la guerre, de Saint-Paul, des Allemands ; qu'elle le prenne au sérieux. C'est avec lui qu'elle aurait vu Paris, vécu dans cet immeuble dont elle lui décrivait la vue sur la voie ferrée de la Bastille, les briques rouges, les voitures à impériale, la fumée, le hurlement des pistons sur les rails et le boulevard Diderot... Ensemble, ils auraient pu grandir et vieillir en dehors du temps. On aurait quitté Nîmes pour Paris, puis Paris pour d'autres villes, peut-être ailleurs, hors des frontières de France, découvert l'Amérique. C'est toute une vie qu'il s'inventait parfois, à laquelle il rêvait en l'observant, un crayon et une gomme à la main, feignant d'être occupé par les ombres tracées sur sa feuille de papier. Est-ce qu'il était trop tard ? Elle avait bien quitté Constant pour Albert. Alors pourquoi pas à nouveau; quitter Albert pour lui? On partirait aussitôt la guerre terminée. Ils iraient vers San Francisco, vérifier l'existence d'une *Jeune fille au chevreau* le long des côtes du Pacifique. On y resterait quelques mois, quelques années. Il trouverait du travail là-bas, vendrait des aquarelles, donnerait des leçons de français dans le pays de la ruée vers l'or où tout était possible. Il avait dix-sept ans. Il la désirait tant qu'elle devenait un monde au-delà du vrai monde où ses pieds touchaient terre.

*

C'était avant que les pendus ne rendent tout cela impensable.

Les pendus du 2 mars, leurs carcasses ballantes dans la brise de l'hiver. Route de Beaucaire, route d'Uzès et sur cette longue avenue qui partait des Jardins de la Fontaine. Les pendus du 2 mars et cette hideuse pancarte accrochée à leur cou: *AINSI SERONT TRAITÉS LES TERRORISTES*. Barbares! Il n'y avait d'autres mots dans l'esprit des Nîmois. Saint-Paul, Schmitt, Bittrich et leurs soldats, ce n'était plus la même rengaine depuis qu'ils vidaient les maquis à la mitrailleuse. Plus de sourire en coin, plus d'accolades joviales. Eux aussi avaient peur. Et la peur, ça rend fou. Ça se mue en terreur qui brûle tellement les doigts qu'on veut la partager, la déverser autour de soi comme pour s'en décharger. Les pendus, c'était ça: une grande libération, une purge sans merci, un grand déchargement de colique et de peur sur plus faible que soi.

Il était près de dix-neuf heures.

La nuit tombait dans les vertiges d'un vent glacé.

Le petit Pygmalion sortait tout juste du 29 lorsque ses yeux se posèrent sur une fillette, à quelques mètres du seuil, portant le gros chat d'Artagnan entre ses bras trop minces. D'Artagnan ronronnait. Il se laissait faire en silence, l'œil extatique sous l'effet des caresses, pesant de tout son poids contre le ventre de l'enfant. Sa tête s'enroulait lascivement contre la robe de laine, les oreilles écrasées et la queue frétillante des moments d'euphorie. Le petit Pygmalion interpella doucement la fillette dont la solitude, à cette heure, l'étonnait :

— On dirait qu'il se plaît dans tes bras, dit-il. Regarde comme il est heureux. On le voit aux oreilles.

S'approchant de l'enfant, il caressa à son tour le dos arrondi de la bête :

— Il s'appelle d'Artagnan. Nous sommes devant chez lui, dit-il en désignant la porte par laquelle il venait de sortir.

La fillette regarda le petit Pygmalion avec deux yeux immenses :

— Il est doux, dit l'enfant. Je lui ai dit de ne pas aller là-bas. Il marchait vers l'avenue, là où c'est dangereux.

— Dangereux ? interrogea le petit Pygmalion, surpris par le ton de l'enfant. Que se passe-t-il de si grave par *là-bas* ?

— Je ne sais pas vraiment, répondit la fillette. Maman m'a demandé de rentrer vite à la maison. Il y a un gros camion allemand, avec des gens dedans, et puis des soldats avec des chiens qui hurlent et font peur. Maman m'a dit de retourner à la maison sans regarder derrière parce qu'il y a des choses horribles qui se passent. Mais je n'ai pas droit de savoir quoi.

— Ta maman a sans doute raison, dit-il pour la rassurer.

Mais moi, rien ne me retient d'aller voir par là-bas, pensa le petit Pygmalion en s'élançant jusqu'à l'ancien boulevard Jean-Jaurès d'où montait une excitation sourde et angoissante. Des piétons se hâtaient vers la gare, des riverains intrigués sortaient sur le seuil de leur porte, à l'affût d'un détail qui expliquerait ces cris ; le bruit courait déjà, comme un malentendu, une rumeur mensongère qui disait qu'on pendait des hommes aux platanes, vers le pont. Sans réfléchir, le petit Pygmalion fit marche arrière et revint vers l'appartement qu'il venait de quitter.

La fillette et le chat d'Artagnan avaient tous les deux disparu.

Lorsque M. lui ouvrit la porte, il rapporta, essoufflé, ce qu'il venait d'entendre. D'abord, elle n'y crut pas. Puis, sur son insistance, accepta d'aller voir si ces ragots étaient fondés. Ils empruntèrent tous deux l'avenue de la Camargue en se mêlant aux groupes qui descendaient vers le chemin de fer avec une volupté macabre. Il n'y avait plus aucun camion. La besogne était faite. Quelques soldats étaient restés avec leurs chiens pour régler la circulation. Sur le trottoir, des badauds attroupés fixaient les arbres avec sidération. C'était donc vrai. Six hommes, le cou brisé, cravatés de chanvre, pendaient aux branches comme d'affreuses marionnettes. Six hommes au visage tuméfié, la chemise en lambeaux. De gros souliers terreux trahissaient l'origine modeste des victimes : des ouvriers ou quelques paysans. Une clameur s'éleva devant les six gibets. Tous ceux qu'on avait refoulés, le temps de l'exécution, dans des boutiques et l'entrée des immeubles, furent conviés à sortir pour observer la scène.

Il y avait là une entreprise d'édification par l'effroi.

Des sanglots éclatèrent comme une détente nerveuse. Des hoquets de dégoût et de rage. Des mains couvrirent le regard des enfants. On se frottait les yeux, mais le spectacle était bien là, réel, brutal, encore tout chaud, comme ces corps suppliciés qu'on voyait bringuebaler aux arbres. On échangea de premiers commentaires :

— Ce s'rait le résultat d'un coup de filet qu'ils ont fait vers Lassalle, dit un artisan en tablier. Ils déportent à la chaîne depuis quelques semaines... Paraît qu'ceux-là, ce sont des Polonais. Ils en ont pendus d'autres, ailleurs...

— Pendus, râlait une femme en suffoquant... Pendus, pendus, répétait-elle dans un hoquet de folle, les yeux roulant dans leur globe injecté de sang.

Le petit Pygmalion s'arrêta devant l'enseigne d'un marchand de vin dont le rideau était tiré. M. était à sa droite, très proche de lui. À quelques pas, devant eux, il aperçut deux hommes qui les scrutaient d'un œil hargneux. L'un était assez grand, la quarantaine, moustache carrée, avec un chapeau noir et un costume râpé. L'autre était plus âgé, trapu, portant un béret gris et un manteau trop grand. Une cigarette était plantée dans le bout de ses lèvres, molles et fripées comme de vieux fruits secs.

Le petit Pygmalion devina sans effort que M. et lui faisaient les frais de leur conversation.

— Regarde-moi *la Battue*, dit le plus vieux. Après l'Allemand, elle s'est choisi un nouveau p'tit miché. C'est qu'elle les prend de plus en plus jeunes, on dirait.

— Bah, tu sais, répondit l'autre, elle ne fait pas son âge. Il y a quelque secret derrière, si tu veux mon avis. On me dirait que c'est la fille du diable que j'y croirais peut-être…

— Sacrée diablesse, oui ! ponctua l'aîné des deux hommes, en se frottant les tempes. Elle n'a pas pris une ride depuis qu'on la connaît. Pas vieilli comme nous autres. Ça conserve, va, le foutre boche ! Mieux qu'la fontaine de Jouvence.

La conclusion tomba de la bouche du gaillard à moustache :

— J'espère qu'elle est contente du spectacle en tout cas. Les pendus, elle doit trouver ça chic ! Très festif ! Manquent plus que les lampions et la musique. À vomir, je te dis…

Sans tout comprendre à leur conciliabule, le petit Pygmalion en distingua assez pour se faire une idée de ce qu'ils se disaient.

La dernière phrase parvint entière à son oreille.

Il aurait voulu leur répondre, leur cracher au visage, proclamer haut et fort ce que M. avait fait, pour lui, pour d'autres, jusqu'aux faux documents qu'elle avait tamponnés de sa jolie main blanche. Mais il se tut. Et il eut honte. Là-bas, les pendus se balançaient toujours, les pieds touchant presque le sol. Il se pencha vers M. qui semblait horrifiée par la vue de ces hommes aux mentons écrasés dans leur col de chemise.

Était-ce une larme, sur sa joue gauche ?

Ou un jeu de lumière ?

M. avait entendu les injures de ces hommes, mais c'est sur les pendus qu'elle pleurait à présent.

II

ÊTRE D'UN CAMP

C'est à cette époque que Grange fut abattu.

Michel Grange, le *scribouillard*, qui manquait de prudence.

On l'avait littéralement mitraillé tandis qu'il marchait dans la rue, au début du printemps, en serrant bien fort ses mâchoires autour de l'embout de sa pipe. C'était une habitude qu'il avait de mordiller l'embout. Une manière bien à lui de calmer son angoisse en la fixant sur une chose familière. Il n'avait pas dû voir venir le plomb à travers la fumée ; les balles avaient claqué si vite. Un vrombissement, des jets de graviers. Et puis un mort sur le trottoir, joliment habillé, le journal sous le coude et des éclaboussures comme une cuirasse de sang. Ce matin-là annonçait une journée lumineuse, tiédie par les premiers rayons d'avril, de ces matins qui inspirent même confiance aux plus cyniques. Il faut bien reconnaître, aussi, que les collaborateurs en prenaient à leur aise depuis l'entrée en ville de la 9e division Hohenstaufen. On se sentait plus fort. L'augmentation des sabotages et des exécutions les avait d'abord fait douter de la puissance allemande, mais là, vraiment, ils étaient rassurés. Elle en disait assez, la tête de mort sur leur casquette kaki, assez pour qu'on se range en toute confiance derrière les chenilles de leurs chars. Depuis les pendus du 2 mars, ils n'avaient pas traîné à ratiboiser les montagnes en démantelant plusieurs réseaux de francs-tireurs. On en avait parlé jusqu'à Nîmes, de leurs descentes à La Bastide, à Saint-Esprit, partout où ça sentait la poudre, le charbon mouillé et le linge mal lavé, dans des centaines de hameaux isolés où se cachaient les résistants. Et puis les gars de la Milice s'étaient sentis pousser des ailes à se savoir couverts par des survivants du front de l'Est. On les voyait fureter comme des chiens à l'affût, reniflant bruyamment quand le risque était moindre. On ne sait pas leur nom, mais celui de leurs proies qui dit leur damnation : Éliane, Robert, Maurice, Vidal, Suzanne, rue de l'Aspic et rue Roussy – convois 74 et 76.

Des miliciens chasseurs, en revanche, aucun nom ne survit dans la mémoire des hommes.

*

Peu de temps avant l'exécution de Grange, dans le salon de M., le petit Pygmalion avait entendu Mecklembourg et Barraud parler des combats qui avaient lieu en dehors de la ville. Certains soldats allemands avaient même payé cher leurs excursions dans les villages voisins. À Nîmes, on arrêtait de plus en plus, des épouses surtout, une façon comme une autre d'intimider les durs à cuire et d'inciter les orgueilleux à quitter leurs tanières. Leur talon d'Achille, c'était l'honneur et son cortège : dignité, camaraderie, lutte finale et victoire en chantant.

Il fallait viser le talon pour les mettre à genoux.

Ce soir-là – la veille de son assassinat –, Grange écoutait Barraud lui raconter allègrement un tabassage qui venait d'avoir lieu dans les locaux de la rue Violette. M. était alors absente du salon où se trouvaient Barraud, Grange, Jean Polge et quelques têtes inconnues, dont plusieurs femmes, plus ou moins coutumières des dîners du 29. Sous une gaieté de forme, Barraud triturait nerveusement une cigarette et affichait ce sourire ambigu, de fierté et de peur, que le petit Pygmalion lui avait maintes fois remarqué. Son enjouement semblait trop calculé pour n'être pas le fait de quelque dissimulation. Il disait, l'air détendu, la main droite enfoncée dans sa poche :

— Vous l'auriez vu, le bougre. Chazal lui a refait la gueule. Mais vous savez comment il est, Chazal, il y a mis assez de délicatesse pour que l'autre ait toujours ses dents et sa langue bien en place.

Grange sursauta d'indignation :

— Vos méthodes sont des méthodes de brutes ! s'exclama-t-il.

Puis, se ravisant, d'une voix dénuée d'émotion :

— Mais j'imagine qu'elles sont indispensables...

— Eh bien pas toujours, figure-toi... le coupa Barraud en délaissant l'habituel vouvoiement. Justement, avec celui-là, la force n'a pas tellement servi. Une carpe ! Avec ce petit air de supériorité qu'ils ont toujours avant les derniers coups. On dirait des curés qui vous toisent du haut de leurs certitudes. Mais c'est facile, tiens : ils s'y mettent quand ils ne sentent déjà plus grand-chose parce que le pire est passé. Pour eux, c'est le moment de jouer au héros. Ça ne coûte pas cher et ils s'imaginent que leurs copains se raconteront leurs exploits à la veillée. Non, vraiment, il y a toujours un temps où la violence ne sert à rien.

À ce moment, Barraud se tut, regarda son effet.

Grange n'était plus le seul à l'écouter avec curiosité. Deux hommes, pas dégoûtés, s'étaient rapprochés du conteur ; le petit Pygmalion ne pouvait s'empêcher de l'écouter aussi. Ses yeux croisèrent ceux de Barraud, qui reprit tranquillement :

— Non. Lui, on l'a eu à la ruse.

— Le lion et le renard, déclara pensivement Grange, comme s'il s'apprêtait à déclamer une fable de La Fontaine.

— Pardon ? demanda Barraud.

— Machiavel, répondit Grange d'une voix professorale. Le lion pour la force, le renard pour la ruse. C'est ainsi qu'on gouverne selon le Florentin.

— Ah oui !... reprit Barraud, eh bien Garette est un sacré renard. Cette fois-ci, ce n'est pas moi qu'on a envoyé. Ma figure commence à être connue par les types d'en face. Non, cette fois, on a envoyé Santoni. La combine ne marche pas à tous les coups, mais quand elle fonctionne, ces gars deviennent des moulins à paroles. Dès que le type est épuisé, on lui donne un verre d'eau et un peu de repos. Je me suis chargé de l'emmener dans une pièce où Santoni était posté. Il est très bon, Santoni, un comédien hors pair ! Pour l'occasion, on lui avait donné des frusques et un coquard gros comme mon poing. Faut aimer le métier, mais le renseignement, ça demande quelques sacrifices ! On les a laissés mijoter une heure dans la même marmite. Histoire qu'ils se connaissent. Et puis ça a pris comme une traînée de poudre. Au bout d'un ou deux noms habilement mentionnés, dès que le type a été convaincu que Santoni appartenait aux FTP, il a repris goût au bavardage. Tant mieux, d'ailleurs. Parce que... s'il ne s'était pas mis à table, moi non plus. Et rien ne me plaît autant qu'un repas avec vous !

Barraud dégaina fièrement ce calembour qu'il avait préparé depuis sa sortie des locaux du groupe Collaboration. Il poursuivit sur le même ton :

— Comme je ne voudrais pour rien au monde rater un dîner chez M., Santoni s'est gentiment occupé du rapport au patron.

— Évidemment, dit Grange, si vous tombez sur des premiers communiants, la tâche n'est pas très rude. Le coup du faux résistant, n'importe quel homme d'expérience l'eût trouvé grossier, voire grotesque.

— J'aimerais vous y voir, tiens !

— Mais vous ne risquez pas, mon cher. Je sers différemment, moi. J'ai peu d'inclinations pour vos œuvres de sbire.

Barraud répondit d'un haussement d'épaules, sans s'offenser le moins du monde de la remarque de Grange. Albert entra dans le salon et, se tournant vers lui, Barraud l'interpella, sans plus penser à la conversation qu'il venait d'achever :

— Dis-donc, ta femme nous fait languir. Nous attendons tous la déesse des Jardins de la Fontaine. Personne ne sait, comme elle, animer ce salon ! Tu peux lui dire, promis juré, que ce soir je serai doux comme un chevreau.

— Prends garde, rétorqua Albert, ma femme est comme la Vénus d'Ille. Si tu l'agaces, je veux bien parier qu'un jour elle te portera malheur.

La référence à la *Jeune fille*, dans une bouche aussi vulgaire que celle de Barraud, arracha une grimace au petit Pygmalion. Ce soir, il n'était resté qu'à la demande de M. à laquelle, quelques jours plus tôt, il avait dit son souhait d'éviter ce dîner. Sa sœur et sa mère étaient fatiguées, il voulait être à leurs côtés. D'ailleurs, sachant quelle opinion M. avait de la plupart de ses propres convives, il ne lui avait rien caché du sentiment réel qu'il avait sur leur compte. C'était à ce genre de détails qu'on pouvait mesurer le progrès de leur rapprochement. Parce qu'il la connaissait bien mieux, le petit Pygmalion pouvait désormais lui parler sans précaution excessive. Grange le mettait mal à l'aise. Barraud semblait toujours l'épier. Seul Jean, à la limite, lui témoignait de la sympathie.

— Justement, avait dit M., reste pour moi. Que t'importent les autres ? Tu partiras bien assez tôt, avait-elle ajouté, en lui donnant une poignée de friandises pour sa sœur. Prends-en autant que tu veux. Des pâtisseries, aussi. Madeleine t'en donnera tout à l'heure. Cela garantit de jolies couleurs et je suis sûre que ta sœur est au moins aussi belle que ta mère.

La vérité, c'était que la sœur du petit Pygmalion avait guéri de sa tuberculose depuis déjà longtemps. Il ne l'avait citée que comme un alibi. La vérité, c'était qu'il avait peur, peur de ces gens que M. recevait dans son appartement. Peur des soldats depuis les pendaisons. Peur du *black-out*. Peur des sirènes qui hurlaient rageusement depuis que l'aviation anglo-américaine avait intensifié ses raids sur le territoire français. Il avait peur de tout. Sa mère n'était pas étrangère à ce revirement. Avec une fermeté plus grande qu'à l'ordinaire, elle l'avait incité à s'éloigner de la bande du 29. Chacun sentait à présent le danger de se faire voir en compagnie de M. et de son entourage. Des tracts circulaient dans la rue, avec les noms de Garette, de Barraud ou de Chiappe qui avait quitté Nîmes depuis quelques semaines…

Sa mère en avait tendu un au petit Pygmalion,

de ces papiers barbouillés de menaces rédigées à la main, d'une écriture tremblante. Sa mère avait raison ; avec ce bon sens douloureux de ceux qui tiennent les sentiments à bonne distance : les temps changeaient. Bientôt, le nom de M., lui aussi, figurerait sur la liste.

Le lendemain, l'exécution de Grange confirma ses angoisses.

*

Avenue de la Camargue, les cordes pendaient toujours aux platanes et aux micocouliers auxquels on avait accroché le corps des condamnés. On évitait ces lieux comme un cimetière hanté, mais la vie continuait malgré d'atroces visions, la faim plus agressive, qui vous raclait le ventre, et l'attente des bombardements. On avait beau, à l'appel des sirènes, courir aux abris souterrains près de la gare de Nîmes, rien ne tombait, et on rentrait chez soi. Il fallait faire semblant, accepter la routine des abris, des tranchées, des caves, des masques à gaz aux odeurs étouffantes. Le petit Pygmalion continuait son train-train lycéen au milieu des alertes. Il dessinait, allait chez M., troquait un jambon contre une robe que lui donnait sa mère, restait parfois l'après-midi, parfois le soir, de moins en moins ; jamais la nuit.

Le printemps 1944 est dans l'esprit du petit Pygmalion le lieu d'une confusion d'images. On se croit en vacances. Il fait beau, chaud, brûlant ; on entend les cigales chanter en haut des oliviers, au pied de la Tour Magne où il s'allonge lorsqu'il est sûr que le soleil a bien fait cuire la pierre. Contre le dos, c'est un bonheur que cette chaleur rugueuse.

Là, il médite, rêvasse, laisse danser les idées hors de leur camisole. Il regarde le ciel. La lumière incendie ses cils. Il a le cœur mangé par une tristesse sans cause. Il sent bien néanmoins que M. y joue un rôle. Il voudrait déchirer ces mensonges qui l'entourent, clore ce théâtre d'illusions, ôter ce costume étriqué de lâche qui lui colle à la peau, l'enserre comme un corset de femme. Il faudrait fuir ailleurs. Suivre les braves, tous ceux qui n'ont pas eu le goût de s'accommoder d'un monde d'abjections résignées. Être d'un camp : voilà ce à quoi il n'a jamais su consentir. La volonté lui manque autant que le courage. S'il a refusé l'office que lui offrait Barraud, celui de mouchard infiltré pour le compte des Allemands, il n'a pas eu le cran d'*entrer en résistance*. Il ne prend pas parti. Prend ce qu'il peut, frileusement, là où le vent l'emmène. Ces soirées au 29, n'est-ce pas comme une approbation de ceux qui jouissent de la misère ? Il ne les souffre pas, très bien !... Mais les bons sentiments ne sauvent l'âme que des casuistes. Quel acte a-t-il commis dont il puisse être fier ? Il y a eu ces affiches, peut-être, au début de la guerre, des papillons collés en faveur de De Gaulle. Une nuit au Fort Vauban ! La belle affaire ! Le prix est dérisoire comparé aux pendus. Quelques affiches, soit. Et après ? Puisqu'il est dit que les Allemands perdront la guerre, puisqu'il abhorre la manière brusque et arrogante qu'ils ont d'occuper les jardins, de tout transformer en caserne, d'enlaidir la ville, la foule, les hommes ; alors il faut choisir. Il ne veut plus voir M. au milieu de sa cour infestée de profiteurs et de gradés allemands, qui accaparent tout ce qui fait envie. Allez, son choix est fait : il n'ira plus chez elle tant qu'elle les recevra.

Il la verra ailleurs, si elle veut bien, dans le square

Antonin ou sur un banc des Jardins de la Fontaine. La saison y est favorable. Ce sera drôle, tiens, de lui parler à côté de la *Jeune fille*. Le fou et la Vénus, la Vénus dédoublée à deux âges de sa vie.

Est-ce qu'elle acceptera ?

Bien sûr, il sait qu'il ne pèse pas grand-chose. Qu'elle l'écoutera en souriant, trouvant son héroïsme un peu tardif, un peu poseur, résolument pompeux. Et puis elle comprendra. Elle n'est pas sotte. La mort de Grange l'aura fait détaler. Elle le croira fébrile, raisonnable même. On apprend vite au milieu des adultes. Tu crains donc le même sort ? lui dira-t-elle, sans chercher à le rassurer, déçue de le voir si peureux après l'avoir connu timide. Il lui dira, avec une fermeté branlante : je ne veux plus venir au 29. Il expliquerait pourquoi, les mains moites et le front en sueur, pressé de parler d'autre chose. Elle serait un peu triste, prendrait sa mine boudeuse. Est-ce qu'elle essayerait de le retenir ? Peut-être pas. Peut-être qu'elle *couperait les ponts*. Il annoncerait sa décision samedi prochain, à la Saint-Augustin, le 27 mai. Il doit justement lui rendre visite ce jour-là, au matin, pour finir un portrait qu'il a promis, le dernier, le plus fidèle aussi. Il en est fier, de ce portrait. En lui offrant, il dirait tout – ses doutes et ses principes, ses tourments équivoques.

Elle sera triste, oui, il en est sûr.

III

IL PLEUT SUR LA VILLE

Mais rien ne se passe comme il se l'est imaginé.

Il sonne chez M. avant dix heures. Le ciel est d'un bleu vif, exagérément clair. Il tient sous le bras son carton à dessins qu'il serre bien fort, très fort, comme Grange l'embout noir de sa pipe. Il s'est répété en chemin les phrases qu'il prévoit de lui dire et qu'il ressasse depuis la veille. Des phrases toutes faites, taillées précisément, dont il inversera les mots au moment de les dire, comme toujours, dont l'enchaînement et la ponctuation, si clairs dans son esprit, perdront toute cohérence devant la femme à qui ces phrases sont destinées. De cette rencontre, le petit Pygmalion ne gardera qu'un souvenir embrouillé, mêlé de rêves, de désirs et de peurs. Tant de choses ont eu lieu qui ont brouillé l'épure. Il a peut-être cru, réinventé les scènes, inversé les images dans le vacarme des sirènes.

C'est Madeleine qui lui ouvre la porte. M. en a encore pour quelques minutes, elle termine une affaire à l'étage. Il n'a qu'à s'installer au salon, prendre une tasse de café. Elle la lui apporte sur-le-champ, le temps qu'il prenne ses aises, qu'il pose tout cela sur le meuble en attendant Madame. Le petit Pygmalion prend place sur le canapé, à l'endroit où il a ses habitudes, et commence à feuilleter une revue. À peine a-t-il le temps de survoler une première page que M. lui apparaît dans un chemisier blanc, une jupe à plis, ornée de carreaux bleus, et des sandales d'été d'où dépasse le vernis écarlate de ses ongles. Ces habits-là trahissent l'approche enivrante du mois de juin. Le petit Pygmalion pense brièvement à ce qu'il est venu faire – annoncer qu'il s'éloigne, doit étudier, travailler davantage –, mais il oublie soudain toutes ses résolutions devant le corps épanoui et charmant qui se présente à lui. Caprices de la mémoire et de la volonté. M. le salue d'une bise guillerette, ils échangent quelques mots dérisoires. Puis elle lance à Madeleine, sur le point de sortir, des instructions au sujet de ses achats, avant de conclure distinctement :

— Si vous voyez Albert, dites-lui que ma mère est encore chez le médecin de Montpellier. Ce n'est pas la peine qu'il rentre avant l'heure du dîner.

Une pause, puis elle reprend :

— Madeleine, prenez également votre après-midi.

Le petit Pygmalion interprète ces paroles comme une déclaration. Comme un ultimatum. Ils se trouvent seuls et voués à l'être plusieurs heures.

M. s'assied à sa droite, l'air aimable au début, puis étrange, recelant quelque désir à peine enfoui, un air engageant et direct. Rêve-t-il cela ? Que le parfum de M. est plus fort ce jour-ci. Que ses yeux sont plus francs, ses cheveux plus blonds et ses lèvres plus rouges. Rêve-t-il cela ? Que ses jambes effleurent ses jambes, non pas hasardeusement, mais à dessein ; que le genou de M. apparaît sous le pli de sa jupe, le genou lisse et rond comme un pommeau de cuivre qui épouse l'intérieur de la main. Serait-ce leur commune solitude qui réveille les fantasmes assoupis du petit Pygmalion ou l'attitude nouvelle de M. à son égard ? Jamais elle n'a eu le visage aussi pourpre. Dans sa poitrine, il sent les rebonds de son cœur. Il frissonne, ses joues brûlent. Il feint la naïveté :

— Eh bien… les portraits sont là… Des épreuves. Vous voulez… tu veux voir ? demande-t-il en désignant le meuble où se trouve son carton.

Il dit cela en balbutiant, par diversion, conscient de frapper à côté de la cible qui s'offre. Il ne sait plus quoi dire. Ce regard l'intimide, qui impose le silence et veut contraindre à d'autres liens que ceux de la parole. Contre ses tempes, le pouls bat furieusement. C'est flou, tout est flou, tout est brume. Il a beau mimer la candeur, il sait ce qu'elle demande, ce qu'elle exige, ce qui, forcément, arrivera. Ces choses arrivent au bout d'un temps. Il faut l'admettre, jouir et se taire, s'abandonner. Quand elle l'embrasse, ce sont ces pensées-là qui s'enchevêtrent en lui. Il ne résiste pas. Puis il se prend au jeu. Il embrasse à son tour, tombe avec M. sur le canapé vert, soulève le chemisier, le lin quadrillé de sa jupe. Il met une main dans ses cheveux, la décoiffe légèrement. Ces gestes, il les connaît ; il joue la grande première d'une pièce tant de fois répétée à huis-clos. Il en a tant rêvé que ses songes se confondent désormais avec ses souvenirs.

M. saisit calmement sa main ; doucement, la pose contre un sein qui s'y loge à merveille. Lui interroge, terrifié :

— Et si Madeleine ?…

Elle l'interrompt d'un long baiser humide et, caressant sa joue du revers de la main, susurre d'une voix rassurante :

— Il n'y a personne. Ou bien : il n'y a que nous.

À cet instant, peu importent les mots qu'elle prononce.

Il l'embrasse à nouveau et s'aventure en tâtonnant, longe les hanches, remonte le long d'une cuisse, fouille le corsage, joue l'araignée sous la toile chiffonnée. Ses doigts tremblent et ses ongles griffent ; ses baisers débordent de salive, à croire qu'il force un peu sa maladresse d'adolescent. C'est M. qui manœuvre à sa guise. Il suit le rythme. Il ne pense plus à rien. Bientôt l'amour s'accomplira.

Mais le théâtre vibre et le décor s'embrase.

Soudain, tous deux sursautent, violemment dérangés par le cri des sirènes qui envahissent la ville. C'est un chant coutumier : celui de l'Apocalypse.

Ce sont des vagues de hurlements, des collines, des montagnes de notes qui s'étirent dans l'espace et vous enserrent le cœur comme une marche funèbre. L'alerte sonne. Elle retentit en cris atroces que les murs n'arrêtent plus. Depuis plusieurs jours, elles tendent les nerfs, brisent les tympans, versent l'angoisse de leurs sanglots dans la gorge des Nîmois. Mais l'angoisse appartient aux humeurs quotidiennes. On s'y fait comme à tout, comme aux pendus, comme aux réquisitions. L'alerte sonne en vain. On ne craint plus les loups lorsque les cors rugissent dès qu'une ombre surgit. Le petit Pygmalion jette un œil à l'horloge : il est dix heures passées. M. se bouche les oreilles ainsi qu'une garçonne offensée qui boude les remontrances de ses parents. Elle se sent démasquée, brisée dans son élan, punie par le hasard qui veut que la défense passive ait choisi ce moment pour lancer une alerte… Lui lève le buste, s'éloigne d'elle, retire la main déposée sur son sein. Il a l'ampleur du sein de la statue, rond et menu, le téton dur comme il imaginait. Lui a froid, il transpire. La rue bruisse, on entend le pas vif des passants qui s'empressent de rejoindre un abri. Maintenant que ses oreilles se sont habituées, M. joue l'indifférence. Les rôles s'inversent. Elle le cajole comme un enfant craintif:

— Ce n'est rien, tu sais. Une fausse alerte. Au début, je me précipitais à la cave comme une furie. J'étais terrorisée, penses-tu! Ça me rappelait les sirènes de l'exode... J'entendais le tir des avions, je voyais des corps déchiquetés. Mais maintenant je n'y crois plus.

D'un mot, elle lui impose de maîtriser ses peurs:

— Restons.

Et cet ordre l'envoûte. Il faut reprendre au milieu des fantômes et de leurs gémissements, ranimer ses caresses et son ardeur perdue, s'incliner devant M. dont le désir l'appelle. Elle l'aide un peu, l'aguiche, le guide. L'ardeur revient malgré les échos de la rue, et c'est comme s'ils se trouvaient loin, très en dehors du monde. Leurs peaux se frottent, à demi nues. Leurs soupirs se répondent. Le teint de M. rosit et ses narines frémissent d'un battement vif qui fait vibrer les deux ailes de son nez. L'œil est luisant, plus ouvert que jamais, l'iris étincelant de mille éclats bleu-vert. Des mèches folles dansent autour de son oreille. Les lèvres tremblent, s'entrouvrent, se desserrent en silence pour dire un plaisir attendu. Le corps est là, mais les pensées s'absentent. Ils oublient le décor. Ils ne voient pas plus loin que la peau qui les touche. Ils ne respirent rien d'autre que leur souffle emmêlé. Dans le vacarme fou qui s'empare de la ville, le petit Pygmalion fait l'amour pour la première fois.

★

Dehors, il pleut des bombes.

Ce n'est plus un mirage. Il pleut du feu, que le ciel crache, et le soleil exulte. Le feu triomphe, les ruines se dispersent dans les flammes ; on entend choir les pierres dans la fumée d'argile des tuiles pulvérisées. Le fracas se répand jusqu'aux fenêtres du 29 dont le verre vibre, hésite à éclater. Des décombres s'empilent dans les rues éventrées. De loin, on imagine. On devine à distance jusqu'au craquement des poutres et l'écroulement des murs.

Mais pour eux, ce n'est rien.

Leur corps est encore chaud de l'étreinte éphémère.

Ils ont eu tort de croire à un simple exercice. M. a peut-être pris cet air de nonchalance pour apaiser l'effroi du petit Pygmalion. Les bombes ont éclaté au moment du plaisir, des tonnes de bombes affamées de ravages. Faire l'amour sous les bombes, dans le salon d'une femme. Le petit Pygmalion ne sait plus quoi penser. Ses idées se confondent dans l'affreux bourdonnement qui déferle d'en haut. Ce n'est donc que cela ? Une jouissance arrachée au milieu du déluge, l'amour bâclé, jalousement saboté par la guerre. Elle est comme un vampire, la guerre, envieuse et tyrannique ; elle ne supporte pas qu'on puisse l'oublier une seconde. C'est à elle seule qu'ils auraient dû penser en sacrifiant l'amour. À elle seule, comme à un Dieu vengeur.

De cela, ils doivent se souvenir.

Le petit Pygmalion se poste à une fenêtre aux premiers vrombissements de cet essaim d'acier, semant le sol de braises et le ciel de métal. Des tirs répondent, brusques et hachés, le chant de la mitraille qui rythme le massacre. Il pense à sa mère, à sa sœur, vaguement au père, avec ses vieux réflexes de soldat des tranchées. Il imagine leurs corps recroquevillés sous les voûtes poussiéreuses d'un abri de l'avenue Feuchères. Il espère : qu'ils soient au moins ensemble !

M. se tait, derrière lui, l'œil hagard. Ses pensées vont aux mêmes inquiétudes. À sa mère, loin de Nîmes. À Albert dont elle ignore ce qu'il fait à l'instant du carnage.

L'étreinte est oubliée. Des habits jonchent le sol, mais ne sont que reliques d'un plaisir consommé. Chacun redoute le pire. Ils ne peuvent plus bouger, s'extraire de ce salon qui sera leur tombeau si les bombes le décident ; elles frappent aveuglément. Le petit Pygmalion voudrait partir d'ici, se rhabille à la hâte. C'est M. qui parle la première lorsqu'elle pressent ses peurs et entrevoit sa honte. Il a honte d'être là quand la mort siffle et brûle tout autour d'eux. M. le raisonne, trouve les mots justes, la voix qu'il faut : il ne doit pas partir tant que l'alerte dure et que le feu crépite. Surtout, elle sent sa peine. Elle a bien aperçu ce chatoiement discret dans le vert de ses yeux. Elle sait que son *amant* voudrait pouvoir pleurer. Son amant, oui, un amant dont l'âge est la moitié du sien. Elle peinerait à y croire sans cette situation qui se passe de discours. Le petit Pygmalion est le plus jeune amant qu'elle ait jamais eu de sa vie. À quoi bon en parler, il ne la croirait pas. Et qu'importe son âge puisque ce n'est que folie ? Puisque ce n'est qu'un rêve qui s'est emparé d'eux.

Tout ça n'est rien. Bientôt, ils auront oublié.

M. le prend par la main, l'assoit près d'elle, lui offre son épaule et caresse les cheveux de ce petit garçon qui désormais s'abandonne à ses gestes tendres. Il n'oppose rien, ni mouvement, ni parole. Et elle se dit alors qu'elle est allée trop loin avec ce *presque-fils* dont les sanglots la bercent. Ils resteront ainsi, peut-être une heure ou deux, sans que l'alerte cesse. Il ne parlera pas, sa tête posée dans le creux d'une épaule que M. a recouverte. Ils ne parleront pas, peut-être une heure ou deux. Il s'allongera. Puis il pleurera, la tête sur les genoux de M., encore nus de l'étreinte. Il pleurera sur ses cuisses douces et tièdes, mouillées de morve et d'eau salée, dans les relents d'amour qui couvrent leurs odeurs. Les épaules agitées de secousses, irrégulières et brusques, il pleurera toute sa peine, toute sa joie, sa tristesse de comprendre que c'est la dernière fois. Il n'a rien eu à dire. Aucune phrase à livrer du discours qu'il avait médité toute la nuit. C'est elle qui fixe les congés. Elle est plus sage que lui, plus raisonnable que ses petits calculs de déserteur. Il croit deviner à présent le prix d'un abandon qui n'aura pas de suite. Lorsqu'il la quitte – car il faut bien qu'il rejoigne les siens au plus vite –, elle lui adresse ces mots qu'il croyait devancer en lui rendant visite :

— Il ne faut plus que tu reviennes ici. Tu comprends ? Nous ne devons plus nous voir. Nous avons trop à perdre tous les deux.

M. articule ses ordres avec la même autorité qu'elle prend pour dicter ses désirs. Il ne peut qu'acquiescer, la paupière à demi scellée par les larmes.

— Attends, dit-elle. J'ai quelque chose pour toi.

Dans une console Empire, de marbre et d'acajou, elle saisit un objet qu'il ne peut distinguer.

— Cela te servira peut-être. Prends-en soin et pense parfois à moi. On ne sait jamais…

Il s'arrête, prend la bague qu'elle lui tend. C'est un anneau en or, discret, brillant d'un reflet argenté à la lumière du jour. Il y passe l'annulaire, le retire, serre l'anneau dans son poing. A-t-elle soigné jusqu'à son dénouement ? Il ne peut qu'accepter, les adieux et la bague, son congé impérieux, comme en ce premier jour où elle lui intimait de la raccompagner chez elle. C'est ainsi avec elle, on ne résiste pas. Dans la ville, il ne pleut plus de bombes. Mais son cœur est serré. C'est le moment du deuil à la veille des hourras.

IV

NÎMES LIBÉRÉE

D'abord, on oublia ses plaies dans le bruit des prières et l'entêtement des liturgies. Lors du cortège funèbre, où catholiques, athées et protestants avancèrent d'un même pas au milieu des cercueils, le silence eut raison des querelles.

La ville pleura ses morts comme une mère endeuillée. Chacun autour de soi connaissait une famille frappée au cœur d'elle-même. Les tracts largués par l'aviation américaine ne suffirent pas à justifier les bombes ni le nombre de morts. Leur effet fut inverse ; ils irritèrent les veuves. On accusa le ciel autant que cette armée aux ordres de Roosevelt. Puis les églises se remplirent à nouveau. La foi fit diversion. Des sermons ravivèrent l'écho des prophéties et chacun dut comprendre que le Très-Haut, par les bombes, claironnait sa colère annoncée. Il y eut d'ardentes prédications, formidablement graves et très impressionnantes. La solennité du prêcheur amplifiait la puissance des images empruntées à saint Jean :

Et des grêlons énormes
– près de quatre-vingts livres ! –
S'abattirent du ciel sur les hommes.

Et les hommes blasphémèrent Dieu,
À cause de cette grêle désastreuse.

Tout n'avait-il pas déjà été vu, déjà connu, déjà écrit des misères infligées par la guerre ? On ranima d'anciennes divinations jugées trop proches des faits pour n'être qu'un hasard savamment exploité par des vieilles filles superstitieuses. Babylone s'effondrait dans les flammes. La « grande Prostituée » avait trop forniqué, trop blasphémé, trop bu du sang de « l'Agneau égorgé » qui bientôt reviendrait pour toujours. Les mystiques l'affirmaient à qui voulait l'entendre : Nîmes payait ses débauches et sa compromission. Certains fidèles, aveuglés par la lettre aux dépens de l'esprit qui inspirait ces mots, pensèrent spontanément aux femmes de prisonniers, livrées par la famine à la prostitution. On avait relevé plusieurs cas de ces épouses chétives, exposées au mépris bavard de leur voisinage. D'autres se figurèrent que le sermon de l'évêque visait de moins tristes figures que celles de ces femmes humiliées. Des mots, étrangement lus, avec une grimace d'anathème et la solennité d'une sentence condamnant au bûcher, firent croire au petit Pygmalion que M. était l'unique objet de ces imprécations. Il ne pensait qu'à elle, son anneau dans la poche. À elle et à son corps ; et encore à ses cuisses contre lesquelles il avait longuement déposé son visage couvert de larmes. Il ne pensait qu'à M. tandis que l'évêque déclamait :

Elle s'est changée en demeure de démons,
Et les rois de la terre ont forniqué avec elle,
Et les trafiquants de la terre
Se sont enrichis de son luxe effréné.

En sortant de la cathédrale, au bras de sa mère et de sa sœur, le petit Pygmalion ne put s'empêcher de jeter vers la terrasse du *Saint-Castor* un œil fuyant – à la fois hésitant et volontaire, *fuyant* l'objet de sa volonté – à l'endroit même où, pour la première fois, il avait aperçu la silhouette de M. dans les premiers jours de l'occupation. C'était loin à présent, comme vécu par un autre, en d'autres temps, un souvenir raconté, entendu par hasard, déformé par cent voix et autant de mensonges. C'était une époque morte, ensevelie sous des rêves de jeune homme : un temps à oublier pour son propre salut.

*

Henri avait été tué lors des bombardements.

En apprenant sa mort, sous les décombres de l'immeuble où vivait sa famille, rue Raymond-Marc, le petit Pygmalion avait compris qu'il perdait un ami, le meilleur, un compagnon d'enfance qu'il avait délaissé pour les lueurs enchanteresses et fugaces de l'avenue de la Plateforme. Le seul, aussi, auquel il aurait pu confier sa liaison avec M. en dépit du secret tacitement exigé.

Des moments d'affliction suivirent cette mort inique.

Le petit Pygmalion dut se rendre à la morgue du lycée de garçons – car l'hôpital avait été détruit – afin de mettre un nom sur cette face grimaçante, à la joue arrachée par des éclats d'acier. Jamais il n'avait vu, au sein d'un même espace, autant de cadavres couchés. Jamais autant de chair immobile et sanglante. Il y avait des enfants, garçons en culotte courte et fillettes en robe de première communiante, des femmes, des vieillards, des messieurs élégants, les jambes dénudées ou le bras amputés, formant d'affreux moignons enrobés de lambeaux. Il y avait des visages souriants, la lèvre déchirée découvrant des rangées de dents longues et pointues.

Les familles défilaient à la recherche des leurs. Et ne sachant quoi dire, il serra fort, et tendrement, sans hésiter, la main de la mère d'Henri qui, en l'absence de son époux, avait demandé au petit Pygmalion de l'accompagner. Mais il ne pleura pas. Des larmes, en abondance, il en avait versé chez M., perclus de peur, au moment même où succombait Henri à qui sa jeunesse était liée. Il aida comme il put à déblayer la ville, ramassa les décombres, consola les victimes, mais sans trouver les mots qui soigneraient le mieux. Les mots ne pesaient plus. Ils restaient impuissants à parler du néant. La mère du petit Pygmalion accueillit avenue Feuchères l'une des sœurs d'Henri dont les parents, privés d'appartement, étaient passés du deuil à la misère, faiblement estompée par une charité de fortune. Des centaines de familles se trouvaient à la rue. Et des milliers de portes s'étaient ouvertes à elles. Mais la guerre continuait dans un climat vaseux qui annonçait la fin sans donner l'heure exacte. On percevait dans l'air des rumeurs de débâcle, au teint pâle des soldats et aux titres de presse dont l'excès d'enthousiasme était encore une preuve.

Il espéra rencontrer M. lors des offices célébrés pour les morts. Mais M. ne parut pas dans le cortège funèbre qui escorta les cercueils aux cimetières de la ville. Ils étaient des milliers à marcher côte à côte pour suivre la levée des corps. M. n'était pas venue à cette marche de deuil que le petit Pygmalion n'avait rejointe qu'à dessein de la voir. Peut-être voulait-elle l'éviter. Peut-être avait-elle peur de ce peuple amassé dans les rues malgré les cordons bleus de la Milice encadrant le cortège. Peut-être sentait-elle que la foule affûtait ses ciseaux et ne la manquerait pas.

À cette époque, le nom de M. fut inscrit sur la liste des élus condamnés à mourir. Échauffé par la Résistance, autant que par de faux dévots qui changeaient de chasubles au gré des avancées alliées, on se mit à la fuir avec le même zèle obséquieux qu'on avait mis à gagner ses faveurs. Le bombardement était encore visible aux nuées de poussière qui voltigeaient dans l'air, mais, déjà, la rancœur supplantait le chagrin ; on en voulait à ceux qui n'avaient rien perdu de ce qu'ils avaient gagné depuis le début de la guerre. Il n'y aurait plus d'impunité à l'heure du grand changement. Ainsi annonçait-on, à l'explosif, le ton, les méthodes et les cibles de la justice prochaine. Avec moins d'indolence, M. aurait dû comprendre qu'un départ s'imposait. Les présages étaient clairs. C'était quelques jours après l'annonce du débarquement en Normandie. Un jet de pierre sifflant, puis un bruit de cassure et de morceaux fêlés dégringolant le long de la façade. Les carreaux du 29 se brisèrent sur le coup. Dans la nuit tiède de juin, l'éclat du verre avait sonné comme un appel au meurtre.

C'est vers ce moment-là que sa mère décida d'éloigner le petit Pygmalion dans les hauteurs de la garrigue. Ses heures étaient d'ennui et d'inutilité. Le temps brûlait comme un cierge dont la cire a fondu jusqu'au verre de la coupelle : c'était la fin d'un monde et la fin d'une époque.

Cherchant à reconstruire le souvenir de l'étreinte, le corps de M., le goût de ses baisers, la forme de ses cuisses, le petit Pygmalion, rêveur dépossédé face au lent travail de l'oubli, mâchonnait sa peine comme un Pierrot. Il n'avait que cette bague qui ne lui disait rien. Une bague volée, peut-être. Ses journées, il les épuisait solitaire, à errer sur les quais, à lire sans lire sur des marches d'escalier ou sur les bancs des Jardins de la Fontaine. Un banc avait sa préférence, qui donnait sur la statue depuis une grotte aménagée près des pelouses. Mais jamais la *Jeune fille au chevreau* ne recevait la visite du modèle ; M. fuyait les jardins, la rue, les places, tous les lieux où la foule murmurait sur ses pas, de moins en moins craintive d'une influence qu'elle renonçait toujours à employer contre ses détracteurs. Un seul mot de sa bouche eût été suffisant pour les faire arrêter.

Peu à peu, la vie du petit Pygmalion avait renoué avec les contraintes collectives, celles de la faim, du couvre-feu et des combines allégeant la misère. Depuis que le lycée était occupé par les morts et que son fils se trouvait désœuvré, sa mère lui avait confié des travaux dont il s'acquittait sans fierté, mais toujours avec exactitude. C'était pour lui une manière d'oublier. Il se livrait ainsi à des tâches de couture sur des vêtements qu'il apportait chez des voisins de Nîmes, de Beaucaire ou d'Uzès où sa mère avait conservé quelques clientes fidèles. C'étaient de longues journées à ne penser à rien sur des sentiers déserts, blanchis par la chaleur du printemps finissant. Puis, devinant les chagrins que son fils lui cachait, et prévoyant les changements imminents dans l'ordre du pouvoir, sa mère jugea qu'il était préférable de lui faire quitter Nîmes. Depuis les frappes de mai, de nombreux habitants étaient partis se réfugier dans les montagnes par peur d'un nouveau raid.

— J'ai écrit à oncle Gérard que tu irais avec

ta sœur à Poulx, lui dit-elle un soir. On dit que l'aviation américaine n'en a pas fini dans la région. Ton père et moi, nous viendrons aussi, mais un plus tard. Nous avons encore des affaires à régler.

Le petit Pygmalion se contenta d'acquiescer sans répondre. Devant ce consentement muet, le père avait repris :

— Il faudrait que vous partiez cette semaine, demain si c'est possible. Le plus tôt est le mieux. Les messages personnels se sont multipliés sur la radio anglaise. Avec le débarquement, les combats devraient reprendre au Nord et descendre rapidement vers chez nous.

La défaite allemande, à présent assurée, et tout ce qu'elle engendrerait de luttes et de revanches avant la gaieté retrouvée, obligeait les citadins de France à anticiper pour eux-mêmes l'avancée des combats. Comme toujours, la prise des villes serait le symbole d'une victoire qui, aussitôt acquise, ferait oublier le prix douloureux de la guerre. Un repli temporaire paraissait opportun. Et puis le sérieux avant tout. Tout laissait croire, en effet, que malgré la suspension momentanée des cours et le report des examens, le baccalauréat aurait lieu prochainement.

Or rien ne favorise autant l'étude qu'un isolement de quelques semaines.

Henri était mort ; le lycée fermé ; M. inaccessible. Alors le petit Pygmalion se réjouit à l'idée de respirer un air dont les remous n'étaient pas pleins de leurs odeurs, mais de celles des chênes verts, des cistes, du buis, de l'herbe fraîche, juste coupée, formant un tapis de garrigue où il irait dormir. Là-bas, à Poulx, il aiderait son grand-oncle à cultiver ses modestes jardins et aux travaux d'une bâtisse de pierres sèches dont les murs s'effritaient. Il ne rêverait ni de guerre, ni d'amour. Il aurait trop à faire pour y penser. Et lorsqu'il reviendrait, son cœur serait guéri. D'ailleurs, ne percevait-il pas les premiers signes de sa guérison ? Plusieurs semaines avaient passé depuis la pluie de bombes et déjà son dépit l'aidait à corriger l'image qu'il gardait d'une amante éphémère. Pour M., il n'avait été qu'une distraction banale, l'ombre d'une distraction, pareille à ces souris que le chat d'Artagnan tracassait, puis tuait par désœuvrement devant la porte du 29. Tout bien considéré, l'anneau n'était qu'une juste rétribution de ses services de gigolo ! Il pensa le jeter, puis se retint. Car si M., après tout, n'avait plus de valeur à ces yeux, cet anneau était d'or, matière à ne pas négliger en des temps incertains. Quels charmes lui avait-il trouvés ? Quel esprit chez cette femme qui confondait les noms d'Arno Breker et de Joséphine Baker ? Et son corps : sa peau avait-elle la surface si douce qu'il l'avait cru en l'effleurant ?

C'est quand on est repu qu'on joue au dégoûté.

Il se surprit à détailler chacun de ses traits, à étudier le souvenir de ses lignes, celui de ses défauts, le fantôme de scs formes, afin d'y imprimer et de figer en sa mémoire une laideur qui ne s'y trouvait pas. La mauvaise foi valait consolation. La statue seule, se disait-il, avait les grâces qu'il avait cru toucher. C'est la statue, après tout, qu'il aimait. C'est elle qu'il avait désirée et cru posséder un instant lorsqu'il avait tenu M. dans ses bras. Les semaines loin de Nîmes allaient confirmer ses lâchetés d'amant éconduit et blessé. Une fois à Poulx, il fut tenté de jouer au joli cœur avec les filles du voisinage. Son beau visage lui valait bien quelques succès dont il devinait l'écho dans le murmure confus des adolescentes. Car s'il avait troqué son costume gris et sa cravate de soie pour une tenue de saison, moins guindée, plus paysanne – velours marron et maillot de lin blanc –, il n'en plaisait pas moins aux filles de la région, qu'un père austère et que des frères jaloux étaient trop occupés pour surveiller avec la rigueur d'autrefois. Disons aussi que les conditions étaient propices à sa mise en valeur : les hommes étaient partis, prisonniers en Allemagne ou crapahutant dans les herbes et le thym calciné des chemins, fuyant de village en village, dormant au clair de lune au pied d'une pile de grenades dérobées ou d'un fusil de chasse, à la gâchette grippée, dont les munitions mêmes étaient contingentées.

*

— Bêche encore ! Tu ne crois tout de même pas que tu vas t'en tirer comme ça. Ta mère m'a demandé de t'apprendre tous les rudiments.

Le petit Pygmalion était parti à bicyclette un matin du mois de juin, aux premiers rayons, quand la fraîcheur n'a pas encore cédé aux assauts du soleil qui brûle à partir de neuf heures. Il avait emporté avec lui des livres et des cahiers pour étudier la deuxième partie du baccalauréat qu'on prévoyait vers la rentrée d'octobre. En quelques jours, il s'était imposé un rythme monacal conciliant bachotage et labeur manuel. La majeure partie du jour, quand la chaleur incendiait le plateau, il travaillait à l'ombre, sur une table de chêne qui occupait la pièce principale du mazet. En face de lui, sa sœur étudiait également, rattrapant le retard accumulé depuis la réquisition de son lycée et la maladie dont elle se rétablissait depuis peu.

C'était un mazet de calcaire lumineux, entouré

d'oliviers et surmonté d'un pin immense dont les branches les plus basses descendaient, comme de vastes éventails de verdure, sur les tuiles *rabinées*. À l'entrée, une tonnelle de fleurs blanches et violettes ombrageait un banc étroit où le grand-oncle, la canne appuyée contre un mur, passait la moitié de son temps assoupi à marmonner des chansons d'un autre âge.

Vers la fin du jour commençaient les travaux.

Il fallait enduire de chaux les murs du mazet et de la propriété, puis ramasser des fruits qui mûrissaient aux arbres d'un jardin cultivé à une demi-heure de marche. La saison l'imposait; s'ils ne récoltaient pas les amandes et les figues avant la fin de l'été, d'autres se serviraient sans se soucier des droits de propriété ou de ces barbelés rouillés qui clôturaient le verger. Une autre tâche l'occupait également au jardin. Depuis le bombardement de Nîmes, plusieurs villages de la région avaient encouragé leurs habitants à creuser des abris au cas probable où de nouvelles frappes surviendraient; en réalité, cette recommandation datait du début de la guerre, mais les morts de mai avaient tragiquement révélé que l'usage des abris n'était pas vain. Aussi, sous les ordres de l'oncle Gérard, le petit Pygmalion creusait-il dans la terre une tranchée assez profonde et suffisamment large pour accueillir une pleine famille de cinq ou six personnes. Avec des planches de bois et des morceaux de tôle en guise de toit, ce serait toujours ça pour se protéger des éclats.

— Et tes parents, lui avait répondu Gérard, quand le petit Pygmalion s'était étonné de l'ambition d'un abri à six places. Ils seront là en juillet. Alors, moi, je ne veux pas prendre de risques. Nous trois et tes parents, ça fait cinq. Par principe, prévoyons une place de plus au cas où quelque bougre mal inspiré serait dans les parages au moment où ça barde. Si jamais, ça barde…

Sans un mot, mais haussant les épaules pour signifier qu'il voyait dans ces craintes une croyance de vieille femme, le petit Pygmalion s'exécutait d'un coup de bêche dans la terre. C'était une leçon bien utile à ce garçon des villes qui n'avait jamais jusque-là tenu le moindre outil. L'oncle Gérard n'était pas bien méchant, tout le contraire même, seulement bavard, et volontiers railleur devant ces neveux bien proprets. Divorcé de longue date, et sans qu'on lui connût la moindre relation nouvelle depuis l'échec de son mariage, l'oncle Gérard n'avait pas eu d'enfant, ne gardant pour famille que la mère du petit Pygmalion qui lui rendait parfois visite. Avec l'occupation, elle était venue plus souvent. L'oncle les aidait un peu, à sa manière, à obtenir ces biens disparus de la ville : de la viande, des légumes, quelquefois du café que des paysans économes ou prévoyants avaient gardé d'un temps où l'on n'en manquait pas. En échange, la mère du petit Pygmalion s'inquiétait auprès de son oncle des requêtes de certains voisins désireux d'objets introuvables chez eux : pneus, clous, médicaments ou tout autre ustensile de la vie quotidienne. Ainsi s'organisait, entre ville et campagne, le marché interdit d'une survie clandestine, faite d'expédients et de débrouillardise.

— Eh bien, le citadin ! Creuse un peu mieux si tu ne veux pas que ça dure toute la semaine ! Crois-tu que les avions vont attendre que tu aies fini le terrassement pour venir nous tirer dessus ? Allez va, tu ne te débrouilles pas si mal. Mais tiens-toi droit si tu ne veux pas t'esquinter le dos. Donne-moi ça et regarde, ordonna l'oncle en désignant une pelle.

Alors, couvrant son crâne d'un chapeau de paille effilochée, il s'emparait de l'outil et, sans même étirer sa vieille carcasse d'octogénaire, montrait l'exemple avec une énergie insoupçonnée. Le petit Pygmalion regardait sans un mot, impressionné par tant de vigueur, puis, serrant les bretelles qui retenaient son pantalon trop large, se remettait à l'ouvrage sous l'œil tendre et moqueur de l'ancêtre :

— M'est avis qu'ils auront besoin de bras pour les vendanges. Avec le nombre de nos jeunes qui sont partis là-bas, on prendra ce qu'on trouve en guise de main-d'œuvre. Muscle-toi donc un peu. Avant les classes, si jamais ça reprend un jour, tu n'y couperas pas. On t'enverra aux vignes d'ici un mois ou deux.

Travailler sans relâche, étudier le matin, cueillir l'après-midi, creuser le soir, dîner d'une soupe et se coucher idiot, les membres brisés de fatigue, en se laissant ravir par un sommeil instantané. La vie à Poulx était simple et dépourvue de surprise. Coucher tôt, lever tôt. Ni dessins, ni rêveries. Distraction oubliée. Sa mère avait vu juste ; c'était ce qu'il fallait pour libérer l'esprit du petit Pygmalion de cette mélancolie qui lui donnait des cernes. Mais il est des pensées qu'on ne peut qu'étourdir à force de labeur sans jamais les tuer pour de bon. Celles-ci ne vous lâchent pas et vivent aussi longtemps que la vie vous supporte. C'est, au contraire, lorsqu'on prétend les avoir abolies, qu'elles surgissent de plus belle et se rappellent à vous avec une cruauté d'autant plus vive qu'on s'en croyait guéri. Voilà comment les sentiments se vengent de l'orgueilleuse raison qui croit tout dominer.

Le petit Pygmalion séjournait à Poulx depuis près de deux mois et le destin du monde basculait de toutes parts vers une issue qu'on espérait meilleure. Quelques semaines plus tôt, Nîmes avait été bombardée à nouveau, mais, cette fois, les avions avaient su viser juste, de sorte que l'oncle n'avait pas jugé nécessaire d'utiliser l'abri à l'arrière du jardin. Les bombes sifflaient trop loin pour pouvoir les atteindre ; pourtant, dans la mémoire du petit Pygmalion, leur écho étouffé raviva l'image de M. à demi nue, allongée près de lui, le jour du premier bombardement, sur le canapé vert du salon de l'avenue de la Plateforme. Son visage était net, sans ombre ni bavure. Malgré tous ses efforts, le petit Pygmalion n'avait rien oublié de ce qu'il savait perdu. Car peu importe que M. l'aimât ou non, qu'elle l'ait aimé ou non, ne serait-ce qu'un instant, dans l'égarement du désir ou de l'effroi, M. était bien perdue. De fait, à moins d'avoir suivi Saint-Paul jusqu'en Allemagne, elle s'était condamnée aux yeux de ses voisins. La connaissant un peu, ou croyant la connaître – est-ce que l'on peut savoir avec les femmes qu'on aime ? –, il doutait qu'elle se soit résignée à quitter la ville dans les rangs de l'armée en retraite, parmi les fanatiques du Reich. Ce n'était pas son genre. Il savait même à quelles provocations elle pourrait se livrer pour montrer à ses juges qu'elle n'avait rien commis d'indigne. Rester à Nîmes sans y avoir souffert, ne pas baisser la tête, impunément garder le regard haut : voilà autant d'audaces qu'on ne lui passerait pas après des mois de manques et de frustrations. On la mêlerait sans égard aux hyènes et aux truands qui s'étaient compromis jusqu'aux caves de l'Hôtel Silhol, puant la peau brûlée, le vomi et la merde, là où ça torturait du soir jusqu'au matin. C'était le prix d'avoir conservé autour d'elle tant de figures haïes. Peut-être même que certains gardes abuseraient de leur position pour arracher à M. plus qu'un baiser. Puis on la relâcherait, après deux ou trois mauvais jours, en apprenant quels risques elle avait encourus pour aider des voisins, des connaissances, des connaissances d'amis et des amis quelquefois oublieux des services obtenus. Quelques frayeurs, puis les choses s'arrangeraient. Ou bien, par souci de cohérence, il faudrait liquider la moitié de la ville... Le petit Pygmalion modérait l'inquiétude que lui dictaient ses sentiments. Il ignorait surtout ce que vaut la fureur d'un peuple abandonné à ses rêves de revanche.

Le dénouement se profilait à l'horizon.

Depuis l'Afrique du Nord, on devinait les vagues portant des cargaisons de soldats équipés pour la guerre. De plus en plus souvent, on évoquait l'imminence d'un débarquement allié en Méditerranée. L'occupant préparait son départ en assurant sa fuite. Vélos, charrettes, chevaux, emprunts ou spoliation, il s'emparait de tout pour faire marcher les troupes hors de ce lieu maudit qu'on avait cru le paradis des dieux. L'heure du rapatriement ne pouvait plus tarder. L'oncle l'avait appris d'un voisin dont la ferme familiale, réquisitionnée cinq ou six mois plus tôt, s'était vidée à la va-vite de sa demi-garnison autrichienne. Ceux-là étaient partis sans demander leur reste, laissant des stocks de munitions rangées dans des caissons de bois. Ni adieux, ni mercis, mais le souvenir de leur présence martiale. Dans ces caissons couverts d'une croix gammée, grenades et casques abandonnés offraient les preuves d'une capitulation prochaine.

Mais cette joie, d'abord discrète, qui accueillit la débandade allemande, le petit Pygmalion ne put l'apprécier sans appréhension. Il avait peur pour M. dont les bombes de juillet et mille autres détails lui rappelaient l'existence. Ainsi d'une chanson occitane, le *Se Canto* que, d'une voix rauque et faible, il entendit un jour chantonnée près de lui. L'oncle psalmodiait presque, murmurant ces paroles d'amoureux éploré et de chant séculaire qui prient l'oiseau de chanter par amour, les plaines de se lever, les montagnes de s'ouvrir pour que l'amant puisse enfin voir la *mie* dont il est séparé.

— D'où nous vient cette chanson, mon oncle? interrogea la sœur du petit Pygmalion. J'en connais les paroles, bien sûr. On nous les a fait assez chanter à l'école et ailleurs... Mais d'où viennent-elles pour que chacun d'entre nous les ait apprises dès l'enfance?

— On ne vous l'a jamais raconté? s'étonna l'oncle en cessant de chanter. C'est une étrange histoire que celle de cette chanson courtoise. Les Français ont *La Marseillaise*, hymne violent, fier et cruel. Eh bien nous, dans le Midi, nous avons ce poème, tendre et naïf comme une déclaration d'amour. Il y a très longtemps, le comte de Foix régnait sur le Béarn. Il avait tant trompé sa femme qu'elle s'était réfugiée en Espagne, sur les terres de son père, pour y pleurer les infidélités de son époux.

— Une femme d'honneur, coupa la sœur du petit Pygmalion.

L'oncle sourit, puis continua:

— Il aurait écrit ce poème pour la faire revenir. Mais il existe autant d'histoires sur l'origine du chant que de variantes connues dans plusieurs villes du Sud. À Nîmes, par exemple, la version que tu connais parle de la Fontaine, d'un amandier en fleurs et d'une jeune fille nommée Marion.

— Et la femme du comte, demanda le petit Pygmalion, la voix rieuse, est-ce qu'elle est revenue ?

Il n'avait suivi que de loin la discussion de sa sœur et de l'oncle, occupé qu'il était dans un coin du jardin à fouetter d'un bâton les plantes sauvages qui jonchaient les rebords d'une allée.

— Ça ! s'exclama l'oncle, je n'en sais rien. Tiens ! Regardez donc plutôt là-bas qui nous arrive, dit-il en désignant du bout de sa canne l'entrée du jardin par où entrait, poussant sa bicyclette, la mère du petit Pygmalion.

— Nîmes est libérée, cria-t-elle avant d'enlacer ses enfants et d'embrasser son oncle. Paris aussi, à ce qu'on raconte… Hier matin, à l'aube, des centaines d'hommes ont pris la ville. Les Allemands sont partis après le troisième bombardement. Nîmes est pleine de drapeaux, de musique et de rires. Les gens sont dehors, partout le monde danse, la foule jubile. Il faut imaginer. Partout, des femmes serrent leurs fils retrouvés. C'est une fête épatante. La ville revit, à l'exception de ceux qui se cachent. Il y a eu des arrestations. Plusieurs personnes ont été internées à la maison d'arrêt ou à la citadelle.

Elle regarda son fils, qui la fixait de ses yeux ébahis, muet, ne songeant qu'à une chose qu'il ne pouvait nommer. Sa mère avait compris. Ce fut sa sœur qui rompit le silence :

— Quand y retournons-nous ?

— Bientôt, mon ange. Il faut attendre un peu. Quelques jours… Ton père garde la maison pour éviter de mauvaises surprises. Plusieurs hôtels ont été pillés au lendemain des bombardements. Dans quelques jours, ce sera plus calme. Alors nous rentrerons.

V

LE DÉFILÉ

La famille, en effet, ne quitta Poulx qu'aux premiers jours du mois de septembre. On laissa l'oncle à son jardin maintenant qu'il disposait d'un mazet aux murs entièrement rénovés. Le petit Pygmalion n'entendit que plus tard le récit des exactions perpétrées dans la crainte, les cris et les crachats qui battaient le pavé de la place des Arènes. Ce ne fut que plus tard, aussi, qu'il apprit de la bouche d'un ami (Paul, dix-sept ans, maquisard revenu victorieux des Cévennes) l'opprobre que M. avait subi sur une estrade improvisée, un théâtre de planches hâtivement empilées sur des tréteaux branlants.

Dès la Libération, fin août, tandis que s'installait l'autorité nouvelle dans des appartements du boulevard Gambetta et de l'hôtel *Imperator* – lieux appréciés, la veille encore, de la police allemande –, la traque des collabos fut engagée tambour battant par une armée hétéroclite de FTP, de FFI, de Français, d'Espagnols, d'Arméniens ou de Polonais ayant fui leurs contrées ; toutes les forces clandestines, composées d'hommes inquiets, inquiétants, le teint pâle, l'œil brûlant dont la foule exaltée s'étonnait quelquefois, d'abord méfiante, puis rassurée par le bandeau sublime attaché à leur bras. Vichy avait tant parlé d'eux comme d'une bande de pillards poussés par le vice et la cupidité, qu'à voir leur barbe hirsute, leurs guenilles et leurs sabots terreux, les bourgeois de Nîmes étaient tentés de prendre pour argent comptant les mises en garde de Radio-Paris. Mais la musique chassa la peur. La peur céda aux rires. Les rires séchèrent les larmes. Dans chaque rue, un défilé. Dans chaque avenue, pavoisée de drapeaux, des fanfares et des chants et des femmes en robes claires. On n'en finissait plus de fêter cette victoire annoncée pour les jours à venir. Puis vint l'heure héroïque des soldats américains, avec leurs chars et leurs jeeps chargés de friandises, de barres chocolatées, de *Lucky Strike* et de *chewing-gums*. Ne nous attardons pas : ce sont des scènes connues, mille fois vues et contées par ceux qui les vécurent.

La presse est là aussi pour *immortaliser* ces moments d'euphorie où l'on vibre à plusieurs. Les troupes américaines ont été devancées par une légion de journalistes, armés de caméras venues capter la beauté du pays et la reconnaissance des enfants de La Fayette pour leurs libérateurs. Les objectifs, surmontés d'une grande boîte à bobines, fixent les images de joie ; quelques bals populaires malgré l'interdiction, une myriade de baisers, subtilisés ou donnés de bon cœur, d'index et de majeurs écartés qui se dressent, triomphaux, hors du poing recroquevillé. Victoire partout. En chantant, en hurlant, la main tendue, le geste fier. Le reste n'est que mauvais souvenir. Les appareils photographiques saisissent l'ivresse des corps dont la chair apparaît, l'élan des danses, les familles en goguette. Et des cadavres aussi, de nombreux corps meurtris, criblés de balles, au sol, profanés par la foule sous l'œil fasciné des enfants laissés sans surveillance.

★

Le son des mitraillettes a crépité toute la nuit, mais la victoire est nette, rapide. Au lever du jour, le 24 août, le drapeau tricolore flamboie en haut des murs de la caserne Montcalm. Contrairement à plusieurs villes de France où des combats de rue ont durement jalonné la victoire, tenant le peuple en haleine et les volets fermés, Nîmes connaît une libération à peu près sans heurts. Nulle balle perdue depuis le zinc des toits, nulle carcasse étendue au pied de barbelés. Penauds ou résignés, quelques centaines de soldats débraillés ne cherchent pas à répliquer.

Pour eux, il est déjà trop tard.

D'autres combats suivront en dehors de la ville.

Maîtrisant à grand-peine les rivalités personnelles qui pourraient bien disloquer sa victoire, la Résistance s'efforce de rétablir un semblant d'ordre et d'unité. Mais les guerres de faction s'enracinent ; les temps sont troubles, sans juge, sans cap. Les affairistes explorent la brèche. D'anciens vichystes patentés n'ont pas tardé à faire peau neuve. Quelques oisifs bien inspirés se sont emparés des fusils abandonnés par l'armée en déroute. Serait-ce déjà le temps des règlements de compte ?

Des citoyens se plaignent d'arrestations injustifiées ou de réquisitions sans mandat. La hiérarchie travaille à contenir les bavures, mais les chefs de clan se sont multipliés avec leurs bandes armées. Il faut montrer qui règne, rassurer les familles ; toutes les voitures en état de marche ont la portière estampillée d'une croix de Lorraine tracée à la peinture blanche. On fait venir en ville d'importants personnages : d'Astier de La Vigerie, ministre de l'Intérieur, Paganelli, préfet du Gard, Bounin, commissaire de la République. Il faut les faire connaître, acclamer leurs faits d'armes, faire voir les délégués du général De Gaulle. Pour eux, c'est une question d'autorité face à des combattants arrivés avant eux. Ceux-là n'ont certes pas l'intention d'abandonner des titres qu'ils ont payés si cher, de leurs mains écorchées, de leurs corps fourbus, d'amis tombés au front et de ces femmes ingrates qui les ont oubliés le temps de leur absence. Il faut bien se refaire après les sacrifices.

La guerre a repris de plus belle, et ce n'est pas facile pour ces messieurs à l'élégance suspecte, résistants, peut-être, mais sans blessure, ni brassard, et venus de Paris, d'imposer leurs mandats aux francs-tireurs du cru. La guerre n'est pas finie. Pour certains, elle commence. Septembre arrive avec les troupes d'Afrique et celles d'outre-Atlantique. Des FFI s'engagent dans l'armée régulière, rejoints par leurs cadets qui se croyaient trop jeunes pour gagner le maquis. Chaque jour de cette époque renouvelle l'étonnement de se savoir enfin libéré de l'ennemi encombrant, cet ogre tout-puissant qui s'était cru chez lui. On se défie des rêves, des hallucinations qui s'emparent quelquefois d'un peuple au désespoir. Est-ce vrai, tout cela ? Car si les drapeaux flottent, les estomacs gémissent. La guerre n'est pas finie. Mais on se serre le ventre, on rabroue les geignards. Le temps des plaintes n'est pas encore venu. Prenez plutôt de ces bonbons que les *Yankees* vous lancent comme à de petits chiots : ils trompent un peu la faim et sucrent le palais en gonflant la salive.

Le 4 septembre, un carnaval immense enlumina les rues.

Tous les Nîmois s'étaient passé le mot avec le sentiment du devoir accompli. Baptisé depuis peu organe officiel du Comité de Libération, *La Renaissance républicaine du Gard* avait exhorté ses lecteurs à rendre hommage aux troupes lors d'une grande manifestation populaire. Pour bien mettre en valeur le sens de l'événement et l'importance d'y prendre part, le journal recensait chaque jour le nom des miliciens « pris les armes à la main », et fusillés séance tenante contre un mur des Arènes. L'édifice avait plus de mille ans et ce n'étaient pas quelques balles de fusil qui allaient l'ébranler ! Ainsi, les premiers procès n'avaient pas commencé qu'on arrachait déjà aux prisons trop remplies de quoi apaiser pour un temps la colère des vainqueurs. C'était le prix du sang qui calmait les rancœurs le temps d'instituer une justice acceptable. Les hommes sont comme les bêtes. Il faut calmer leur faim pour contenir leur rage. Quelques boucs malades, jugea l'un des agents de la maison d'arrêt, plus philosophe peut-être, ou plus mystique que certains de ses collègues, et qui avait ouvert sans réticence la porte des prisons aux FFI venus choisir leurs hommes, valent mieux en sacrifice qu'un troupeau de brebis égarées. À chaque époque ses choix. Il faut bien transiger avec ses propres lois quand la justice, par sa lenteur, exaspère les victimes.

Le 4 septembre, donc, près de dix jours après le départ des Allemands, la ville acclama les soldats tandis que croupissaient, à l'ombre, les collabos emprisonnés, que chaque mouvement de joie surgissant du dehors, estompé par les murs, faisait frémir de peur, parce qu'ils croyaient qu'on venait les chercher pour les fusiller à leur tour, ainsi qu'on l'avait fait dans les jours précédents d'une dizaine de leurs compagnons de cellule.

Les premières mises à mort avaient eu lieu dans une débauche de cris et d'hystérie.

Un patriote zélé, ancien vendeur de cacahuètes dans les rues du vieux Nîmes, mais élevé depuis peu au grade de commandant, dirigeait le peloton d'exécution avec des gesticulations de clown. Un autre, moins sanguinaire, et vraisemblablement plus légitime, appelait ses hommes à la modération lorsque certains d'entre eux avaient parlé d'assaillir les prisons et de faire la peau à ceux qui s'y trouvaient ; c'est sans doute dans l'urgence, et pour canaliser ce trop-plein de violence, qu'on se pressa d'instituer une cour et de nommer des juges.

Le petit Pygmalion se rendit en famille aux défilés du 4 septembre.

Chaque jour, comme on consulte des annonces matrimoniales ou une nécrologie, il avait parcouru les pages de *La Renaissance républicaine du Gard* dressant la liste des arrestations et des procès à venir. Mais rien n'avait encore paru sur M. dont il n'avait osé s'enquérir en dehors de chez lui. À demi-mot, sa mère lui avait suggéré qu'il valait mieux pour l'instant éviter de chercher à en savoir davantage. M. tout comme les convives du 29, sans doute emprisonnés, semblaient visés par une étrange conspiration du silence. À son retour de Poulx, il n'avait retrouvé dans sa chambre aucun des dessins réalisés au cours des derniers mois. Ni les portraits de M., ni les études de la *Jeune fille*. Sa mère, en son absence, avait tout mis au feu comme un complice se débarrasse des preuves. De ses affaires intimes ne restait qu'un journal tenu par intermittence. Une fois rentrée à Nîmes, elle lui avait tout dit de ses activités et de son rôle à lui – héros à son insu –, informateur involontaire dont certaines indications, glanées lors de dîners chez M., avaient servi à l'action des maquis ; au cas où on l'incriminerait d'une quelconque infamie, qu'on sache au moins qu'il avait pris sa part dans l'assassinat de Grange par un commando de francs-tireurs ! C'était son sauf-conduit et son brevet moral. Il ne discuta pas. Il ne pensait qu'à elle. Et son angoisse d'amant étouffa sur-le-champ la stupéfaction qu'un tel aveu aurait dû provoquer.

S'il avait ouï-dire, en effet, que M. avait été incarcérée, le désordre était tel et les rumeurs si vives qu'il espérait encore qu'il s'agît d'un mensonge. Mais ce fut Paul, son ami de lycée, alors que s'achevait le défilé de son groupe devant les colonnes du théâtre, qui lui confia le sort de M. sans aucun ménagement. Paul le héla de loin, marchant vers lui avec un camarade. Le petit Pygmalion, jetant à sa mère un coup d'œil qui demandait une autorisation, s'éloigna d'elle après l'avoir reçue d'un hochement de tête.

— Alors mon vieux, dit Paul, tu n'as pas encore rejoint nos rangs ?

On sentait à sa voix l'orgueil d'appartenir à cette troupe d'hommes fêtés par une population entière. L'ami de Paul, en revanche, qu'il n'avait jamais vu à Nîmes, scrutait le petit Pygmalion avec une once de dédain et de dégoût fondus dans le creux du regard. Paul fut plus amical :

— Peu importe ! Il faut bien qu'il reste des bras pour les vendanges. Tu sais, c'est nous qui avons dessoudé Grange... Les informations de ta mère ont été bien utiles. J'ai su plus tard que ça venait de toi. On aurait dû descendre Barraud ce jour-là, mais c'était trop risqué. Tu nous diras, Grange ne l'a pas volé non plus. Il passait ses journées à nous injurier dans ses torchons tout en cirant les pompes des gars de la Gestapo. Tu sais que les Polge ont été arrêtés, aussi ? Albert et sa poule dans le même sac ! On les a trouvés tous les deux planqués chez des voisins, avec deux valises bien remplies, tout prêts à décamper pendant la nuit.

Sa voix prit un tour malicieux :

— On nous a dit comment tu espionnais. Dis, j'espère au moins que tu l'as baisée, *la Battue*, lança-t-il en lui tendant un brassard réglementaire des FTP. Après un joueur de l'équipe de France et un général boche, ça n'aurait pas été honteux…

La grivoiserie céda aussitôt à la gravité du moment :

— Voilà ton laissez-passer pour les prochains jours. Sans ça, on pourrait venir te chercher des noises.

Décidément, pensa le petit Pygmalion, encore tout bouleversé par l'annonce de l'arrestation de M., et constatant avec inquiétude qu'on s'efforçait de lui donner des alibis comme s'il était sous le coup de quelque menace imminente, il faut croire que ma situation est loin d'être réglée…

— Regardez ! coupa le camarade de Paul, jusqu'alors silencieux, en désignant de l'index quelque fait surprenant qui se déroulait dans le dos du petit Pygmalion.

— Eh bien, quand on en parle, s'exclama Paul. Voilà exactement ce qu'on lui a fait à *la Battue*. Pas plus tard qu'avant-hier, tiens ! Au même endroit, d'ailleurs… C'était la règle pour les femmes dans son genre.

Le petit Pygmalion se retourna en redoutant de voir ce qui n'avait été pour lui qu'une anecdote invraisemblable et sans crédit. On avait bien tondu des crânes. Et l'on continuait sans rougir cette atroce mascarade en profanant ces femmes, dont la face meurtrie, noircie de fard et de peinture, était à la fois comique et troublante. Dans un coin de l'Esplanade, sur une estrade de planches, des hommes tenaient une femme qu'on venait d'arrêter chez elle avec sa mère et un garçon en pleurs qui devait être son frère.

— C'est le jeu, mon vieux, déclara Paul qui voyait le malaise du petit Pygmalion. Elles ont joué, elles ont perdu. Et puis c'est la consigne : toutes les maîtresses d'Allemands doivent être tondues et placées avec les putes. Rassure-toi, va... M. y a eu droit comme les autres. Et je peux t'assurer qu'il y avait autour d'elle au moins dix fois plus de spectateurs que pour celle-là !

Il était difficile de savoir si Paul appuyait consciemment sur cette brûlure que le petit Pygmalion éprouvait dans le cœur en suivant du regard les cheveux qui tombaient lentement, comme des plumes, lentement et tristement, tristement et gravement sur les planches de l'estrade. Tout autour de cette scène bruyante et animée, qui semblait comme un aparté au milieu de la fête, un groupe d'une trentaine de passants s'était agglutiné, hurlant et crachant sur la fille retenue par un adolescent qui portait un fusil à l'épaule. On riait. On raillait. On exultait épouvantablement. Au premier rang, deux hommes affichaient leur gaieté devant un photographe. C'était la glorieuse corporation des tondeurs, cigarette fumante au bout des lèvres, brandissant fièrement leurs cisailles, prélevées dans quelque cuisine alentour, à la va-vite, et brandies comme une main de justice. Un homme, un seul, tenta de s'interposer. Il n'en menait pas large, le téméraire, dans ce relent d'haleines de moqueries fétides.

— Rejoins-la donc, si tu en veux encore.

Dix, vingt, trente bras le poussèrent, l'empoignèrent à chaque mètre, arrachant ses cheveux, tambourinant ses côtes. Il tomba. Des mains déchirèrent sa chemise, puis le traînèrent sur le pavé, à moitié inconscient, avant que des gendarmes n'interviennent dans la foule pour l'arracher à ceux que sa présence avait momentanément détournés du spectacle. Il n'était rien. Il n'avait rien ; ni arme, ni médaille. Rien à leur opposer. C'était pitié de voir jouir tant de créatures humaines devant les pleurs d'une bête traquée.

Hors de ce premier cercle se tenaient le petit Pygmalion et, à sa droite, deux hommes qu'il supposa appartenir aux nouvelles autorités de la ville. Il entendit l'un d'eux parler à son voisin, avec le ton résigné d'un Ponce Pilate ayant troqué la toge pour le veston :

— On a tant empêché ces bougres de s'amuser pendant quatre ans qu'il faut bien leur laisser aujourd'hui un peu de distraction.

Celui qui venait de s'exprimer ainsi, quinquagénaire à la mise soignée, grand et maigre, chaudement vêtu malgré l'été, n'était pas du Midi ; à son accent, froid et condescendant, on devinait un homme de Paris ou de Londres.

— Les héros me dégoûtent, rétorqua l'autre entre ses dents, sans que l'on puisse savoir si ce dégoût portait sur le spectacle de la tonte ou sur l'odieuse condescendance des mots qu'on venait de prononcer devant lui.

L'humiliation dura moins de dix minutes. Lorsque la jeune fille fut entièrement tondue, on la fit avancer au travers de la foule, sous les injures, jusqu'au début de l'avenue Feuchères où elle attendit contre la façade d'un immeuble. Quelques instants plus tard passa un chariot à bestiaux à l'arrière duquel, serrées les unes contre les autres malgré la chaleur étouffante, se tenaient une dizaine de femmes effarées, le crâne luisant, baissant les yeux au sol en retenant la toile de jute immonde qui leur servait d'habit. Plusieurs d'entre elles portaient au cou un rectangle d'ardoise couvert de craie où l'on pouvait lire des insultes. Le chariot était entouré de gendarmes, de bicyclettes, d'enfants, de fillettes qui riaient, elles aussi, qui riaient joyeusement, riant sans bien comprendre que c'est elles qu'on blessait dans la chair de ces femmes. Depuis le trottoir, le public s'égosillait avec des gestes fous. L'une d'elles, moins timide que les autres, avec un sang-froid terrifiant, s'épuisait à répondre sans être entendue, criant en vain qu'elle était innocente, qu'elle n'avait rien fait de mal, ni dénoncé, ni trahi, ni couché. Les autres se taisaient. De larges croix gammées, peintes en noir sur leur front, réduisaient à néant le déni des crimes qu'on leur attribuait.

Soudain ce fut un coup dans la poitrine du petit Pygmalion.

Derrière l'affreux chariot, entourée de gendarmes comme un dangereux bandit, M. marchait en silence, tête haute, souriant presque, gardant son insolence malgré sa tête raclée par la rouille des ciseaux. Elle se trouvait à quelques mètres de l'effroyable attelage où s'entassaient les condamnées. De sa jolie blondeur, il ne restait presque plus rien; on l'avait dépouillée de sa folle chevelure, de ses vêtements, de sa pudeur, la gorge à peine cachée par un sac à patates. Quelques mèches ridicules, dispersées çà et là, sur ses tempes et sa nuque, voltigeaient comme les branches frêles d'un saule malade. On lançait sur sa face, comme des confettis, les pelures qui restaient de ces paniers d'ordures confectionnés pour fêter les tondues.

Soudain, M. bascula sur un pavé. La cohue s'amplifia. Une femme, échappée de la masse malgré des cordons d'hommes casqués, vint la frapper d'une claque sèche au visage. Un jet de salive glaireuse la fit cligner des yeux. D'un geste lent, mais sûr, M. essuya l'écume visqueuse qui coulait sur sa joue. Le public exultait. Un grondement traversa la foule, mais la curée fut évitée de justesse par l'action d'un gendarme, retenant de sa matraque les émules de la mégère, applaudie par la masse et tentée d'incarner la Justice. Puis le cortège reprit.

À Nîmes, chacun connaissait M. et son reflet de pierre ; beaucoup la désiraient sans nul espoir de réciprocité. Et voilà qu'à présent, défaite et sans défense, elle se trouvait à portée de main. Les femmes pouvaient la battre. Les maris la toucher. À son passage, sous les huées, le petit Pygmalion sentit sa gorge prise d'une remontée bilieuse. Il était bien trop loin pour que M. pût le voir. Mais sa présence ici valait immunité : il en était, lui aussi, de cette hideuse mêlée, suintant de rage et d'envie suffocantes. Il pouvait cracher, lui aussi, comme les autres, avilir la figure de la princesse découronnée. Et parce qu'il l'aimait, parce qu'il la désirait et qu'il avait autrefois vénéré cette icône offensée, son zèle pouvait être plus fort, plus venimeux que celui d'un public que seul guidait l'ennui. Ce rire fétide des femmes. Cette joie feinte des enfants. Ce ricanement des mâles, des mâles blessés, des mâles lâches et fébriles et honteux, recouvrant un semblant de puissance. Tout cela inspirait un mélange de nausée et d'ivresse : c'était un peuple uni, saintement réconcilié dans la haine des pécheresses. Se faire voir de la foule, hurler plus fort, plus loin, fondre sa voix dans la clameur. À défaut de faits d'armes, c'est ainsi qu'on proclamait sa cause, gueulant à qui mieux mieux pour gagner ses galons parmi les justiciers.

Pourtant, ce jour, la dignité était peut-être du côté de ces femmes, la face badigeonnée, bousculées et battues ; pitoyablement dignes avec leur mine bouffonne de filles de carnaval. Sorcières ! Putains ! Poules à Boches !... Il aurait pu, lui aussi, proférer ces paroles outrageantes qui vous faisaient entrer dans le camp des vainqueurs. Il fallait crier. Paul criait. L'ami de Paul criait. *Tout le monde criait.* Peut-être même sa mère – qu'il devinait au loin sans entendre sa voix – criait-elle comme les autres. Était-ce un cri, après le fiel, qu'il sentit à son tour se former dans sa gorge ? M. était là, au milieu des haleines enivrées de fureur. Chétive et impuissante. Exhibée comme une bête. Estropiée. Piteuse. Mais toujours belle. Et de ces mille bouches béantes montait la rage rieuse d'un peuple communiant dans la haine millénaire de la sorcière promise aux flammes.

VI

LE PROCÈS

Enfin, la cour martiale fut installée à Nîmes.

Le commandant Audibert, résistant de longue date et fils d'un ancien sénateur du Gard, fut nommé président. Le capitaine Servigne, commissaire du Gouvernement et ancien notaire dans l'arrondissement d'Arles, proclama d'intransigeants réquisitoires contre tous ceux dont la compromission, établie ou hautement présumée, appelait un traitement sans merci. Ainsi parla-t-on à l'époque de châtiment, de juste cause et d'expiation. Le mot d'épuration passait de bouche en bouche : purger la France des corrompus, des ordures, des salauds, des vendus, et peu importe qu'à une masse d'assassins avérés on doive mêler des femmes séduites ou séduisantes, suspectes d'avoir trahi en découvrant leurs cuisses aux vainqueurs de leurs frères.

On ne juge pas l'histoire à rebours.

La mi-septembre inaugura le temps des chroniques judiciaires. Des courses de taureaux occupaient les Arènes. Les cinémas faisaient salle comble. Le *Colisée*, le *Lux*, le *Majestic*, tous offraient aux Nîmois, entre deux fusillades, le temps d'oublier la misère qui suivait la misère et de cacher à la vue des enfants le spectacle des rues. Plusieurs *affaires* firent sensation à la fin de l'été, rivalisant avec les films américains qu'on découvrait alors, *Les Hauts de Hurlevent*, *Les Trois Mousquetaires*, *La Baronne de minuit*. Outre des grappes de miliciens envoyés au poteau à la satisfaction du plus grand nombre, le procès de la bande de Kirchner et des malfrats de l'OPA, l'office chargé des départs forcés vers l'Allemagne, souleva dans l'opinion autant d'intérêt que de dégoût. Kirchner, Brun, Munoz, la clique des pro-Allemands auxquels on associait parfois les noms de Barraud, de Mecklembourg, de M. et d'Albert, allait bientôt passer devant la cour martiale. On exigeait la mort pour prix de leurs débauches. Les chefs d'accusation étaient accablants : trahisons, tueries, pillages, tortures et autres lâchetés perpétrées en toute impunité pendant près de deux ans. Intelligence avec l'ennemi, article 75 du Code pénal, c'était faire trop d'honneur à des gens dont la cause était de s'enrichir par le supplice et la dénonciation…

Chaque jour, la répulsion grondait dans la salle des assises. Trêve de procédures fastidieuses ! Trêve de grandes messes au tribunal ! Mais des peines exemplaires, voilà ce que le peuple réclamait. Allez donc expliquer qu'il fallait garantir un traitement équitable à ceux qui s'en étaient moqués avec tant d'allégresse ! Le procès de l'OPA offrit l'occasion d'égrener les abominations de la Gestapo et de ses affidés : les deux guillotinés du boulevard des Arènes, les pendus du 2 mars, le carnage du puits de Célas – au charnier encore chaud – d'où l'on venait d'extraire près de trente résistants abattus d'une balle dans la tête. Les boiseries du prétoire vibraient sous les murmures de la foule assoiffée de vengeance. La mort était requise. La mort fut décidée pour Brun, Kirchner, Munoz. Et on leva un toast à leur exécution.

Jour après jour, avec l'assiduité d'un parieur désespéré, le petit Pygmalion consulta les journaux dans l'attente d'informations sur le jugement de M. qu'on savait imminent. Depuis qu'il l'avait entrevue au défilé du 4 septembre, le visage peint, le corps bleui de coups et livré à la meute, il avait appris qu'elle était maintenue enfermée avec Albert à la maison d'arrêt. Tous leurs biens avaient été confisqués : argent, meubles, bijoux. L'appartement du 29 avenue de la Plateforme avait été réquisitionné par des officiers du maquis Aigoual-Cévennes. Le petit Pygmalion s'était rendu dans le quartier, par nostalgie, cherchant quelques souvenirs, quelques traces de parfum ; devant chez elle, posté sur le trottoir d'en face, il avait observé la rangée de Citroën ornées des croix de Lorraine réglementaires, leur va-et-vient perpétuel, un ballet d'uniformes et d'hommes menottés qu'on emmenait à l'interrogatoire entre ces murs où M. l'avait reçu. Qu'avait-on fait, se demandait le petit Pygmalion, du salon rouge et du canapé vert où, sous les bombes, ils avaient fait l'amour ? Qui foulait à présent les tapis colorés de M. aux poils effilochés par les dents joueuses de Cléopâtre et les griffes de d'Artagnan ? Avait-on adopté ces deux chats orphelins ? Les avait-on tués comme de mauvais souvenirs ou l'ombre de leurs maîtres jetés dans des cachots ?

Le petit Pygmalion s'infligeait le supplice des questions sans réponse.

Puis il demeurait là, immobile, adossé à l'une des façades de l'avenue, fixant les fenêtres du 29 comme il l'avait fait tant de fois avec l'espoir de voir passer, dans un cadre de lumière tamisée et blanchie par les voilages, l'ombre furtive de M. descendant au salon. Au-dessus de la porte, à gauche de la marquise, l'un des carreaux brisés était remplacé par un assemblage précaire de bois et de carton. Mais rien n'avait changé à l'exception de ce rafistolage grossier. Fermant les yeux, et oubliant le glorieux maquillage des Citroën, il aurait pu se croire remonté dans le temps. Il suffisait de regarder le ciel, d'écouter le crissement des cigales dans le feuillage des platanes.

Tâtant la poche du pantalon qui contenait l'anneau de M., il poursuivait son pèlerinage jusqu'aux Jardins de la Fontaine où, s'asseyant auprès de la *Jeune fille au chevreau* comme au chevet d'un mort, il priait de tout cœur qu'un juge la veuille absoudre. Mais il se dégoûtait de ses propres prières ; encore un alibi pour ne pas se risquer autrement qu'en pensée.

Alors il décida d'agir en se portant témoin de ce qu'elle avait fait.

Sa mère voulut l'en dissuader, en vain ; elle dut bien reconnaître sa résolution. Le petit Pygmalion était déterminé à se présenter dans les bureaux de la cour martiale où il fut finalement reçu, après une longue attente, par un certain Guillard, juge d'instruction, installé au 34 boulevard Gambetta. Depuis le défilé, le petit Pygmalion ne sortait plus qu'arborant à son bras la pièce de tissu tricolore en signe d'appartenance à l'un des mouvements de résistance ayant libéré Nîmes. Sa mère le lui avait assez dit pour qu'il s'en souvienne : fais-toi le plus discret possible. Mais si tu t'y refuses, eh bien débrouille-toi pour qu'on te voie partout avec ton ami Paul et le brassard qu'on t'a donné. Alors c'est Paul, promis à d'importantes fonctions, qui l'avait introduit auprès du juge Guillard. Jusqu'à ce jour, le petit Pygmalion s'était abstenu du moindre commentaire sur les procès en cours ; longtemps, il avait hésité à se manifester, ne sachant ni quoi dire, ni comment s'engager pour la défense de M. sans détruire du même coup les garanties qu'on lui avait offertes contre d'éventuelles poursuites.

Ses proches avaient tenté de l'en empêcher. C'est trop dangereux, disait sa mère. C'est inutile, assurait Paul.

Pourtant, le 20 septembre, ayant appris par sa lecture de *La Renaissance républicaine du Gard* que le jugement de M. était prévu pour la fin de semaine, il s'était décidé à jouer une dernière carte. Peut-être pourrait-il, en témoignant pour elle, infléchir le verdict annoncé à l'avance. Le juge Guillard l'avait reçu sans enthousiasme. L'affaire était connue. Le dossier clos. La cause entendue. Que pouvait apporter un nouveau témoignage, même à décharge, dans une liasse de dépositions qu'on se passerait de lire ? Plusieurs personnes avaient déjà tenté de disculper M. en apportant des preuves de son intercession. Mais on n'écouterait pas. Il fallait des coupables. L'issue était certaine et Guillard le savait. Au début, sans même qu'on les évoque, le petit Pygmalion avait tenté de démentir des rumeurs largement répandues sur le compte de M., et qu'à toute autre époque on eût jugées absurdes ou fantaisistes. La jalousie inspire. Depuis son arrestation, la cour avait reçu des dizaines de lettres anonymes. Entre autres fabulations folles, on y lisait que le champagne coulait à flots dans les chambres du 29 – c'était l'unique fait vrai – tandis que M., nue et docile, le corps couvert de crème, s'offrait comme dessert à Saint-Paul, sous l'œil concupiscent des invités. Il eut beau faire valoir l'extravagance de ces insanités, nées du fantasme et de l'envie des hommes, on savait bien que sa parole pèserait bien peu dans la balance face au plateau lesté de ces rumeurs affriolantes. Attendri ou pressé, Guillard voulut l'aider un peu, sans être rassurant :

— Alors, toi aussi, tu viens pour la maîtresse du commandant Saint-Paul ? Sois concis, en tout cas. Ici, nous notons tout. Je vois que tu as servi la Patrie, dit-il en pointant le brassard. Prieur (c'était le nom de guerre que s'était choisi Paul) m'a dit de quelle manière… Venons-en à la suspecte. Tu la connais bien ? Tu sais aussi qu'il nous faut une justice intraitable. Es-tu certain de vouloir t'en mêler ?

— Je voudrais seulement dire ce que j'ai vu, répondit timidement le petit Pygmalion, conscient du mauvais pas où elle s'était fourrée, honnie et sans alliés. M. n'a jamais, que je sache, dénoncé de Français. Elle fréquentait des collaborateurs, et parmi les plus coupables, mais je peux assurer qu'elle ne partageait rien officiellement de leurs idées politiques.

— Officiellement ?

— Même pas du tout, corrigea le petit Pygmalion qui comprenait aussi que chaque mot indécis avait la force d'une balle dans la poitrine de son amante. Elle n'a témoigné d'aucun zèle auprès du PPF ou de la Milice. Et je suis sûr qu'elle n'a donné personne.

Guillard soupira, visiblement embarrassé par les révélations que le petit Pygmalion s'apprêtait à faire.

— Tu sais où tu t'embarques ? demanda-t-il en chaussant ses lunettes. Bien, ajouta-t-il en constatant l'obstination du petit Pygmalion qui s'était contenté d'opiner de la tête. Greffier, veuillez noter, s'il vous plaît, les propos du jeune homme.

Il raconta comment, la nuit de l'attentat de la

Maison Carro, M. l'avait fait libérer sans contrepartie. Il mentionna aussi les faux certificats, puis l'aide accordée à plusieurs Nîmois convoqués boulevard Talabot à la veille d'un départ pour l'Allemagne. Il cita des noms, rapporta des paroles entendues de la bouche de M., contre Fitz ou Schmitt, qu'elle jugeait malhonnêtes, infréquentables ou bons à rien. Au moment de signer, le petit Pygmalion se sentit hésiter. Ses yeux croisèrent ceux de Guillard, imperturbables. Avant celle-ci, le juge avait reçu des centaines de dépositions. Son expérience l'avait aidé à distinguer les fausses déclarations des témoignages sincères ; parfois la vérité se logeait dans un éclaircissement de voix quand le mensonge avait le rythme limpide d'un refrain. C'est lui, Guillard, qui avait entendu les témoignages du négociant Boyer, du tailleur Zahnd, de l'Anglais Southwell, du père Bouillard, de l'épicière Lartigue, du FFI Mazers, du Russe Porwak, du voyageur de commerce Adjiman ou encore de Mouchet, employé de banque à Nîmes… Tous ces témoins avaient dédouané M. en déclarant de quelle manière elle avait manœuvré auprès de Saint-Paul pour rendre d'importants services. Autant de noms qu'on éviterait de citer au procès tant les jeux étaient faits, déjà faits et surfaits. Autant de noms auxquels s'ajoutait à présent celui d'un jeune homme imprudent, amant ou amoureux. Car Guillard comprenait entre les soupirs comme d'autres lisent entre les lignes. On l'avait informé du rôle qu'avait joué ce témoin, infiltré dans le repaire de collabos dont M. était la reine. Mais sa voix signifiait davantage que les aveux d'un agent de liaison pris de pitié pour des adversaires secrètement combattus : il avait aimé M. ; et il l'aimait encore ; et il l'aimait assez pour tomber dans l'arène où les fauves l'attendaient. Guillard savait l'arrêt probable de la cour. Qui ne l'eût deviné? Le doute était permis, mais il était infime. Nîmes avait trop souffert pour ne pas en vouloir à ceux qui avaient joui. Qu'importe de quelle manière. La jouissance même passait pour trahison.

— Cela servira-t-il à quelque chose? osa le petit Pygmalion.

— On verra, répondit sobrement Guillard, sans ironie, par habitude, un peu navré de jouer un mauvais tour à ce naïf qui, tardivement, voulait jouer au héros.

Avant de recevoir le petit Pygmalion, il s'était arrangé avec Paul – lieutenant Prieur, donc, du temps de la clandestinité – pour faire de sa déposition un morceau de papier noyé dans l'océan des minutes et des notes destinées aux archives. Il prit sa plume et ajouta, au bas du document tapé par le greffier, un commentaire qui dispensait de toute comparution le petit Pygmalion. C'est du lynchage qu'on le sauvait ainsi. Il n'est pas bon de vouloir défendre les pestiférées lorsqu'on n'est pas soi-même un saint.

*

Le procès était attendu pour le lendemain.

Toute la journée, la veille, et jusqu'à l'aube du jour du jugement, le petit Pygmalion avait cru qu'on le convoquerait pour l'audience. Mais rien n'était venu, ni lettre ni huissier; il avait cru en vain.

L'attraction commença avec le lever du soleil.

Dès sept heures, les escaliers du Palais de Justice furent pris d'assaut par des centaines d'hommes et de femmes endimanchés pour l'occasion. Passé les marches, passé les colonnes cannelées du péristyle immense, passé les portes étroites, mais toujours hautes, d'un vert sans espérance, tirant vers la grisaille, le curieux arrivait dans le fracas de la salle des pas-perdus où se mêlaient bruyamment spectateurs, témoins, accusateurs et jeunes avocats embarrassés d'avoir à défendre ces accusés dont le sort, déjà connu, tout comme le nom, haï de tous, réduisaient leurs efforts à néant. Certains d'entre eux avaient reçu des intimidations qui les firent hésiter à paraître au prétoire. Et quoi qu'eût assuré, en toute bonne foi, le commissaire de la République – que les procès auraient lieu dans le respect du droit –, chacun sentait alors que les mots n'ont qu'un poids limité face à la haine des hommes.

M. était de ceux-là, de ces *condamnés-par-avance*, de ces clients gênants dont la défense se serait volontiers passée. L'heure du procès, annoncée par la presse, était prévue à 9 heures.

Le petit Pygmalion n'aurait manqué l'événement pour rien au monde.

Il avait trop à perdre de ce qu'il avait cru pouvoir oublier aisément. M. allait paraître. Il voulait voir, constater de lui-même, à défaut de pouvoir toucher, hors des murmures de rue, comment on avait massacré son visage et son corps. Dans le public, il releva la présence de plusieurs personnes connues, d'elle et de lui, des commerçants ou des voisins dont plusieurs l'avaient toujours traitée avec beaucoup d'égards. Les femmes trépignaient d'impatience et les hommes de curiosité. À quoi pouvait-elle ressembler, *la Battue*, sans ses cheveux? On discutait comme à l'entracte ou dans le hall d'un opéra. Certains se vantaient d'avoir assisté à la scène lorsqu'on l'avait déplumée sous des jets de menaces et de quolibets orduriers. Ceux qui avaient raté la fête écoutaient avec gourmandise le récit de leur expérience, soucieux de chaque détail, souriant avec eux, déplorant avec eux, condamnant avec eux, non la pratique, mais la conduite indigne de M. et de ses pareilles. La salle des assises s'animait à mesure que l'heure avançait vers l'exhibition de la bête. On s'interpellait d'un banc à l'autre au sujet du procès. Allait-elle comparaître seule ou avec son mari ? Certaines commères le jugeaient à leur goût : bel homme, à sa manière, il était la victime... Aveuglé par une garce, et cocu avec ça ! D'autres, au contraire, l'estimaient plus coupable qu'elle. N'avait-il pas été le dramaturge de ce vaudeville sordide qu'il avait écrit à son avantage et elle sa comédienne ?

On entendit soudain un grand remue-ménage dans les allées, le crissement des bancs sur le sol, le froissement des corps qui se lèvent, et le froufrou des toges. Les avocats entrèrent en scène. Après le cas d'un milicien, expédié rapidement, les accusés firent leur apparition. À droite, on vit entrer M. et Albert, accompagnés de deux gendarmes. Aux premières loges, le président, stoïque et impassible, siégeait comme un empereur romain.

Des vitupérations retentirent dans la salle contre le couple maléfique.

Accusateurs et justiciers, témoins, victimes, mères de victimes ou combattants, cent voix maudissaient M., la courtisane déchue. Au rang de ses contempteurs les plus féroces, le petit Pygmalion distingua plusieurs hommes, soupirants de la veille, dont M. avait maintes fois repoussé les avances. C'était d'un autre temps. Le boucher Legas était là, lui aussi, rouge comme un homard cuit, levant le poing, montrant les dents. Le poète courtois de la veille avait laissé sa place au sacrificateur. Aux vers anciens, demeurés sans réponse, il préférait l'imprécation nouvelle. À mort ! Au poteau !... Dehors, les mille badauds qui n'avaient pu entrer reprenaient la menace en chœur. D'emblée, il fallut expulser quelques agitateurs. Le bruit diminua, puis le calme revint. L'audience put commencer sous la gouverne du président de la cour martiale, digne et droit comme saint Pierre. Il engagea son interrogatoire :

— Pourriez-vous nous rappeler comment vous êtes entrée en relation avec le commandant Saint-Paul ? demanda-t-il, en guise d'introduction, après quelques formulations d'usage.

Debout, vêtue d'une robe de coton blanc qui lui couvrait le cou et le haut des bras, M. répondit posément, avec précision et simplicité. Ses paroles étaient brèves. Sa voix sans tremblement. Elle embrassa l'assemblée d'un coup d'œil dont la hauteur, dénuée de mépris, désarçonna le parterre des harpies qui s'étaient attendues au triomphe de l'effroi chez l'accusée. La tête se tenait droite, le buste haut, les mains raides. Croyait-elle sa cause encore défendable pour paraître si sûre de ses droits ?

Mais le plus étonnant, dans la posture et la figure de M., c'était la troublante élégance de son corps humilié, laissé près d'un mois au cachot, et la grâce de ses traits, évoquant le visage d'une sainte sublime et résignée. Aux cheveux coupés ras, le petit Pygmalion ne put s'empêcher de voir en elle le visage de Jeanne d'Arc, de cette Jeanne en noir et blanc, les joues mouillées de larmes, jouée par une autre, dont il avait suivi le martyre sur l'écran du *Colisée*, dans un film d'avant la guerre.

L'anneau de M. logeait bien dans sa poche ; il

le palpa comme s'il s'agissait d'un talisman. Elle faisait face à son inquisiteur avec un sang-froid bouleversant :

— J'ai rencontré le commandant Saint-Paul, au début de l'année 1943, lors de la réquisition d'un appartement que nous convoitions, mon mari et moi. Un héritage perçu il y a quelques années nous a permis de nous installer avenue de la Plateforme.

— Bien, soupira le président. Mais pouvez-vous entrer dans le détail de cette rencontre ?

Sans paraître relever le moindre sous-entendu dans cette question qui raviva les commérages, elle reprit tranquillement, une fois le prétoire apaisé :

— Lorsqu'on nous informa que l'appartement venait d'être réquisitionné, j'ai d'abord fait valoir auprès de la mairie que nous avions déposé une demande antérieure à celle des Allemands. Celle-ci m'a renvoyée au commandant de la place, le commandant Saint-Paul, auquel je me suis adressée personnellement et qui a fait droit à ma demande...

— Comment l'expliquez-vous ? la coupa le président.

— Cet officier voulait sans doute se faire bien voir à Nîmes.

— Avez-vous été sa maîtresse comme certains l'affirment ?

— Qu'en savent-ils ? rétorqua M., sans animosité. Je peux affirmer devant vous, de la façon la plus formelle, que je n'ai jamais été la maîtresse de Saint-Paul.

— Alors permettez-moi de vous répéter ma question. Comment expliquez-vous son amabilité à votre égard ? On dit qu'il venait parfois dîner chez vous, qu'il vous offrait du gibier, qu'il vous invitait au théâtre...

— Cet officier était très francophile. Il était également coureur et galant homme.

Les chuchotements reprirent, malgré les rappels à l'ordre insistants, puis s'épuisèrent progressivement.

— Sans passer par les calculs dont certains m'accusent à tort, il m'était facile d'obtenir de lui des faveurs dont j'ai fait profiter plusieurs Français.

— Contre services.

— C'est faux ! réagit-elle vivement. Je n'ai jamais demandé la moindre compensation à mes interventions.

— De quelle nature étaient ces interventions ?

— Je me suis plusieurs fois présentée aux autorités allemandes pour faire libérer des Français, les dispenser du STO, ou leur obtenir des documents.

— On vous accuse d'avoir dénoncé des compatriotes.

— Cela est faux. Je n'ai jamais dénoncé personne.

— Pourtant, on vous a plusieurs fois aperçue en compagnie de Schmitt, de Fitz ou d'interprètes allemandes.

— J'ai eu affaire à Schmitt, c'est vrai, pour plaider la cause de Français destinés aux usines allemandes. Je n'ai vu Fitz qu'à deux ou trois reprises pour les mêmes raisons. Quant à Georgette, si c'est à elle que vous faites allusion, elle est française, comme moi, et je ne nie pas l'avoir fréquentée.

Au nom de Georgette, la traductrice outrageusement fardée de la Villa Élise, le petit Pygmalion se souvint de ce premier dîner chez M. où le vertige l'avait saisi. Georgette avait fini à demi nue, les mains promeneuses, avec un regard de succube. Elle était rentrée avec Grange… À ce moment de l'interrogatoire, les questions furent suspendues quelques minutes, le temps pour Audibert de se faire apporter un document indispensable à la poursuite de la séance. Il s'agissait d'une pièce manuscrite, signé du commandant Saint-Paul et où figurait l'estampille à demi effacée de la Kommandantur.

— Comment expliquez-vous le rôle joué par le commandant Saint-Paul pour faciliter la vente de cette demeure – comment dites-vous – de cette Villa Élise ?

— Il m'était impossible de faire sortir les locataires de la villa héritée de mon père, et que je voulais vendre. Saint-Paul l'a fait réquisitionner à son profit. Pour pouvoir la céder dans les règles, il a bien fallu que je m'adresse à la gendarmerie allemande, devenue compétente en matière de réquisition.

— Vous niez donc vous être enrichie grâce aux dénonciations et aux bontés du commandant Saint-Paul ?

— Oui.

— Mais vous reconnaissez avoir acheté en ville de menus objets pour le compte de Saint-Paul ?

— Oui. Et c'est ainsi que j'avais sa confiance dont plusieurs ont pu bénéficier… Une certaine personne de la Résistance pourra en témoigner. Maître Gony m'a fait savoir qu'elle pourrait intervenir prochainement.

M. se tut. Elle jeta à nouveau un regard vers les bancs du public, paraissant chercher quelque chose ou quelqu'un ; le petit Pygmalion put croire, à tort, qu'elle l'avait vu. Il éprouva un long pincement au cœur, comme la vibration d'un choc. Était-ce à lui qu'elle faisait référence ? Pourtant, il n'était d'aucun maquis. Savait-elle qu'il s'était entretenu avec l'un des juges chargés d'instruire son dossier ? Comment l'aurait-elle su ? Il ne bougea pas, ne chercha pas à remuer les épaules comme l'aurait fait un spectateur désireux de se faire remarquer par les comédiens.

Puis M. tourna de nouveau ses regards vers les juges.

Pendant plus d'une heure, on discuta des moyens de subsistance du couple. On éplucha les héritages, les relevés de banque, les actes notariés. Le public manifesta bruyamment son ennui. Il y eut de longs bâillements, des clameurs et des claquements de talons. On n'était pas venu pour ça. Arguties, jargon de tabellion et lectures fastidieuses qui retardaient le jugement.

Vint le tour des témoins.

Le petit Pygmalion, dont la vue était partiellement obstruée par les chapeaux, les bérets, les permanentes et les crânes chauves alignés devant lui, ne reconnut pas immédiatement le frère d'Albert, Jean, rencontré pour la première fois dans cette Villa Élise dont il venait d'être question. C'était il y a un an et demi.

— Vous êtes le frère de l'inculpé et le beau-frère de son épouse. Vous vivez avec eux depuis dix ans, à Paris, puis à Nîmes. Est-ce juste ?

— C'est juste.

— Que pouvez-vous nous dire des relations qu'entretenaient les inculpés avec le commandant Saint-Paul ?

— Ma belle-sœur a fait la connaissance de cet officier afin de faire lever la réquisition sur l'appartement où nous avons vécu, avenue de la Plateforme. S'agissant de l'opinion, je savais quelle rumeur la visait et j'ai plusieurs fois appelé sa vigilance à ce sujet en soulignant qu'elle ne devait plus donner prise aux médisances. Elle s'en fichait. Je ne crois pas qu'elle ait jamais été l'amante de Saint-Paul ni de tout autre Allemand. Je peux par ailleurs affirmer qu'elle a rendu de grands services. J'ai souvent vu venir chez nous des femmes désespérées après l'arrestation de leur mari, ou des pères craignant pour leurs fils. Elle s'est toujours proposée de leur venir en aide lorsqu'elle le pouvait. C'est par elle que je suis revenu d'Allemagne et que j'ai pu rester à Nîmes. Je crois aussi que M. a donné des informations à la Résistance.

Un silence s'installa, lourd, angoissant. Puis une explosion de menaces injurieuses.

Pour faire taire le désordre, le président fit appeler de nouveaux témoins. Jean quitta l'audience suivi d'un gendarme. On fit chercher deux maquisards ayant pris part à l'arrestation de M. et d'Albert. Paul en était. Le petit Pygmalion comprit, amer, pourquoi son ami l'avait tant dissuadé de se présenter au juge Guillard. Nous serions dans des camps adverses, lui avait-il dit d'une voix énigmatique. Sa mise en garde prenait à présent tout son sens. Paul raconta où et comment on les avait trouvés. Ce fut le même langage que celui par lequel il avait rapporté au petit Pygmalion les exploits de son groupe lors de la prise de la ville, puis la chasse acharnée des collaborateurs. Cette fois, il n'eut aucun mot déplacé, aucune parole vulgaire, il ne chercha nullement à accabler les accusés et se contenta d'un récit appris presque par cœur, aisément récité à force de l'avoir rabâché en public.

Ce fut au tour de la bouchère d'être appelée à la barre.

Des yeux, elle chercha d'abord son mari dans la foule. Celui-ci, un peu calmé, la couva d'un regard où flirtaient le repentir et l'encouragement. On percevait entre eux, pour qui savait l'histoire, des heures de querelles conjugales, de mises au point nocturnes et d'humides rabibochages sous les plumes de leur couette. Entre Madame et Monsieur

Legas, l'ombre de M. avait dû tant de fois réveiller la tempête qui creuse l'abîme entre une épouse jalouse et un mari volage, fût-il malchanceux dans ses désirs d'envol.

Pendant plus d'un an, ils avaient offert à M. de la viande à leurs frais. Le boucher y voyait une offrande à celle qu'il convoitait, convaincu de pouvoir, à force de saucisses et d'entrecôtes, se ménager un accès à sa couche. La bouchère, quant à elle, s'y résignait par un calcul facile : l'appui de M., en cas d'ennuis avec les Allemands, pourrait s'avérer salutaire. Mais chacun déplorait à présent le coût du sacrifice : lui, parce qu'il avait échoué à séduire M. ; elle, par pure vengeance, parce qu'elle pouvait enfin faire payer sa laideur à quelqu'un dont le charme était une insolence. Dans son réquisitoire, il était question de marché noir et d'une dénonciation à l'encontre de sa sœur. Son exposé était aussi confus que celui de M. était clair. À la première question, elle s'exclama :

— C'est elle qui a dénoncé ma sœur à la Gestapo ! Elle passait tout son temps fourrée là-bas. Pour les réquisitions, le marché noir et le ravitaillement…

— Combien de temps votre sœur a-t-elle passé dans les locaux de la Gestapo ? interrogea le défenseur de M., maître Gony.

La bouchère se frotta le menton, parut réfléchir quelques secondes, puis répondit :

— Au moins une nuit. Mais ce n'est pas ça le pire… Le pire, c'est qu'elle a dû pointer chez eux tous les matins pendant plus d'un mois.

— Et d'où tenez-vous, Madame, que votre sœur a été dénoncée par l'accusée ?

— Des gars de la Gestapo, tiens !… C'est eux qui nous ont dit que *la Battue* travaillait pour eux.

— Et à quel moment vous l'ont-ils dit ?

— Lors de leur procès, ma foi, la semaine dernière. C'est Lascagne, même, qui a vendu la mèche.

— Dans un contexte assez particulier, donc. Et pour se dédouaner d'accusations qui le visaient personnellement si je comprends bien les révélations du dit Lascagne.

Une vague d'indignation s'éleva dans la salle. L'avocat poursuivit néanmoins :

— Puis-je également demander au témoin pour quel motif sa sœur a été dénoncée ?

— *La Battue* prétendait qu'elle faisait du renseignement pour les Allemands.

— Et c'est à la Gestapo qu'elle a dit tout cela, reprit tranquillement l'avocat. L'accusée aurait donc dénoncé votre sœur à la Gestapo en affirmant que votre sœur était espionne allemande ? C'est cela ?

— Mais oui ! Tout à fait... Et elle disait aussi que Marguerite était la maîtresse d'un Allemand...

Aux intonations étonnées du public, la bouchère comprit que ses déclarations n'avaient pas convaincu. Sa voix se fit plus grave, plus offensée encore :

— Alors que c'est elle qui vendait son cul. Je peux vous dire que *la Battue* s'est enrichie pendant la guerre. Elle était pauvre avant... Sa famille n'avait rien. Et voilà qu'on la trouve comme une bourgeoise installée dans un beau meublé près des Jardins de la Fontaine !... D'où croyez-vous qu'elle retirait l'argent, hein ? Elle s'est toujours crue supérieure, celle-là ! À cause de la statue, certainement. Tous les messieurs allaient la voir comme ça, à poil, montrant ses cuisses et ses petits seins. Ça les mettait de bonne humeur. Avec son air coquin qu'ils reluquaient comme des gamins. Y'en a pas un qui n'a pas bavé sur elle...

— Une dernière question, déclara l'avocat en

profitant d'une pause dans la diatribe de la bouchère. Confirmez-vous que l'accusée a permis à votre neveu, le fils de votre sœur, d'éviter un départ pour l'Allemagne ?

— Ça ! s'exclama-t-elle, pour ce que ça nous a coûté. Des fleurs, du parfum, le coiffeur...

Il y eut alors un brouhaha terrible d'où montèrent, par-delà d'inaudibles cris, de folles exhortations pour épurer la ville de ce fléau. Ce fut un tollé formidable puisant au fond des âges des symboles oubliés, tout un imaginaire, un bréviaire ancestral, avec ses bûchers, ses flammes, ses peurs, ses diableries et ses empoisonneuses. D'un murmure hésitant, l'appel se fit plus vif, plus net, répété plusieurs fois. Qu'on la brûle ! Qu'on la fusille ! À mort ! L'accusatrice avait repris la main et l'on put croire, à bien la regarder, qu'un sourire de triomphe faisait trembler ses lèvres à chaque scansion des paroles proférées d'une même voix.

Les questions durèrent encore plusieurs heures. Les témoins défilèrent. On s'arrêta sur le rôle d'Albert qui, malgré ses dénégations et celles de son épouse, fut accusé d'avoir torturé plusieurs Français dans les caves de la Milice. Le procès fut suspendu un temps, puis reprit jusqu'au soir. Servigne prononça un réquisitoire implacable qui détruisit les espérances de M. en exaltant la foule. À chaque accusation, émouvante et sublime – on eût dit que la justice parlait en patriote –, le petit Pygmalion sentait les chances de M. s'évanouir peu à peu. Après un long moment de délibération, le verdict fut prononcé en début de soirée : la « ribaude » était condamnée à mort.

Pour son mari, on ordonnait un complément d'enquête.

VII

OUTRAGER LA GRÂCE

L'idée de justice expéditive ne peut qu'éclore dans un pays en paix.

M. avait eu un procès. La défense avait fait de son mieux. Les jurés avaient délibéré en conscience selon les éléments de preuve déposés sous leurs yeux. La guerre se poursuivait à l'est et les hommes s'engageaient pour embrasser la gloire après avoir connu la honte. Toute autre issue que sa condamnation eût ébranlé l'ordre public.

Nîmes était belle aux lueurs de l'été, ville de pierre et de sable, déclinant mille couleurs d'ocre et de bleu badigeonnant ses murs et miroitant dans l'eau paisible des canaux. Nîmes était belle et jalouse et terrible dans sa colère de ville bafouée qui retrouvait la vie. Son passé remontait avec d'anciens démons, l'antique fureur des foules et la vengeance des hommes qui avaient abattu les statues de Tibère dans les rues de la cité. Une débauche de violence vint purger les consciences lourdes de ressentiment. On piétina le nom et le corps des maîtres de la veille. Et l'on pleura ses morts en s'essuyant les pieds.

Les meilleures pièces sont celles dont la fin vient trop vite. C'est à la suspension du temps, cet avant-goût d'éternité des grands films et des livres majeurs, que l'on mesure les œuvres réussies. Elles seules font oublier les heures et désirer qu'un moment dure toujours. L'inquiétude monte, le doute s'installe. Qu'adviendra-t-il d'un personnage auquel nous nous sommes attachés ? Le spectateur espère, serre les poings, ferme les yeux. Il s'insurge en lui-même contre la mise en scène lorsqu'elle menace celui ou celle auquel il tient le plus. Que nous réserve ce dénouement dont nous redoutons le couperet ? Si nous pouvions seulement prendre la plume, altérer çà et là les contours de l'intrigue, les choses en iraient autrement ! C'est dans cette singulière disposition, à défaut d'être acteur d'un drame qui se tramait sans lui, que se trouvait le petit Pygmalion. La fin paraissait imminente au spectateur captif. Captif, le petit Pygmalion l'était moins qu'impuissant. Alors il invoquait, comme avant et vainement, l'intercession d'un Dieu surgissant d'une machine ou dans la grâce d'un juge.

À ses prières d'enfant, il crut qu'on répondait.

Mais ce n'était qu'un coup de théâtre. Deux jours après le verdict, on fit savoir, par voie de presse, que la condamnation de M. était miraculeusement différée par décision de la cour. Des révélations inattendues, quoique suspectes, venant de l'accusée, avaient modifié les circonstances du jugement. On imagine toutefois quel retentissement cette annonce eut dans l'esprit du petit Pygmalion qui pensa candidement – la candeur est le bon sens des rêveurs – que tout pouvait changer. D'abord, il eut un doute, rassembla en une heure autant d'informations qu'il put trouver dans les journaux, fit les cent pas aux abords du Palais de Justice dont il ne put tirer aucun renseignement, puis s'enferma chez lui. Les quotidiens confirmaient la nouvelle.

D'incrédule, il se fit optimiste, sans cesser d'être inquiet.

À force d'errance sur l'Esplanade, dans les cafés, le long des rues où l'on ne parlait que de ça, il finit par apprendre que M. avait incriminé plusieurs personnalités de la Résistance dont le nom demeurait sous scellés. À présent, disait la ville en reprenant les formules officielles, la cour procédait en toute diligence à d'ultimes vérifications. Tout n'était pas perdu. Avec un peu de chance, on la laisserait partir, changer de nom, quitter la ville ; on finirait par reconnaître l'ampleur des risques pris sans aucun bénéfice. À espérer encore, le petit Pygmalion reprit le fil de ses rêveries : le ciel était trop bleu pour accepter sa mort. M. serait libérée. Ensemble, ils iraient à Anvers, y vivre et s'y aimer, le temps de nettoyer les salissures infligées à son nom. Elle quitterait Albert, voudrait tout effacer d'un passé aux odeurs encore vives, le goût du sang caillé, de la rouille des ciseaux, de sa propre sueur. Puis les rêveries du petit Pygmalion cessaient au moindre claquement de balle. L'attente était trop lourde, l'incertitude affreuse. Une idée l'envahit, qui ne le quitta plus. Il allait la sauver comme elle l'avait sauvé la nuit de l'attentat de la rue Saint-Laurent. Il ignorait comment, de quel droit, par quelle magie, mais l'idée était douce, enveloppante et sublime comme la lecture d'un conte dont le héros nous ressemble et nous guide au travers des vertiges de sa vie. Seulement, il devait agir vite. Le temps jouait contre lui autant que l'opinion.

Il se présenta donc au bureau de Guillard, mais le juge n'y était pour personne.

Il restait Paul, unique recours qui avait témoigné contre elle. Ravalant son dépit, il courut au bureau de sécurité militaire où Paul, malgré son âge, exerçait une fonction influente. On lui en refusa l'accès. Il insista, mentit effrontément, se prévalut d'un rôle de première importance dans le rang des héros. D'abord, on entendit courtoisement ses requêtes. On s'en lassa bientôt, puis on le rabroua comme l'ivrogne insistant à l'entrée des cafés pour qu'on le serve encore malgré l'extinction des lumières et l'empilement des chaises. Il s'énerva, tourna en rond, gravit à nouveau les escaliers du Palais de Justice au pied desquels attendaient patiemment, pipe à la bouche et calepin à la main, des journalistes à l'affût de chroniques. Ensuite, il s'approcha de la maison d'arrêt, interrogea des gendarmes en faction, avec ce timbre détaché dont la fausse distraction révèle l'angoisse plus qu'elle ne l'atténue. On ne lui céda rien, aucune information. Alors, rentrant chez lui, le pas traînant, le petit Pygmalion eut le pressentiment que les jeux étaient faits. Mais les pressentiments ne sont qu'une résurgence de nos peurs refoulées. On peut les dominer. Se décourager, pour lui, c'eût été manquer à l'honneur et aux rêves. Alors il persista comme l'enfant capricieux qu'il n'avait jamais cessé d'être. Chaque jour, de l'aube au crépuscule (et les jours étaient longs), il se lança dans d'épuisantes démarches condamnées à l'échec. Guillard était trop occupé. Paul absent de la ville. Les gendarmes silencieux. Il maigrit à vue d'œil. Comme on triture une plaie récente, avec une complaisance sadique, le petit Pygmalion s'imaginait les brimades dont M. devait souffrir, la nausée des cachots, le désir de ses gardes, voire l'outrage de leurs mains. Qu'elle soit à leur merci ! Qu'ils puissent même la toucher !... Il en tremblait de crainte et de colère mêlées. Tout cela l'exaspérait autant que l'inutilité où il était réduit. Ne rien savoir, voilà l'angoisse insondable des hommes !... Et l'on disait que ce régime était venu à bout de l'arbitraire ! Mais quel droit régnait donc pour qu'on ne puisse savoir à quoi tenait la vie d'une femme ? Tâtonner dans l'obscurité. Ne plus dormir que par intermittence en ressassant des souvenirs en lambeaux.

Il ne sauverait personne, ni M., ni lui et sa fierté blessée.

Le petit Pygmalion en était là de ses rancœurs lorsqu'un soir du début de l'automne, déambulant par habitude sur le trottoir qui servait d'antichambre au siège des FTP, il vit Paul sortir de l'immeuble du boulevard Gambetta, serrant contre son flanc une pile de dossiers bien fournis. Cela faisait trois jours qu'il cherchait à l'atteindre pour lui parler de M. ; trois jours à se voir éconduit et à chercher ses mots. Ce fut pourtant d'une voix fluette, exagérément humble, assourdie par la peur de déplaire à celui dont *son* sort dépendait, qu'il se résolut à l'interpeller soudain, comme essoufflé. Les femmes qu'on avait tourmentées à la Libération durent avoir ce regard en demandant pitié à ceux qui les rasèrent.

— Paul !

Le vrombissement d'un camion étouffa son appel. Paul hésita à freiner son allure. De là où il était, on pouvait encore croire qu'il n'avait entendu la voix éteinte qui s'élevait de l'autre côté de la rue. Mais sa démarche le trahit, au ralentissement infime de son pas. Le petit Pygmalion comprit quels sentiments s'entrechoquaient dans l'esprit de son ami, ballotté entre les raideurs du devoir et les faiblesses de l'amitié. Aussi longtemps qu'il avait échappé au contact direct du petit Pygmalion et à la dure nécessité de lui refuser son assistance, Paul avait pu se croire tranquille. L'homme se berce volontiers de petits arrangements qui apaisent sa conscience. Nos vies sont faites de ces accommodements. La franchise d'un refus est une tout autre affaire. Elle engage. Elle écorche. Elle laisse un goût acide à ceux que la nature n'a pas faits inflexibles. Paul en prenait conscience devant la mine piteuse du petit Pygmalion. À cet instant, il ne pouvait prétexter ni l'oubli ni l'absence pour fuir ses responsabilités, mesurant pour la première fois les cruautés morales du pouvoir. La rectitude impose l'intransigeance que les sentiments assouplissent.

S'il lui était impossible d'aider le petit Pygmalion à faire libérer M., au moins pouvait-il l'informer de l'état de sa cause. La veille et l'avant-veille, le cas de M. avait été débattu à huis-clos, au sein d'une commission dont il n'était pas membre, mais Paul en savait assez pour connaître les derniers développements de l'affaire. On voulait la solder au plus vite, proprement et sans éclat. La cour et le préfet s'étaient accordés sur la manière de procéder. Il fallait en finir, calmer la foule, nourrir le fauve qui en chacun sommeille. Paul évita les louvoiements :

— Je sais ce que tu veux... Crois-moi, ça n'en vaut pas la peine. Son dossier est bien trop épais. D'ailleurs, il n'y a rien de nouveau pour la disculper depuis la décision de la cour.

— Vous n'avez pas cherché, tenta le petit Pygmalion, en s'étonnant lui-même de la véhémence de sa réplique.

Il sembla hésiter, faire effort sur lui-même pour

maîtriser cette voix qu'il sentit s'infléchir vers les graves. Cette voix lui parut étrangère. Ce n'était plus sa voix.

— Écoute. Si tu peux me faire à nouveau rencontrer Guillard, dit-il en présentant l'anneau d'or que M. lui avait offert le jour du bombardement. Peut-être qu'avec cela… Il y en a pour une certaine somme. Peut-être pour…

Il n'osa pas finir. La honte l'empêchait de poursuivre. Ses joues brûlaient. Il pensa même qu'il faisait là comme Barraud se serait conduit en pareilles circonstances. Mais Paul eut la bonté de ne pas s'indigner. Les faux dévots s'indignent. Pas les êtres sincères qui n'ont rien à prouver.

— Range ça, c'est inutile, coupa-t-il péremptoirement. À ce jeu-là, tu aggraverais son cas. M. a voulu gagner du temps en mettant en cause certaines personnes à qui elle n'aurait pas dû toucher. Écoute-moi, maintenant. Cette sale guerre est finie !… Trop de crimes ont eu lieu pour que nous puissions fermer les yeux. Il faut des exemples. Nous devons frapper fort. Est-ce que tu comprends ?

Il s'arrêta, sembla chercher les mots malgré son assurance :

— Il m'a fallu un certain temps pour m'apercevoir que tu t'étais laissé prendre à ton propre jeu… Qu'elle t'avait fait tourner la tête, à toi aussi. Qui pourrait t'en vouloir ? Seulement, j'aurais dû m'en douter plus tôt. Cela ne doit pas tout gâcher. Ta mère et toi, vous nous avez aidés. On a parlé de vous pour une décoration. Encore une fois, réfléchis bien ! Pour nous, la vie va reprendre comme avant. Pense à toutes les victimes. Pense à Henri. Toi comme moi, nous avons eu de la chance. Ne l'oublie pas. Oublie plutôt ces ordures de l'avenue de la Plateforme qui t'auraient vendu au moindre soupçon, crois-moi, je sais de quoi ils sont capables.

La raison triomphait des divagations du petit Pygmalion. Voilà comment s'expriment les grandes personnes, avec la froideur machinale de ceux qui savent que le monde a besoin de règles et que l'oubli lave à grandes eaux les regrets et les doutes. Il parlait de vie et d'amour, on lui offrait des rubans et du bronze. N'était-ce pas lui qui avait commencé ce marché de dupes en présentant l'anneau, d'un geste ridicule, pour corrompre des juges déjà repus d'honneurs ? Le bon sens de Paul lui parut d'un comique effroyable. M. était perdue et on lui promettait une médaille pour prix de ses lâchetés.

— Dis-moi seulement une chose, demanda-t-il d'une voix tremblante.

Le regard de Paul l'invita à poursuivre. Il dit très vite, comme on jette près de soi un morceau de bois incandescent empoigné par mégarde :

— Pour quand est-ce ?

— Après-demain, répondit Paul sans la moindre émotion.

Sur le même ton, il ajouta en style télégraphique :

— Lundi, à l'aube, dans la cour de la citadelle.

Puis il quitta le petit Pygmalion, blafard dans la lumière du soir, pour qu'il n'ait pas à lui cacher ses larmes.

★

Il y avait du monde, ce matin-là, devant la porte du Fort Vauban.

Le petit Pygmalion connaissait bien l'endroit, ses murs, ses douves, sa porte immense, au bout de la passerelle, une porte massive de bois clouté, ouvrant sur un long corridor à l'extrémité duquel on atteignait une sorte de cour d'honneur. Dès six heures, il s'était posté à l'entrée de la citadelle en espérant la voir une dernière fois, presque seul avec elle au cours de retrouvailles improvisées. Mais c'était sans compter l'attrait fascinant de la mort aux yeux des hommes. Jamais il n'aurait cru trouver tant de gens réunis pour un spectacle hideux dont le procès n'avait été qu'un prélude attrayant. Apparemment, les habitants de la ville s'étaient passé le mot. Croyant attendre seul, il fut mêlé à ce public d'inconnus de tout âge, levés à l'aube pour semer leurs crachats sur le passage de la sorcière. Il y avait des vieux, des jeunes, des femmes et des enfants. Ça bougeait, ça riait, ça fumait. Ce monde grouillait comme un amas de vers attirés par l'odeur d'un cadavre. Le ton était festif. On bavardait gaiement, de la fraîcheur des nuits, du rationnement infect, des jugements de la veille. Certains ignoraient même pour qui était dressé le poteau matinal. On s'en fichait, d'ailleurs. Peu importait le nom des ennemis de la France.

M. arriva à l'arrière d'un fourgon conduit par un gendarme.

Une salve d'injures et de huées couvrit les râlements du moteur. C'étaient ces mêmes hommes affables et tranquilles, quelques instants plus tôt, conversant comme à l'apéritif d'une foire municipale, qui s'étaient transformés en une foule frénétique d'êtres défigurés. Cent bouches vociféraient, cent mains tambourinaient contre le métal du fourgon, contraint de ralentir par ce peuple enragé qui réclamait ses droits contre la condamnée. On voulait mieux la voir. Cela ne suffisait pas de deviner, derrière la vitre, cette tête aux cheveux courts qui allait disparaître à l'intérieur du Fort.

Alors on exigea d'assister à la fusillade.

Il y eut un silence de quelques minutes obtenu par les militaires, un court conciliabule, puis ces gens furent admis à entrer. Qu'à cela ne tienne, durent se dire les soldats, allons pour une exécution publique !

On suivit le panier à salade le long du corridor jusqu'à une large cour, cernée de bâtiments chaulés qui devaient accueillir les cuisines et l'administration de la prison. Le jour se levait à peine. Les tuiles du clocheton, au-dessus de l'horloge, formaient une pointe désignant le ciel d'un bleu légèrement violacé. Les rayons blêmes de l'aube arrosaient les pavés de la cour, ancienne place d'armes de ce bastion à présent décoré de drapeaux et de croix de Lorraine. La veille, on avait agencé la scène pour qu'aucun contretemps ne survienne à nouveau. La mort de M. n'admettait aucun couac. Il fallait en finir pour apaiser la ville et faire taire les ultras qui commençaient à dénoncer le laxisme des juges.

Dans un premier temps, on avait pensé faire cela discrètement, à l'ombre de la citadelle, craignant quelque révolte si l'on exposait M. à la vue du public. Mais ces témoins inattendus ne tombaient pas si mal ! Ils couperaient les rumeurs, briseraient l'élan des imaginations friandes de fables baroques et grotesques. Qu'on n'aille pas dire, au lendemain de sa mort, que M. avait réussi à s'enfuir avec la complicité d'une cinquième colonne infiltrée dans la Résistance !

On la fit descendre de la camionnette.

Mains liées derrière le dos, elle portait la même robe qu'au moment du procès ; une robe d'été, grise et crasseuse après un mois d'enfermement. Les bleus avaient disparu de sa figure. Sous le col échancré de la robe s'étalaient d'épaisses traces de sueur qui avait imbibé la toile. Des loques de tissu déchiré pendaient au-dessus des genoux. On l'immobilisa au milieu de la cour. M. affichait un visage calme, avec de larges cernes, profondément creusés sous ses paupières sans fard. Elle n'était pas moins belle, dénuée de maquillage. Depuis le procès, ses cheveux avaient encore poussé et, quoique toujours courts, ils laissaient entrevoir une blondeur sans éclat. On la fit avancer. Elle ne s'opposa pas aux sacrements d'un prêtre, mais se vit refuser la cigarette qu'elle demanda à l'un des hommes qui se tenaient près d'elle. Lentement, un garde défit ses liens. M. le remercia. Mais à peine jouissait-elle de cette liberté relative, frottant ses deux poignets endoloris par des cordes trop serrées, qu'on exigea qu'elle présente à nouveau ses bras pour être attachée au poteau. Elle se laissa faire sans un mot ; et il sembla au petit Pygmalion, fondu parmi les spectateurs, qu'elle souriait, d'un sourire triste et fatigué de vaincue qui accepte son sort. Est-ce qu'elle l'aperçut, parmi la horde impatiente de ceux qui la suivaient des yeux ? Était-ce à lui qu'elle adressait ce regard terne et ce sourire si pitoyable ? Les soldats épaulèrent leurs fusils. Les armes se mirent en joue. Le petit Pygmalion ferma les yeux comme on baisse un rideau après le dernier acte. Mais point d'applaudissements pour fêter les acteurs. L'officier ordonna de tirer.

— Je n'ai rien fait de mal… cria M. en recevant les balles qui étouffèrent le son de ses dernières paroles.

Lorsqu'elle tomba, la foule se tut.

Elle fut frappée d'une sorte de dégoût d'elle-même, comme un homme dont la voix a porté plus loin qu'il n'aurait cru et regrette aussitôt l'excès de son emportement. Mais ce n'était là qu'un réflexe éphémère, un bref accès d'angoisse que la mort impose même aux moins superstitieux. Après ce temps d'arrêt, une femme brisa soudain le silence qui s'était fait tout autour du cadavre :

— Ordure, chuchota-t-elle en s'approchant du corps recroquevillé.

Plus fort, elle s'exclama :

— Tu fais moins la fière maintenant !

C'est là que débuta l'insoutenable curée de la meute. Les épouses, surtout, s'animaient de concert, s'exhortaient mutuellement à faire preuve de courage. Que pouvait *la Battue* avachie à leurs pieds ? Pas encore à leurs pieds, mais si près, à quelques mètres, là-bas… Que pouvait-elle ? Et où était sa morgue ? Où était la princesse ? Celle qui s'appropriait la pensée de leurs hommes jusqu'au dernier soupir du coït conjugal.

Plus tard, le petit Pygmalion prétendit qu'il avait déserté les lieux tandis qu'on imposait au cadavre étendu, les yeux ouverts et la peau encore chaude, l'affront d'une plaisanterie macabre. Il avait mimé une surprise écœurée lorsque l'un de ses camarades de classe, gagné lui aussi par l'ivresse carnassière au milieu des bacchantes, lui avait rapporté la scène avec un excès de détails. Il avait écouté son récit minutieux, malgré ses haut-le-cœur, comme s'il en découvrait les faits. Mais il savait. Il savait tout. Des attouchements, des rires, des coups de pied au visage de celle qu'il avait adorée. Il savait tout. Il avait vu, comme pétrifié, les pieds cloués au sol. Il avait vu les matrones se ruer sur cette forme sans vie pour arracher le tissu de sa robe.

— Trouez moi cette salope, avait juré l'une d'elles. Qu'on lui foute un gourdin dans son joli p'tit con !… Un comme ça, tiens, avait-elle proclamé en prenant un balai qui se trouvait contre l'un des murs de la cour.

Ils étaient cinq, dix, vingt, jouant des coudes et des jambes pour se frayer un chemin jusqu'à elle. Ils frappaient de tout leur poids, hystériques et furieux, rivalisant d'ardeur dans le massacre de ce corps qui ne serait bientôt qu'un tas d'os et de chair. Un plaisantin prit la proposition au mot et s'empara du manche de bois brandi par la vieille femme. Après un temps d'hésitation, durant lequel les plus acharnés s'étonnèrent d'une trouvaille si audacieuse, on le laissa passer avec un pieux respect, croyant qu'il n'irait pas jusqu'à s'exécuter. En tandis qu'on doutait de sa résolution, on enviait secrètement la mâle posture de cet adolescent armé d'un balai de bois clair. Quelques-uns s'écartèrent, jugeant qu'on dépassait les bornes. Mais la plupart des spectateurs furent saisis d'un mouvement de folie et d'extase. On le pressa d'agir; et il se prêta joyeusement à l'œuvre qu'on lui demandait. Le corps de M. fut pénétré ainsi, plusieurs fois, sous les quolibets. On s'esclaffait en désignant du doigt l'abominable secousse infligée à la morte. Les premières loges racontaient l'anecdote à un public moins bien placé qui n'osait pas y croire.

— Un long, bien raide, comme elle doit les aimer! hurla une autre, enhardie par l'exultation générale. À dada la sorcière! chantait-elle avec un gros rire sale. À dada sur ton balai!

Et plusieurs hommes promenèrent ainsi l'informe cadavre à demi empalé dans une ronde démoniaque. Il ne resta bientôt que les plus enragés autour de la carcasse, abandonnée dans une flaque de sang frais dont les traînées rougeâtres coloraient le pavé. Il n'était pas huit heures.

Le temps était venu de retourner chez soi ou d'aller au travail.

*

Elle est loin, à présent, cette histoire, si loin qu'on pourrait même douter qu'elle ait jamais eu lieu. Paul ne se trompait pas en affirmant que la vie reprendrait comme avant. Bien entendu, la guerre avait laissé des traces. Mais l'existence exige de trier ses chagrins. Il fallut bien payer son loyer mensuel et la gamelle des journées laborieuses. Les mines rouvrirent, les champs furent mieux entretenus ; il n'y eut que le textile qui peina quelque peu à retrouver sa vigueur d'autrefois. Comme à son habitude, la guerre avait défait et bâti des fortunes qui connaîtraient plus tard de nouveaux revirements.

En attendant, on savourait le retour de la paix.

Le petit Pygmalion fut reçu de justesse au baccalauréat.

Il reprit ses fusains et, traçant des silhouettes de femmes nues, il en revenait toujours, sans effort ni volonté, aux lignes sinueuses de la *Jeune fille au chevreau*. Il pouvait changer les visages, les positions, modifier le décor, c'était toujours quelque chose d'elle qui surgissait dans les formes ébauchées. Le nez, le front, jusqu'au galbe d'un sein ou la courbure d'un bras. Il voulut disperser ces images, comme on balaie les cendres d'un foyer refroidi, mais celles-ci s'invitaient malgré lui sur la feuille. Il lui aurait fallu abandonner ses ambitions de peintre. Plus tard, il renonça à se défaire des rémanences de sa mémoire. Elles vibreraient toujours, moins vives avec le temps, mais enfouies à jamais, quelque part dans la ville, tant qu'il vivrait à Nîmes, et quelque part en lui, tant qu'il vivrait sur terre. Chaque lieu de sa mémoire se trouvait habité par un souvenir de M.; non pas hanté, mais habité comme une chambre en désordre où flotte un parfum entêtant. Le dessin le sauva mieux que l'oubli n'aurait pu faire.

Un matin de 1945, il apprit qu'on l'admettait aux Beaux-Arts de Paris. C'est à M. qu'il pensa en ouvrant le courrier annonçant la nouvelle. Nul autre hommage n'aurait pu la flatter davantage que celui-ci, d'avoir été, après la statue de Courbier, l'inspiratrice d'un artiste en puissance qui, dans ses œuvres, célébrerait sa grâce par-delà toutes les décadences du corps. Le petit Pygmalion fêta sa réussite en présence de ses proches et de quelques amis qu'il avait conservés de son adolescence.

Il but beaucoup, se crut heureux, puis son ivresse se dissipa.

Lorsqu'il fut seul dans les rues de la ville, parlant aux étoiles et aux arbres, il s'accabla de fautes qu'il n'avait pas commises. Il s'injuria. Il méprisa cette vie qu'il taxa d'imposture. Pourquoi lui et pas d'autres? Pourquoi l'avait-on protégé? Pourquoi n'avait-il pas même remué le petit doigt pour préserver du carnage le corps de M. à défaut d'avoir pu l'arracher à la mort? La nuit, il revoyait la scène. Le jour, il croisait les acteurs. La lâcheté rayonnait dans chacun de ses choix, fil de son existence et prix de sa survie. Il était des leurs. De leur mêlée; de leur assaut. Car il n'avait rien fait pour épargner à M. cet odieux sacrilège. On n'en parlait plus à présent, de cela. On n'y croyait même plus. C'était comme une vieille illusion, un délire fallacieux que de mauvais esprits avaient échafaudé pour salir les grandes heures de la Libération. Eh bien, qu'on enterre pour de bon ces histoires inventées! Que l'on efface les traces!...

La mémoire ferait le reste, elle ajouterait des images aux images, des rumeurs aux rumeurs, broderait des souvenirs trafiqués que l'on se raconterait à la veillée, devant un digestif. Avec le temps, on finirait bien par y croire pour de bon.

Le petit Pygmalion tanguait de plus en plus.

Trébuchant, il manqua plusieurs fois de tomber dans l'eau glauque des canaux. Puis il se reprenait : tiens-toi donc ! Va au bout… Il se trouva ainsi sur le gravier humide des Jardins de la Fontaine, puis devant la cabane d'un jardinier dont il heurta la porte avec tant de violence que le verrou sauta. Il était ivre. Rien ne lui résistait. Là-bas, il scruta les outils rangés sur l'établi, s'empara d'une massette. Il se gifla, insulta Dieu et invoqua les morts. Puis il courut jusqu'à la *Jeune fille au chevreau* dont les rayons de lune affûtaient la blancheur.

Et il frappa.

Il frappa longtemps.

Le petit Pygmalion frappa de toutes ses forces pour qu'on puisse oublier.

La Renaissance Républicaine,
Organe du comité départemental de Libération
Septembre 1944

QUI EST FITZ ?

La population nîmoise sera sans doute curieuse de savoir qui est exactement ce fameux Fitz que les autorités occupantes avaient placé à la tête de l'Office de placement allemand. Chacun se souvient encore de la silhouette agitée de ce déséquilibré, s'étalant insolemment dans les cafés et les restaurants de marché noir, une fille au bras et le revolver à la main. Qui était donc ce Fitz et quelles références particulières le signalent donc au poste auquel on l'avait nommé.

Fitz est né à Stockl, en Tchécoslovaquie, le 15 mars 1900 d'une mère tchèque et il se dit sudète [...]. *Il est mobilisé en 1939 à Vienne comme attaché spécial à la censure des télégrammes commerciaux, puis détaché dans le même emploi à Paris. En 1942, il part pour l'Ukraine comme sous-officier interprète et il en revient pour être désigné à la direction de l'office de Nîmes. Là, c'est la vie que l'on connaît, à la direction de la main-d'œuvre. Il complète agréablement des repas abondants terminés par les cartons au revolver dans les plafonds. C'est encore la grande amitié avec Angelo Chiappe et son entourage, les petites affaires avec ces messieurs du béton, jusqu'aux exécutions au service spécial et au meurtre de Guez qui amène l'arrestation de toute la bande.* [...] *Telle est la pittoresque odyssée du fou dangereux que les Allemands avaient prétendu nous donner pour maître.*

Il va aujourd'hui tenter de rejeter sur d'autres la responsabilité des crimes commis sous ses ordres et sous sa direction et feindre de n'avoir pas fait autre chose que d'accomplir son devoir d'officier allemand. L'instruction à ce sujet est naturellement tenue secrète. Nous croyons pouvoir dire néanmoins que le fougueux Fitz n'en mène plus aussi large et n'est pas sobre de confidences.

COUR DE JUSTICE
Section de Nîmes
Le Commissaire du Gouvernement de la République

Nîmes, le 29 septembre 1944

Le Commissaire du Gouvernement
à
Monsieur le Préfet du Gard
Hôtel de la Préfecture
NÎMES

Confidentiel

Monsieur le Préfet,

Comme suite au compte rendu que je vous avais fait verbalement au sujet des révélations de la dame POLGE condamnée à mort, je m'empresse de vous informer qu'après plusieurs entrevues, cette dame s'est à peu près rétractée et est revenue sur ses premières déclarations.

Il ne me paraît pas possible dans ces conditions de retenir à l'encontre du fonctionnaire que je vous avais nommé quelque inculpation que ce soit.

De plus, la dame POLGE me paraît vouloir gagner du temps en promettant de faire des révélations sensationnelles qui ne se produiront point.

Je vous indique également que M. FITZ, qui a été arrêté, ainsi que je vous en avais informé, a précisé de la façon la plus formelle que la dame POLGE avait dénoncé des Français.

En conséquence, je vais demander au Colonel C. de prendre une décision afin d'en terminer avec cette affaire qui passionne l'opinion.

Je vous prie de trouver ici, Monsieur le Préfet, les assurances de ma très haute considération.

Le Commissaire du Gouvernement

ÉPILOGUE

Je penserai à cette histoire comme à l'horreur de l'oubli.

MARGUERITE DURAS,
Hiroshima mon amour

Le petit Pygmalion, c'est moi.

La honte et la fierté ont ceci de commun qu'elles aiguisent la pratique du détour, celui de la mise en scène et de la dissimulation. J'ai en moi ces deux vices que le temps a outrés. Aux abords de la fin, il faut se voir en face. J'ai trop fui les miroirs. Trop menti, trop trompé. Il est tard, à présent. Je sais que ma démarche hésite, que ma peau de lézard, écailleuse et fripée, inspire des grimaces aux enfants. Je lis le dégoût des regards devant mon œil rougi et dépourvu de cils. Je dis que le remords les brûle à petit feu. Les tavelures de ma peau sont autant de fleurs brunes prospérant sur mes mains comme le lierre des cimetières. C'est la marque des élus qui, chaque jour, sentent l'appel de la terre leur chatouiller les pieds. Avec le temps, les miroirs me sont devenus moins pénibles.

J'ai été marié.

Je suis veuf.

Ma femme est morte il y a plus de trente ans. Je me souviens, en écrivant, d'une confidence qu'elle me fit un jour, au début d'un traitement rigoureux: la perte de ses cheveux, confusément mêlée dans son esprit à l'expiation d'une faute imaginaire, cette perte douloureuse, humiliante même, mais dignement vécue, elle l'associait au crâne ras des tondues. J'ai repensé à M. dans les yeux de ma femme. Elle ne s'en douta pas; elle m'avait rencontré trop tard pour entendre parler de ma jeunesse à Nîmes. Mais les deux deuils se sont superposés.

Je n'ai pas eu d'enfant.

Il ne me reste plus que de vagues connaissances croyant encore que je suis un héros. À quoi bon démentir? Car rien n'enracine autant les méprises que ces protestations dont les fidèles s'emparent pour étayer leur foi. Ils vous diront modeste parce que vous êtes sincère. Mais on ne meurt pas d'un malentendu. Alors on se résigne avec un chagrin plus amer que celui de l'opprobre. Je dis qu'il est temps de parler.

Il est tard aujourd'hui. La fatigue me dévore. Je m'ennuie copieusement devant le défilé des jours qui ne m'apportent rien. Le goût des ambitions se perd. Le goût des souvenirs se gâte. Le vin ne fait plus frémir mes papilles, et si mon cœur palpite, je ne le dois qu'aux détraquements d'une machine essoufflée. Je parle peu. Je ris rarement. Je ne bande plus. Aimer n'est plus de mon âge. Est-ce de l'amour, d'ailleurs, que m'inspirent ce morceau de bras, un fragment de poignet et de main effritée, baguée, que j'ai gardés de la *Jeune fille*; tristes reliques en un temps où l'on ne croit ni à Dieu, ni aux mythes.

Comme la plupart des convives du 29 ayant échappé à la mort et amnistiés depuis, j'ai quitté Nîmes au lendemain de la guerre. Les études et Paris m'attendaient. J'ai dessiné souvent ces vestiges de mémoire qu'il me restait des poses de M. et des rues de ma ville. J'y suis retourné quelquefois, par vice, comme on remue une dent malade, avant de m'y installer à nouveau, à la mort de ma femme, auprès de ces fantômes qui peuplent mon récit. Aucun d'eux n'y survit, à part Barraud, peut-être, que j'ai surpris un jour, il y a bien des années, près de la Tour de l'Horloge.

Nul doute qu'il ne m'ait reconnu, mais les reniements mutuels épargnent les rougeurs et les balbutiements : c'était la première fois que nous nous recroisions depuis le procès de M. et sa profanation. Il eut le bon goût de m'ignorer. Moi, j'ai d'abord tourné la tête, mais une envie soudaine m'a pris de le revoir de près. Je l'ai appelé en vain (il avait dû changer de nom) avant de le rejoindre. Les rides l'avaient défiguré, mais j'ai senti, sous la peau flasque, l'oscillation nerveuse d'un sourire auquel il restait quelques gouttes de venin. Lui aussi, il m'avait reconnu.

Depuis trop longtemps, une question m'obsédait à laquelle, me dis-je, il pourrait répondre en partie. J'avais souvent pensé à la manière étrange qu'avait eue M. de s'éloigner de moi, ou de m'éloigner d'elle, qu'importe, dans les semaines qui avaient précédé l'entrée des résistants dans Nîmes. Est-ce de l'orgueil ? Mais je ne suis jamais parvenu à m'expliquer son changement d'attitude autrement que par un calcul protecteur dont la combinaison m'échappait à l'époque. Barraud pouvait peut-être m'éclairer. Alors je demandai s'il avait senti, comme moi, les intermittences apeurées de M. dans les derniers jours de gaieté de l'avenue de la Plateforme. Le son éraillé de sa voix, mi-rieur, mi-sournois, me glaça un instant :

— Alors tu n'avais pas compris ?

Devant mon étonnement, il avait repris, simplement :

— Pour elle, nous étions tous de la vermine, des profiteurs transformés en bouffons. Elle savait par Saint-Paul que le tour était joué. Que nous étions perdus. Elle avait refusé de le suivre en Allemagne. Tu étais le seul, dans tout ce petit monde, qui lui semblait encore digne de vivre. Elle voulait te sauver. Chacun d'entre nous avait reçu au 29 un rond de serviette avec une croix taillée en signe de menace.

Il éclata de rire :

— Tu n'as jamais reçu le tien car elle l'avait caché. Elle voulait que tu vives parce qu'elle aimait ta naïveté.

Il toussota un peu, puis me serra la main en répétant ces mots :

— Ta naïveté, ta pure, ta grande naïveté…

Comment lui en vouloir après toutes ces années ? Le dégoût sèche toujours, comme les larmes, comme le sang. Ses aveux confirmèrent une intuition lointaine, presque oubliée, qui se ranima tristement. Qu'elle ait ou non *trahi*, elle m'avait protégé. Moi, je l'avais laissée aux chiens. Je dis que la décence oblige parfois à retenir ses pleurs.

Il est tard aujourd'hui et je voudrais dormir.

J'entends le pari que médite en silence ce neveu trop courtois qui m'écrit à Noël. Il est ma seule famille. Pourquoi lui en tenir rigueur?

Les années ont passé depuis l'exécution de M...

Elle m'avait dit, avec l'orgueil touchant de ceux qui doutent de leurs atouts, qu'il existait encore deux répliques de Courbier exposées dans le monde, l'une à Anvers, dans le cœur de la ville; l'autre à San Simeon, à l'ouest des États-Unis. M. n'aura jamais vu Anvers ni la Californie. Elle n'aura jamais vu ses bras de bronze, ses mains de marbre, ses cuisses immaculées ou ses seins vert-de-gris. Elle n'aura rien appris non plus des éclats dispersés de la statue de pierre. Cela n'importe pas. Seul a compté son corps, sa peau salie de sang, rougeoyant en caillots sous la lèvre fendue; seuls ont compté ce cou, balafré par des ongles féroces, ce menton que l'on serre devant les objectifs, ces cheveux que l'on tire, mèche après mèche, cette gorge dénudée, frappée par des mains de mégères et des poings de bourreau. C'était si loin d'Anvers et de San Simeon.

Les copies ne comptent pas. La *Jeune fille au chevreau* est bien morte avec M. et la statue de Nîmes, laissant dans son sillage un simple numéro, conservé quelque part, avec la conscience minutieuse des administrations.

L'État compte, transcrit, documente, calcule, rassemble et archive. De même des musées, des mairies et des cours de justice. Dans la langue sobre et plate des inventaires, on trouve ce numéro, IP 1466, comme un marquage indélébile. Le dossier consacré à l'œuvre de Courbier, au Musée des Beaux-Arts de la ville, n'est plus qu'un avis de recherche oublié. On peut y lire, tout simplement, écrit au feutre sur une chemise bleue : « non retrouvé ». Ni la statue, ni le modèle n'appartiennent aujourd'hui à ce monde.

Qui sait pourtant ? Qui sait le supplice du remords ? Le mien, celui des autres. Le silence domina les semaines et les mois qui suivirent la vindicte. C'était comme si M. n'était pas morte, comme si son lynchage n'était que la vision d'un esprit tourmenté. Il fallait continuer, regarder devant soi. Mais la statue nous rappelait à elle. Alors je l'ai détruite. Une nuit, après la guerre. Je l'ai frappée de rage, de colère et de honte. Quelqu'un était passé abattre le chevreau en lui brisant les pattes. J'ai poursuivi son œuvre et n'ai laissé qu'un tas de cailloux fracassés, au bas du socle, disséminés dans l'herbe. Puis j'ai abandonné à d'autres le soin de chasser la poussière.

Mais la mémoire n'est pas de pierre. Elle ne se brise ni ne s'effrite à force de volonté.

Qui sait qu'il y eut parmi la foule, dans l'orgie du massacre, des hommes d'honneur, estimés de leurs pairs, consacrés par l'histoire comme de glorieux sujets ? Des braves au milieu des bravaches ; des martyrs excités par le zèle entraînant des tortionnaires. Ne jugez pas trop vite : le souvenir était chaud des souffrances endurées et des massacres vus. Qui sait cela ? Qu'il est des époques troubles où, dans l'homme, le héros et la bête se confondent, indiscernablement ?

Je ne mendierai rien des compassions humaines, trop facilement acquises.

Ni aveux ni complaintes ne valent absolution. Je le sais trop déjà, des suppliques larmoyantes d'un milicien à genoux priant qu'on lui laisse la vie sauve. Mais mon pardon ne vous appartient pas. Il appartient aux morts. À ceux dont nous avons souillé la lutte. À ceux dont nous avons trahi la foi. Car ils ne se battaient pas pour ça. Nous voulions autre chose. J'ai honte aussi des misères infligées à ces femmes, à M., à d'autres, que je n'ai pas eu la force de regarder en face. Avec le temps, je suis devenu cette honte. Elle s'est fondue en moi comme un mal sans remède. Non, mon pardon ne vous appartient pas. Il est d'un autre temps. D'une autre vie. Possible en d'autres mains.

Et pourtant je crois que je vous ressemble.

REMERCIEMENTS

Qu'il me soit permis d'exprimer ma gratitude envers toutes les personnes ayant bien voulu m'apporter leurs éclaircissements et envers celles qui m'ont accompagné au cours de l'écriture de ce roman. Pour leurs réponses à mes questions sur l'histoire de Nîmes ou des arts, je remercie en particulier Jacqueline Jean, Gérard Lattier, Mary Levkoff, Hervé Ozil, Emmanuel Roseau (†) et Pascal Trarieux. Ma reconnaissance va également au personnel des archives départementales du Gard, aux nombreux parents et amis qui ont bien voulu se plier à l'exercice du commentaire et de la relecture, et aux Charaix qui m'ont reçu à Nîmes.

Que ces lignes me permettent également de rendre hommage à l'une des premières personnes à laquelle, avant la première ligne écrite, je confiais ce projet de roman, Bernard de Fallois, dont l'exigence et la hauteur de vue resteront pour moi des modèles.

TABLE DES150MATIÈRES

CET OUVRAGE
A ÉTÉ ACHEVÉ D'IMPRIMER
SUR ROTO-PAGE
PAR L'IMPRIMERIE FLOCH
À MAYENNE EN FÉVRIER 2020

N° d'édition : 897
N° d'impression : 95907
Dépôt légal : mars 2020

Imprimé en France